21世纪
年度最佳
外国小说
2016

La isla del padre

父亲岛

〔西班牙〕费尔南多·马里亚斯 著
梅 莹 译

人民文学出版社

著作权合同登记号　图字 01-2016-6934
La isla del padre

图书在版编目(CIP)数据

父亲岛/(西)费尔南多·马里亚斯著;梅莹译. —北京:人民文学出版社,2017
(21 世纪年度最佳外国小说)
ISBN 978-7-02-012347-6

Ⅰ. ①父… Ⅱ. ①费…②梅… Ⅲ. ①长篇小说—西班牙—现代
Ⅳ. ①I551.45

中国版本图书馆 CIP 数据核字(2017)第 025370 号

责任编辑　张欣宜　张海香
装帧设计　李思安
责任校对　杨益民
责任印制　苏文强

出版发行　人民文学出版社
社　　址　北京市朝内大街 166 号
邮政编码　100705
网　　址　http://www.rw-cn.com

印　　刷　三河市鑫金马印装有限公司
经　　销　全国新华书店等

字　　数　164 千字
开　　本　880 毫米×1230 毫米　1/32
印　　张　8.125　插页 1
印　　数　1—5000
版　　次　2017 年 3 月北京第 1 版
印　　次　2017 年 3 月第 1 次印刷

书　　号　978-7-02-012347-6
定　　价　29.00 元

如有印装质量问题,请与本社图书销售中心调换。电话:010-65233595

出版说明

评选并出版“21 世纪年度最佳外国小说”，是一项新创的国际文学作品评选活动和出版活动。在世界文学格局中，由中国文学研究机构和文学出版机构为外国当代作家作品评奖、颁奖，并将一年一度进行下去，这是一个首创。

“21 世纪年度最佳外国小说”评选活动由人民文学出版社和中国外国文学学会及各语种文学研究会（学会）联合举办，人民文学出版社主办。评选委员会由分评选委员会和总评选委员会构成。各语种文学研究会（学会）遴选专家，组成分评选委员会，负责语种对象国作品的初评工作；再由人民文学出版社、中国外国文学学会及上述各语种文学研究会（学会）委派专家组成总评委会，负责终评工作。每一年度入选作品不得超过八部。入选作品的作者将获得总评委会颁发的证书、奖杯，作品由人民文学出版社组成丛书出版，丛书名即为：“21 世纪年度最佳外国小说”。

总评委会认为，入选“21 世纪年度最佳外国小说”的作品应当是：世界各国每一年度首次出版的长篇小说，具有深厚的社会、历史、文化内涵，有益于人类的进步，能够体现突出的艺术特色和独特的美学追求，并在一定范围内已经产生较大的影响。

总评委会希望这项活动能够产生这样的意义，即：以中国学者的文学立场和美学视角，对当代外国小说作品进行评价和选择，体现世界文学研究中中国学者的态度，并以科学、谨严和积极进取的精神推进优秀外国小说的译介出版工作，为中外文化的交流做出贡献。

自2002年第一届评选揭晓到2015年，“21世纪年度最佳外国小说”评选活动已成功举办14届，共有24个国家的86部优秀作品获奖，其中，2006年度、2003年度法国获奖作家勒克莱齐奥和莫迪亚诺先后荣获了2008年、2014年诺贝尔文学奖，足见这一奖项的权威性和前瞻性，也使“21世纪年度最佳外国小说”成为一个名副其实的重要文学奖项。

自2008年开始，这套书不再以外文原版书出版时间标示年度，而改为以评选时间标示年度。

自2014年起，韬奋基金会参与本评选活动，在“21世纪年度最佳外国小说”评选基础上，设立“邹韬奋年度外国小说奖”，每年奖励一部作品。

我们感谢韬奋基金会的鼎力支持。我们相信，“21世纪年度最佳外国小说”的评选及其出版将结出更加丰硕的成果。

人民文学出版社

“21世纪年度最佳外国小说”评选委员会

“21 世纪年度最佳外国小说”
评选委员会

总评选委员会

主　任

聂震宁　陈众议

委　员

（以姓氏笔画为序）

叶廷芳　刘文飞　陆建德　陈众议

吴岳添　肖丽媛　金　莉　徐少军

高　兴　聂震宁　程朝翔　管士光

秘书长

欧阳韬　陈　旻

西葡拉美文学评选委员会

主　任

徐少军

委　员

（以姓氏笔画为序）

刘京胜　李　静　范　晔　徐少军　徐　蕾

当水手的父亲常年漂泊在外，与家人聚少离多，在孩子心目中的形象是零散和模糊的。父亲去世后，费尔南多·马里亚斯凭借父亲留下的航海日志，开始追寻父亲的足迹。随着时间的推移，父亲的形象开始慢慢变得丰满和完整。这是亡父与儿子的对话，是逝者与生者的交流，是对亡父足迹的探寻，更是对生命的思索。

“21世纪年度最佳外国小说”评选委员会

Cuando era niño, su padre recorría los mares del mundo durante largos meses y dedicaba poco tiempo para la familia, dejando una imagen vaga e incompleta en la mente de Fernando Marías, quien, después de la muerte del padre, encontró su bitácora y decidió seguir su itinerario de viajes y recrear con el tiempo la figura de él. Se trata de un diálogo entre el padre y el hijo, y un intercambio de ideas entre el muerto y el vivo. Más que una búsqueda de las huellas dejadas por el padre muerto, se entiende como una meditación sobre el valor de la vida.

Jurado de las mejores novelas extranjeras anuales del siglo XXI

致中国读者

《父亲岛》在我心中酝酿了五十余年，可以说，我开始写这本书比初次想象自己有一天会写小说要早得多。

如今，书已完稿，并在数月前出版，我有一种感觉挥之不去：父亲与我共同走过的那条漫长、有时又各异的路，除了度过我们的真实生活外，为的就是要将《父亲岛》写出来。之所以如此，是因为一个古怪而令人忐忑的信念：若此书不在，我父亲和我自己的故事将会残缺不全。我以为，如无此书，一个已离世之人穿越地球的圆周就不会闭合。而我，要是未深入这部死生契阔、令我今非昔比的小说，那么现在写下这番话的费尔南多·马里亚斯将会大相径庭。《父亲岛》仿佛拥有自己的生命般影响着我。

小说的正史已为人熟知：2009 年 2 月，我父亲遭受死神重袭，2013 年 6 月终被带走。第一次之后，我构思写一本关于他的书，他去世之后，我开始动笔，其间我一直在思考、记录、构想……终于浮现的这本书有许多父亲小说式的生平和关于我的小说体自传：我的父亲是货船船员，专注的心灵旅者，我持有他的遗产而不能也不可能想去补偿，一切皆是文学与我俩都迷的冒险电影的基调。我想说，这本书是万里无云的天蓝色——在写作之前，我总有一个些许古怪的癖好，或是随性去定义并这样称呼一本新生的书该有的色彩。《父亲岛》是天蓝色。紧张的夏日里，我在孤独又空荡荡的旧屋里写作，独自与在家中行走一生之人的亡魂相处，它们大多离我很近。产生与幽灵共处的念头往往令人焦虑或惶恐，但截然不同的是，我确信那是我生命中最幸福的时光，鲜有的甜蜜与富饶。我认为所有人都应与回忆独处一段时间，仔细从容地倾听我们故人的絮语。我们从中学习，最终会变得更谦卑。我这么做了。也许因为这一切，这本书从开始谈论一个深受爱戴之人的死，到最后不知不觉变成一本关于生命的光辉、关于快乐、关于人类灵魂膨胀的巅峰与能量的书。

写作结束后，我一度想着，结尾的句号封闭了召唤而来的所有圆圈。但我错了。

因为几个月前，大约就在《父亲岛》的推介与读者见面会那漫漫长路终结之时，我渐渐感觉裹上了一层淡而持续的忧伤。直到那时我想，如此搭配的形容词只能用于描述雨，真正融入此书气息和我自己生活的雨。我刚展露的忧伤未淋湿也没造成某种困扰，但它确实连绵不绝，似乎包含某种讯息。事实上，某个早晨已清楚表明：父亲的离去让我猛然领悟，我的青春已逝。我也知道，这并非一个悲惨、揪心或痛苦的结局，但的确无法逆转。

青春已逝的想法意味着什么？当这个问题浮现在我眼前时，我不知道答案，现在仍然不知，但无法解释一个事实并不会消除事实；相反，至少强化了事实。心理分析学说，我们作家很幸运，因为我们的工作是良药，给予保护，抵抗黑暗——有外部的晦暗，也有内心的阴霾，后者无疑是最危险的。平心而论，青春已去突然让我想到一个全新而陌生的舞台，除了走过去别无选择;又像一片情感寄居的未知海洋,只是时而模糊地让我们忆起先前常常体味的喜怒哀乐。由此可以说,通向衰老之路是一次类似于少年求索的学习,只是喷涌而出的沸腾之势被脆弱的怀想沉静取代,这一切产生不安却也引发思考。

譬如,我现在书写的字句。关于一本我以为能自圆其说的书我很难讲出点什么。纸页间能找到的清晰写下的内容,用其他话重复会有价值吗?因此,我选择谈谈《父亲岛》正在我心中泛起的涟漪而非赘述它已掀起的波澜,写一篇全新的文章而非加深已有之物的色彩。一个人写的小说并非都有这份才能;事实上,绝大部分是缺乏的。这段美丽的发现真是个愉快的消息:《父亲岛》活着,依旧有料可说、可对我说。小说讲述我的往昔岁月,突然像是为走向未来之路准备的行囊:回忆成了灵丹妙药。

当我得知此书将被译成汉语时,首先映入我脑海的是一个细微的场景:少年的我与父亲一起生活,在绵长的漫步中,我们相互探究,相互了解。这个场景本应是书的一部分,也许从现在起就是了。

"做水手让你了解了世界上所有的国家。"我这么对他说。那时,我觉得他的工作是所有工作中冒险经历最多的。

"不是的。"他解释道,"我不是想去哪儿就去哪儿旅行的,我去那些我被带去的地方。年复一年,这变成了一件比较失望的事。目的地接踵而至,却从未恰好带你去你脑海中的神秘之地。"

"比如?"我想知道。

"比如,中国。"他干脆利落地答道,"我的职业接近尾声,我很快就要退休了。而我已想到,我永远去不了中国了,那是我最想了解的国家。”

一个成为小说主人公的人能从这本书里继续认识有生之年未能了解的天涯海角吗？如果存在魔法，那些黑暗，尤其是来自内心的黑暗会更加微不足道，因此，我们可怜的人类理所当然会想到魔法的存在。

我立刻觉得有些奇妙：我的青春随我父亲之死而终结，这种感觉变成一场幻想，而这样的想法或许能让一本书诞生，一本有一天我可能会写的意想不到的书。

费尔南多·马里亚斯

2016年10月

译者前言

良好的家庭教育离不开好妈妈，这似乎已是全世界通用的法则。妈妈会悉心照顾孩子的饮食起居，会给他们买衣服和玩具，会给他们讲故事，给他们生活上的安全感。正如小时候的“我”：他有一个好妈妈，诙谐幽默，勤劳能干，还会讲精彩的故事。这让他感受到了家庭的温馨与安宁，建立起他对世界的初步认知和联系。小费尔南多就像大观园里的贾宝玉，完全是与母亲与外婆打交道，几乎没有父亲的启蒙熏陶。

费尔南多的父亲是一名船员，因为工作的关系常年在外奔波，父亲的缺失使得父子之间产生了隔阂——彼此恐惧。儿子对父亲感到陌生害怕，父亲对儿子也是不知所措。他们每一次见面都是对双方的煎熬和折磨。

那么，父亲真的是家教的死穴吗？

这些年，各种亲子真人秀节目可谓异军突起。它们中的许多都破天荒地展现了中国新一代父亲积极与子女沟通与互动的一面。由此，人们开始关注父亲在现代社会养育子女过程中所扮演的角色问题。

在这本书里，作者与他的父亲因分离产生恐惧，却因陪伴消除了芥蒂。父亲并没有一直在他身边，但他尽力参与孩子的生命成长过程。在他们有限的相处时间里,父子俩一起攀登帕加萨里山,一起分享大海与岛屿的故事,一起观看和评论美国西部大片。这是一段父子之间精神交流的奇妙旅程,有风云际会的历史,有惊险刺激的电影,有津津有味的冒险奇遇,还有对儿子曾经萎靡生活的包容与理解,充满着智慧的关照、情感的温暖与人性的浸润。

《父亲岛》是作者对自己的父亲乃至所有父亲的献礼,是父子之间慢慢克服困难、战胜恐惧、走向沟通与和谐的故事。作者将一个个蒙尘的细节娓娓道来,营造出可触可感的亲子现场。他们之间的情感演变,牵动了我心中最柔软的情愫。

我想起了英国画家安东尼·布朗的绘本——《我爸爸》。爸爸其实很普通、很平凡,但在孩子眼里却是一个果敢聪明、多才多艺、浪漫有情调的形象。绘本的最后,孩子说:"我爱他,而且你知道吗?他也爱我,永远爱我!"这最后的情感宣泄或许也是本书作者的心理写照。

我又想起了台湾女作家龙应台的散文——《目送》。她说:"所谓父女母子一场,只不过意味着,你和他的缘分就是今生今世不断地在目送他的背影渐行渐远。你站立在小路的这一端,看见他逐渐消失在小路转弯的地方,而且,他用背影告诉你:不必追。"费尔南多淡淡的回忆,让父亲的一切都有了光彩,即便是最后的老年痴呆依然让人感受到了深深的爱意。他目送父亲离开了,不管父亲的影响是清晰还是模糊,是温暖还是淡薄,回忆过后就是大胆前进,面对广袤壮阔的生命之海,承担风雨,独自前行。

《父亲岛》里不仅有父亲,也有作者自己的年少感怀与中年感悟,既见岁月,也见人。面对一部向文学与电影致敬的作品，我极力想将其行云流水的文字再现出来，不过因水平有限，难免谬误，敬请指正。

译　者

2016年10月于苏州

记忆如书。经久不衰才重要。

故事要从2009年2月16日写起，尽管当时的我根本想象不到。

手机一大清早就在振动，亮起的屏幕上显示我妹妹安娜的名字。这很可能十万火急，与我们在毕尔巴鄂的老父亲的健康有关。

等待已久的地狱。

就这样来临了。2009年2月那天黎明，我八十九岁的父亲突遭死亡重击。

此前的数十年里，他已三次幸免于难，且不谈内战中捡回一命的惊险巧合：年轻时一次复杂的胃部手术，成年时一次远海遇难的悲惨命运，垂暮时一次严重的摔跤。三次侥幸除晴天霹雳外，并未付出更多代价。每次程度不同，相应的康复也得以承受，尽管如今我会问这些随从是否能算作死神的一部分。事实上，他们是被派出的“预死亡”先头部队，目的是刺探未来囚徒的软肋，某个邪恶协定下的勘探，用于测量每块肉、每根骨或每个大脑的弱点。

那天早晨，我母亲虽然耳背，但从床上听到怪声，这声音将她如弹簧般推向走廊。此后可以证明她什么都没听见，事实上，因为耳聋，她什么都听不见。然而，她立刻预感大事不妙。如今，她还认为自己脑中虚构的声音就是为了叫醒她，让她赶去救她的伴侣。倘若没她的这般反应，我父亲那天早就死了，随之带走的重中之重将是这本书的动机。

据她后来出奇清晰的描述，在走廊里，他躺在呕出的一摊血上。一见他倒在地毯上，她就明白，长久而美好的伉俪生活在那里，就在那里，就在那一刻终结，正径直走向穷途末路。她是对的：诊断为癌症，摘除胃和脾，预计仅能活几个月，而我父亲躯体的坚强抑或隐秘的意志力将其生命延至四年。

医生对我和我的弟弟妹妹说，他的基因就像彩票的头奖。

但从那时起，我前所未有地照顾起我的胃。我看管它，呵护它，害怕它胜过其他任何器官。因为我天天证实，我的五官越来越像我的父亲，我也该想到，我的细胞，同一棵树上的叶子或同一本本子上的纸页，甚至从我出生之前起就已有了相同的结局。如果有天胃癌与我相遇，我不会吃惊。我等它，而等待的时候，我倒不害怕了。与此同时，我继续遵循父亲先前尤其是“预死亡”后的建议，为了将疾病缩减成一个简化的象征意义，我比从前吃更多的水果蔬菜。或许他的这份建议是在送我几分钟，以绵薄之力，积少成多，累加至几个小时和几天。虽然没法证实，但没人能反驳，这番谨小慎微最终会给我在地球上的遨游增加比如五年六个月零八天的生命。

这是无形的。我们别对如此铁证视若无睹。

他年迈的身躯并未在手术室里凋零，外科医生早就提醒，这是很可能发生的事。我们能马上到病房看他，他虚弱而憔悴，却拼命在恢复。

回马德里前，我最后一次探望他。那天，我们单独在医院的病房里，四五楼的样子，从那儿望得见街道。

“我们是蝼蚁。”我记得他声如细丝地说道。

他的意识完全清醒，并透过离床几米外的窗户，注视着工作日上午毕尔巴鄂一条主道上的匆匆行人。我慢慢靠近他，默默地，怕扰乱他的思绪。他一手拽着拉开的纱帘，另一手扶在墙上。走完那几米是羸弱之躯允许他完成的唯一运动，从床走到窗，从窗走到床，每天两次，上午下午各一次，但他以坚定的决心完成，似乎是精神和身体为加快康复而协商的价格。

“那些人为何如此奔命？”他冥思苦想，“他们要到哪儿去？如此急着踏入坟墓。”

他松开纱帘，回到床上，没要我帮忙。他似乎至多让我守着他，甚至为了向我告别陪我到门口。他的外孙女、安娜的大女儿伊蕾娜快要到了，我去车站时她来陪他，但她发短信说要晚几分钟。因而我又坐到床边，观察我疲惫无助的父亲，由于跋涉至窗前，他仍然气喘吁吁。他用同样筋疲力尽的表情望着我，望着靠在墙上的行李箱。他左手放在大腿上，右手一直贴着胸。他显得有点郑重其事，似乎是怕有人突然拍下他，来捕捉一点他康复过程中的屈辱意味。我们交谈着，柔声细语，慢条斯理，短句间停顿明显。他晕倒后强化了这种节奏，我理解为意识模糊、昏昏欲睡、心无旁骛……此刻似乎要求我以浅显的方式告诉他我的工作计划和可能涉及的困难，我猜想疲乏令其无法深究细节。然而很快，伊蕾娜到了，另一种充满能量与纯粹生命力的节拍在房间散开。我准备离开，我父亲表面看来仍疲惫不堪，一直盯着我的眼睛，只说了一个词：

“加油！”

就是这个词，既没形容词也没动词的孤塔，他一般极少使用。如今的我依然能听到这个词，如空谷足音，每每听到，都会愈发深谙其精髓：简单的遗产，巨大的遗产。一个被手术刀肢解得遍体鳞伤之人没时间对言辞精雕细琢。他的呼吸极其微弱，很可能会停止，他知道应当合理分配。一个将死之人应比诗人还要严谨用词。或许他先前气若游丝，就是要节省力气，好竭尽全力讲出那唯一的词语，同时，大脑还得考虑用词是否准确而非张冠李戴。我第一次想到，尽管他表面上有康复的信心，但还是害怕我一走出门他就再也见不到我了。那时，我也意识到我可能再也见不到他了。我走近他，为了与他吻别，内心竟脆弱得不堪一击，我向他重申自己四天后会回来。

他又说：

“哪天出院了，我和你一起去爬帕加萨里①山。”

感情之斧劈得干净利落。我热泪盈眶，太猝不及防，几乎出卖了我，尽管也带着一份令我不知所措的自然。曾几何时，我以为自己再也不会因听到一句话而感动。岁月遗憾地消磨了我们产生纯净感情的能力，有时会想，这份情愫之礼只会发生在童年或初出茅庐、朝气蓬勃的青年时代。但我们脑海中珍藏着想象不到的隐秘角落。这句话，令人惋惜的呢喃细语，瞬间开启了所有秘密之门。我知道父亲觉察到了我的激动之情。我们两人都知道，这可能是我们的最后一面。他和他的话语竟深深触动了我，因为这番话一语中的。这份美丽的坚信，在我俩的眼神交汇中分享，恐怕太短暂，伊蕾娜捕捉不到，但它并非当天发生的最重要的事。

我内心怀揣如是珍宝，离开医院走向车站，眼眶湿润了。垂死父亲简简单单一句话的刺激，使我的情绪倾泻而出，全都化作无耻的欣喜若狂。

① 帕加萨里山，位于西班牙北部巴斯克地区，属于巴斯克山脉的一部分。

那是因为，我多久没听他提起“帕加萨里”了？

也许是几十年。自从登上毕尔巴鄂附近的那座山后，至少很多年里，它就成为许许多多周日上午的习惯。春夏远足的动力与灵魂由父亲而起。我和弟弟妹妹陪伴他，组合往往不同，我们中三人、两人或仅有一人，但队长总是他。粗制滥造的柏油路上时不时开过某辆迷失方向的汽车，如一道怪异的风景，登山尚可，但我们已身疲力竭。道路中段有一股喷泉，深思熟虑过后，我们不打算喝那里的水，为的是增强对两道弯之后、在小卖部里等着我们的冷饮的渴望，在走上最后一段路前，我们会在那儿补充能量。再往上，到了山顶，可以在平地上眺望我们脚下的城市。我问自己，走那条路就为了最后发现对于童年的我们索然无味的风景，这有何意义。我想我的弟妹们亦是如此。但我们之间并不分享这又一次的大失所望，因为我们多少能凭直觉感到，圆满完成那个目标是父亲多么看重的事。下山就容易多了。到家时，运动引发的饥肠辘辘让家常便饭变成一种简单而巨大的快乐，尽管那时我们并没有给出物有所值的评价。似乎桌上有美味佳肴是很自然的事……当然，为什么不该有美食呢？我们享受美食似乎天经地义……当然，为什么我们不去享受它呢？我记得那些日子里，我们母亲站在炉灶前，恰好在我们刚到时烹饪完毕。有我们最爱吃的一道菜：她在几个硬鸡蛋上施了魔法，混合了金枪鱼、黑橄榄和红尖椒，模拟出企鹅的样子；或是我们看见这道菜排列在涂满蛋黄酱、边缘放了蛋丝的托盘上。如此殚精竭虑过后，我和弟弟妹妹们如脱缰的野马一般侵入厨房，无情地攻击那毫无防备的金枪鱼与鸡蛋做成的企鹅军团，几秒钟的工夫就吞下了我们母亲整整一上午的劳动成果。在远处亮堂的厨房里，母亲对这般摧枯拉朽看得如痴如醉。与此同时，我们的父亲悄无声息地洗澡、更衣，随后清爽而惬意地加入到桌子面前……我们会问为何他做任何事都从容不迫、无声无息，仿佛很享受这样不疾不徐的节律。

那天，在坐火车去马德里的途中，有关帕加萨里的一长串回忆开始重归我的脑海。虽然有急事等着我，加上城市本身的扩张力最终总让初衷几经曲折，会稍稍模糊我童年记忆的短暂统治，但我不想忘记父亲那句话对我情感的冲击。

一股莽撞却又冷静的推力让我在笔记本上写下"帕加萨里"这个词，我总是将这本笔记本放在电脑旁。我对这个词注视了片刻，它涂鸦在日常笔记旁，笔记就在一张圆桌上，很快它会加入其中。两三分钟后，我仍沉浸在那不愿割舍的特殊感觉中，我翻过本子上的那页纸，下一页原封未动、洁净无瑕。我又写下这相同的、唯一的词，这回写得小心翼翼。那是还不存在的某样东西的标题。

"帕加萨里"

我对仅写了一词的一页白纸凝视良久，这是一项内心精疲力竭的丰功伟绩，尽管也能赋予神秘莫测的色彩。我并不知道那时，就在那时，这本书的构思已经开始，但我感到有必要迫使自己回忆那一次次远足中在父亲身旁经历的重要时刻，那些鬼使神差地最先浮现在我脑海中的难忘时刻。这样的时刻出现了三个，我一一记录下来，各用一个词表示。第一个是"树"；接着浮现第二个"黎明"；不久是最后一个"颤抖"。"树"是我幼年时的一个场景。"颤抖"是我成年后那段艰辛坎坷岁月里的一幕：那是1984年12月，我最后一次与父亲一起登上帕加萨里山。中间的"黎明"与我的青春时代相对应。这几段回忆闪现过后，记忆又隐约抛出了一间房间，我

选择只用一个字母代表:

“H”

它代表了一个特有的模糊的名或姓,来自我父亲的一个朋友,比父亲大几岁,也是船员。他叫汉斯雷,或哈特雷,或亨特勒比……于我而言,它象征着我有血有肉的父亲实际无法成为的一切可能的神话。我少年时从未问过“H”,因为我怕父亲会吃醋,但当他讲述他朋友的某段趣闻时,我会浮想联翩、如饥似渴地聆听。在我们的暗语里,“H”的名字属于专有名词,秘密造出这个词,用以命名可能发生在万古之海无数冒险中所有未知、神秘和激动人心的事。

帕加萨里

树

黎明

颤抖

H

经过一番冥思苦想后,没有其他词显现。我知道这五个词就是所需的全部。

当时,我撕下笔记本的那页纸,将它保存在装有红色卡片的文件夹内,卡片上我什么都没写。我有若干存放设想和计划的文件夹,所有都以相应的名字标识。卡片上什么都不写是赐予它特殊地位和想得到的最重要的身份。它无须命名,便是独一无二,无可替代。

然而,光阴荏苒,我连一次都没再停下来去红色文件夹里容纳的重要之门后一探究竟,或者说从隐喻跳到现实,来到帕加萨里之巅。一方面由于我父亲奇迹般的恢复,手术后几周,我看到他在家里的走廊中央活动了下筋骨,对一个与死神散步归来的老人而言,这真是其中一项不可思议的活动。不管怎样,从某个角度看,他平日的常态已恢复,大限过后,一切如常,并且让终结的念头渐行渐远。

医生预测我们父亲时日不多,但他却又支撑了四年零三个月,虽然在风烛残年之际,老年痴呆先是吞噬,随后替代了他的大脑。失去了思想与精神的庇护,萎靡从大脑扩散至全身,直至死亡降临。

将我们对所爱之人的了解具化为几行字，这是一项有趣的写作练习，但首先也会不知不觉成为一幅自画像。我挑选的讲述我父亲的文字，事实上讲的就是我自己。或这样开头：

“莱奥纳多·马里亚斯·巴雷拉斯，1919年11月9日出生于卡兰萨，比斯开之谷。他是穷人家的儿子，很快搬到了毕尔巴鄂。内战初期，十六岁的他自告奋勇为共和派而战。毕尔巴鄂沦陷后被俘，一次免于枪毙的奇遇后，他进入了佛朗哥军团开始服役。战争在马德里结束，他在那里待了几年，直到重回毕尔巴鄂。尽心竭力过后，终于实现了当货船船员的梦想，让他得以不远万里周游世界。大约在1952年，他认识了后来的妻子特蕾莎·阿蒙多·戈蒂埃。两人于1957年完婚，并育有三子，费尔南多、安娜和路易斯，有三个孙辈，伊蕾娜、埃琳娜和洪恩。2013年6月3日上午八点左右，莱奥纳多·马里亚斯·巴雷拉斯离世。我看着他断了气。”

这份传记总结得相当客观。我父亲的脚步在地球上延长至九十三年六个月二十四天左右，但它也就勉强指出了这份时间地图中的少许红图钉。在我最爱的一部美国西部片《威震大西部》①里，被阿帕切人的箭射中而受了致命伤后，那名士兵问上司："今天是星期几？""星期三。"军官回答。"星期三。"士兵嘟囔着，"我从未想过会是星期三。"然后就死了。

2013年6月3日是星期一。我于1日到达毕尔巴鄂，那是最后时刻前的四十三小时，还来得及看我依旧活着的父亲。

但我原本可能还没到。我也想说出个中缘由。

我选用我想到的溢美之言与陈词滥调：在那个5月的下半月里，我有许多工作上的应酬；其中一些很难或无法取消。一派胡言：全都能取消，只是绝大多数时候，我们希望或决定不要取消。我没有直接跑到父亲身边，而是接二连三地完成那些任务，并告诉自己真的迫在眉睫时就终止一切未完之事，一旦到毕尔巴鄂，我会在那里待到最后。安娜恰好告诉我，医生们指出了这垂死之人的状况，好像他们就在我身边：虽回天乏术，但能坚持数周。这点认同了我伪装的样子，事实上是一个天衣无缝的借口。我父亲的身体停留在地狱边缘，正如我到达时见他心静如水、心不在焉。曾经有人告诉我，电光石火间人可以认清自己和他人，但几乎所有时间里都不知道自己是谁、曾经是谁，在痛苦的迷惘之中会产生某个意外的滑稽瞬间。存在却又不在，至少表面如此。然而，从那时起我问自己，他严酷而不眠的平静是否的确不是为了等我到来。多少年了，他早就以自己的方式告别了他的伴侣、孙辈和两个孩子。缺了我，而我不在那儿。安娜每天对他说，缺席的儿子马上就到，并不确信他能否理解或至少在听她的消息。现在我对自己说：当我父亲在床上奄奄一息等着我时，我真的是在西班牙走南闯北开着会吗？我问自己这个问题，还想着取消一

① 《威震大西部》，1972年上映的美国西部片。

切活动恐怕也无济于事。过去和现在,我一直觉得活跃的生活是理所当然,水到渠成,与理智一样在我心中牢不可破。但我还是问自己,当父亲行将就木却还在等我时,我是否的确在全西班牙叱咤风云。

那个6月1日的早晨,在乘火车去毕尔巴鄂的途中,我想起这些年里,走着同样的路线,我是如何拷问自己的:当旅行的动机是我父亲或母亲的死,我将是怎样的心情。当知道一按响门禁,由于我父母耳背,这个动作必须掷地有声。此时我遇到的不是他们那仿佛能承受一切的柔和的生命力,不是化世俗为桃花源的安宁,在此蛰伏至地老天荒,没人会在乎;而是最后的挣扎,甚至是已故的遗体,我意外发现他们的空缺变成家中无可救药的征服者。按我生命中那段时期来看,那幽灵让我不仅了解了更猛烈的无助与痛苦,还熟悉了所有恐惧和犹疑的名目,因为它们在想象中一次次苏醒,而想象中有尚未面世的药方调节苦闷。我记得某个圣诞节阴云密布,因为我生活中诸事不顺,我曾在去毕尔巴鄂的路上幻想着,那一刻我母亲真的离世了对我而言会是什么结果,如此想象总是阴魂不散。当我转向火车车窗,看到映在玻璃上的自己时,我用了十秒才认清。这个漫无目的的人是谁?这个一筹莫展的脸与玻璃另一边疾驰的风景融为一体的大男孩是谁?我早已忘了那个圣诞节的具体日期,也忘了当时苦涩的情形,但我清晰记得玻璃上那一蹶不振之人的无助脸庞。

但这次实实在在,业已发生。

2013年6月1日。

“就在这里。”我告诉自己,“已经来临。你父亲走了。”

尽管如此,我不愿相信,即便知道这是无可奈何的事实。几小时前,我知道了这件事:由于他的健康每况愈下,当他被搬离医院时,曾试图逃跑,并顽固地将约束自己的沉重椅子拖到电梯口。我陷入了儿时的兴奋中,好像这未遂的反叛行为证明了他体里仍积聚着意志与能量。在如梦似幻的一瞬间,我相信他的病或许完全是一个在那里终结的噩梦,他成功逃脱,步入正轨,像往常一样走回家,在母亲身边继续他不朽之人的生命。然而,试图逃跑是他生命的最后举动。

或是倒数第二个。最后一个留给了我。

圣玛丽娜绝症晚期病人医院位于郊外。我们坐上安娜的车。她丈夫楚斯在开车。我们聊着后勤保障的日常事务,比如探访规定或医生和护士查房的细节,几乎掩盖了不安的情绪。我们往往觉得,重视一些实际上微不足道的事能让必然到来的死亡变得模糊不清。但毋庸置疑:你如果生活在毕尔巴鄂就会知道,去了玛丽娜就只能迈向死亡,除了死,没别的去处。

我父亲躺在床上,嘴巴朝上。他睁着双眼,面无表情、目不转睛地盯着天花板,将一切置身事外,缄默不语,嘴唇紧闭,如同一个生气孩子惴惴不安的漫画像。每过一秒,就离生命远了一步,但他始终没有放弃。脑损伤长驱直入,数月来一步步赢得领地。

我问自己,如果我们最爱的人中的任何一个(因定义限制只能是极少数人),突然变为一个没有智力与眼神的自我的空壳,我们将会是什么感受。一个有你所爱之人脸庞的肉袋,一个穿着他一如既往却突然显得太过松垮的皮囊的幽灵。想着如此心惊胆战实属不易,有少许绝望,更觉天崩地裂。大脑不断坏死唯一的好处就是:作为旁观者,你会慢慢习以为常。但这也可能是它最惨绝人寰之处。

他空洞的眼眸诉说了这一切。

“费尔南多来了。”安娜凑到他耳边，并提高嗓门对他说道，似乎坚信她的话无论如何能穿过那与世隔绝的墙体。

我妹妹从一开始就排兵布阵，做出具体决断，这样的决定每天都有许多，并且让人心如刀绞。疾病冲击着家庭的构成，墙裂了缝，地基也岌岌可危。一切都被杂乱无章的新秩序封锁，它虎视眈眈，就等着一跃而至每个小小的习惯上，到每份情感之上。运筹帷幄之人会减轻灾难，将其引入正轨，以免混乱或不幸增添不必要的撕扯。大难之上也有无形的小成果，或许很少，无异杯水车薪，但试图化险为夷的任何一丁点努力都应被认可与铭记。

“费尔南多来了。”

我看到她在那里，坚定却又徒劳地侧向他耳畔，好让声音抛向垂死的大脑。这一刻我恍然大悟：你父亲快死时，应当像遇到一场火灾那样跑起来。事实如此。跑到他的身边，抓住他的手，告诉他原本未说的话，看着他咽气，这是他生命中最后的大礼。我在那儿就这样如梦初醒，茅塞顿开。因为幸运，我为时未晚。因为幸运，我来得及经历这一幕。讲这些就是以防万一，或许会有助于他人。

人们形象地说，死神有脸，但这竟是真的。我与将死之人独处时看到了那张面孔：它如同一张隐形而牢固的面具附在父亲脸庞的骨头和皮肤上。从现在起，我能认出死神，从那时起，我能描绘他：水盈盈的眼神与剩余世界之间的一层黄色轻薄透明物，一种敌我意志的共存，一块尽管不存在却一点点变厚并似乎渐渐发亮的帘幔。我现在仍在问自己，那亮光是什么，由何而起：死神将胜，生命将逝。

病房为双人间，但第二张床空着。安娜和楚斯走后，医生进行当天的最后一次查房。此后，只剩我和父亲独处。那是晚上九点，窗的另一边还闪烁着太阳的最后一抹踪迹，透过窗户，我望见停车场，更远处是孤房散落的山峦，城市就在尽头。

我父亲已死，尽管他在呼吸。这个想法在我脑中浮现，被意外确凿的层层薄雾笼罩。我一直站着，或慢吞吞地在房间里游荡，尽量不弄出声响。我坐在他床边的躺椅上，又起身监视他的呼吸，视线未离开他那肉色烟纸般起伏的胸膛。他命悬一线的呼吸是我与他拥有的一切。当时不知、现在也不明何种缘由，我用手机拍摄了一张透过窗户看到的风景照。太阳已经离开，一切看似灰蒙蒙的。停车场里仅剩最后一辆车，几乎所有病人家属都在不久前启程。空旷的停车场没有忧愁的理由，但在医院里就悲伤起来。这无法避免。可能探病过后来这里的所有人都回家吃晚餐或看电影去了。死神找到了过夜的栖身之所。一座厂房呈现在眼前，低矮而宽大的烟囱冒着白烟。相机的咔嚓声将盘旋而升的烟雾定格，它们肆无忌惮、张牙舞爪的形象在手机里凝固。我想，地球上所有的风景中，这是供我父亲欣赏的最后一幕。如果他能靠近窗户看一看，这会是他见到的最后场景。我存下这张照片。至今还存着。我联想到这对于我也会是最后的风景。我想，事实上那般景致理所当然已存在于某个地方。马上会到那里，风雨交加或艳阳高照，四十米或四万公里开外，一动不动、耐心而冷漠地等着我。不应该自欺欺人：当我去电影院并自以为只是去电影院时，当我开始一次旅行并自以为只是开始一次旅行时，当我在写这句话并自以为只是在写这句话时，我正走向那幅风景。我起床时的每个早晨，我的所有和每一个早晨，甚至在生机勃勃或阳光明媚的日子里，在被幻想或爱情或幸福刺激的黎明中。我走的每一步，都是走向那四十米或四万公里以外业已存在的风景的一步。

就在那时，我父亲咳了一声。

我凑了过去。那几乎不属于他的眼睛睁着，浑然无知，冷若冰霜。

但在他眼神的最深处，有一片似乎在倾听的底色。听我说。我下定决心，他确实在听我说，满怀期待地听我说，没有我的言语，他不会离开。我坐在他身旁，握住他的手。他纹丝不动，苟延残喘，气息奄奄。外面，最后一辆车发动引擎，驶离停车场。车远去后便是万籁俱寂。

我握紧他的手说着，行云流水，一气呵成，仿佛只说出了一个很久以前就黏于舌尖的特别长的词语。我为他而说，却也是为自己而说，絮叨从未表达过的强烈情感。我所说的一切都至关重要。这点我肯定。但我此后再也记不起自己讲的确切内容，如同一个聋子，先是捕捉零散的音节，然后力图用某种含义将音节组装起来。我只知道我如何开头：

"我很爱你，我从没对你说过。"

许多人从生到死都不曾对或听所爱之人说过"我爱你"。但对我们而言，这是我们共享生活圈里一个不可或缺的高潮，恰到好处的完结，独一无二。这句话将会是本书的灵魂。据说，仅仅一行字就应该能诠释整本书的含义。我也道出了感谢之词。我从未谢过他提供机会让我成为现在的自己。当然，是我自己成为了现在的自己，毁誉参半，但他力争助我成为这样的我。他理解我的人生规划，支持它，最坏的时候信任它，资助它，所幸后来能以若干成就为傲。我知道我谈到了酒精，我生命中古老又长久的阻碍，我们从不直接提及它，尽管我俩都心知肚明，心照不宣。即便那时他也依旧信任我，倘若他怀疑，而他应当怀疑与煎熬，那也是在内心深处。我了解并感受到他一直都在。

“我始终感觉你在身边。”

我对他说了这句话，一模一样的话吗？我对他说了类似的话吗？我对他说了现在我想不起来的其他事吗？我试图写下来，但这番努力变成我生命中最难写的段落。那一瞬间的激动我记忆犹新，每当回想起，都感觉那个好似在舌尖由来已久的冗长词语，又连续不断地独自流淌起来，但它现在并未如此。我认为我说了这句话，一模一样的话；不过，我又认为对他说了大同小异的话，但并非一模一样；我也可能对他说了我现在无法详述的其他事。我和我的记忆之间存在无法穿透、坚不可摧的隔阂。我很沮丧，仿佛看到了以一种未知语言书写的幸福方程式。我只能确定接下来说的话。我仍然不明就里，但我知道我突然对他说：

“我现在最后一次需要你。我要写一本关于你我的书，我需要你的帮助。但愿你能在。但愿我俩合力写这本书。我来写，你就待在我身边。当我们完成后，我会登上帕加萨里山，把我们将要一起写的书埋在我们眺望毕尔巴鄂的同一地方。我需要你在，一直到那个时候。我很爱你。这句话我从未对你说过。我爱你，我崇拜你。这句话我也从未对你说过，但崇拜你对我很重要。”

在某一刹那，我潸然泪下。我以为是我说出“帕加萨里”的那一刻。这个词不仅对于这本书，还首先对于我的生命如此至关重要。或者也许，我是为父亲惊奇而震撼的反应而哭。因为他倏地离开了死的状态。真真切切。我发誓他做到了，他不再停留在死亡的状态，而是试图说话。一名死者为说一个词而折返。还能想到更伟大的词吗？我们的双手紧握对方的双手，奋不顾身，激动人心。那儿确实留有他身体强有力的痕迹。我父亲为说那个词而与死神抗争，但他只能发出一丝呻吟，沙哑和可能是我臆想出来的撕心裂肺。也许因为他说不出想要，或我以为他想要对我说的话；也许因为死神就在他身边，看得见，感觉到，摸得着；或是因为他问了我某件事，却见我理解不了他的问题。他如此强烈的无助感始终附着在我身上。那最后的眼神游走入我的肉体和我的记忆中，我随时随地可以召唤它。它一定会与温柔的未曾触动的凶残以及充满信仰的苦痛一同出现。它是一块盾牌，从远处守护我的脚步；它是一个门槛，一次次邀请我拷问自己那些未知的事物：当我的头脑依旧有理智、有能力、有活力时，就会是这个样子……有一次，我想过那震撼人心的瞬间对于他是一次回光返照，而我那被他如此紧握的双手，只不过是他感觉到的无名烦扰之人体温的一个支点，他离开前最后的支点。但我内心愿意相信事实并非如此，他清楚地知道在那里的是我而非其他人，他想将一生的千言万语浓缩进那说不出的词语中，这番努力构成他的遗产，这是能想到的最值钱的东西了，因为未知会变为无穷无尽，带我去寻觅、寻觅、再寻觅，换言之，去体验、体验、再体验……而由此去书写。正是那个他没能讲出的词孕育了这本书。那个词就是这本书，孕育它，包容它，保护它，口述它，并且喜欢它，那词语希冀此书存在。那词语爱它，还从我身上偷走它，把它藏起来，从我身边夺走它，因为一个没说出来的关键词囊括了所有还未写成的书，或所有还未写之书的可能性。就是在那里，在所有无影无踪、无边无际、无法企及的书中间，我应当搜寻它的踪迹，将它带到现实。

抓住我已逝的父亲身旁那根由一个从未说出的词组成的无形丝线：这就是这本书。

2013 年 6 月 3 日上午八点的那一刻,我父亲肉体死亡。事实上这并非一瞬间的事,而是延续了四五十分钟。按照天地万物千差万别的感知来看,为驱赶死神的所有征兆都是既合理又徒劳的。这段死亡之旅所包含的信号可诠释为上帝的鬼脸、命运的意志或混沌时纯粹的任性。

比如,那一天天刚蒙蒙亮,我醒了过来,大约是清晨六点,我出于本能知道必须跑去医院,与之前的方式相同:仅仅在几小时前,我感觉我可以回家去了,因为父亲服了止痛药后安然入睡,坐在他床边的椅子上度过前一个漫长黑夜之后,好好休息一番似乎合情合理。医生解释过,尽管他大限将至,但仍能活几天,也许两天,也许五天,对于单纯医学的发展,没有任何贡献,我或我们只能看他睡觉。但在那天清晨六点,一股荒谬而警觉的冲动敦促我赶快起床。我想起了另一个清晨和另一次突然惊醒,2009 年 2 月那天我母亲惊醒,发现伴侣躺在走廊的地板上、倒在自己的血泊中,她挽救了他,但是她凭直觉判断,如今才确切到来的终结之路当初就已开始。我匆匆赶往医院。没有在他身边过夜的决定突然像是可耻的玩忽职守。

我穿过明亮的长廊,尽头是他房间的门,我害怕发现他已死。在那雪白干净的几米墙的路途中，我父亲可能会死这件事第一次变得逼真可信。是的，这将会在接下来几分钟、接下来几秒钟发生。或许已经发生。

我没开灯就靠近他的床铺。他呼吸着，他还活着。我淹没在一股荒唐的放松之中。但他的身体纹丝不动，双目瞪大，聚焦在某个同样很平静的无形物上，他凭一丝气息勉强维持生命。他的嘴用原始却已枯竭的顽强寻找空气，每次都借助脖子向后干脆的一击。他所剩的精力全部集中在那里，在他那通过脖子向后干脆的撞击来坚持吮吸下一口空气的嘴里。鉴于如此简单又令人印象深刻的姿态，我确信终点到了。尽管如此，我依然如释重负，身上感觉到强烈的轻松，像涂了香脂，能够吓走死神。现在回忆起来，我想是因为到得及时。我拿起手机通知我的弟弟妹妹。我知道路易斯快到了，因为我们之前约好，所以我决定先通知安娜。我不停地监视着父亲的脖子。脖子向后干脆的撞击。生命在沦陷的战役中负隅顽抗。我感觉那一阵阵痉挛把我和他联系在一起，我适应了他的节奏，每当他开始奋力一搏，我就抬眼，目光离开手机。我的手机显示了电池快要没电的红线，这是我少有的疏忽，但所幸我随身带了充电器。如果因为如此愚蠢的理由而没能通知我妹妹父亲即将来临的死亡，那真是不公平，甚至是怪异可笑的。我可以找一台紧急电话，但无疑，我记不得号码，已经没人会知道他人的号码了。我在临近地面的插座上给手机充电，蹲在那儿开始键入信息。“你恐怕要过来了，我觉得……”这简短的文本输到一半时，我抬眼一看。就在那时，我父亲轻柔地呼出气。周围变得静悄悄，一阵无边无际的安宁袭来。他的脖子不再移动。我停在那里，呆若木鸡。我倾身小心翼翼地走了一步到床前，仿佛我的脚步声会分散父亲接着吸气所必需的精力。脖子与嘴唇一样，仍然静止不动。一些本能真的太奇妙了！我看着它们，期待它们一阵晃动后回到终点的节拍。就在那时，他显然不再呼吸的前后零点一秒内，路易斯进来了，刚好目睹驾鹤西去的精准瞬间，好像又是上帝的鬼脸、命运的意志或混沌时纯粹的任性。他心领神会，因为我的一个词或一个手势，我不记得了。他到床的另一边，贴近我们父亲的脸庞，面对这等待已久而终于现身的死神，他像我一样将信将疑。我们茫然若失，除了继续注视他死气沉沉、睁得很大、盯着天花板的眼睛之外不知所措，似乎心照不宣的两人都一致认为他可能还会眨眼，这就能证明结局可能正在到来，却还未到达。是我们拨床边内线电话通知后到达的第一位护士将他的眼皮合上的。看着他实实在在、亲切温和的表情，我感到一阵不安，只等许久过后才明白：我们曾有机会，本该是路易斯或是我最后一次合上我们父亲的眼睛，而我们完全出于迷茫没那么做，我们没意识到要那么做。我本想这样，合上我死去父亲的双眼，了解这简单而伟大举动引起的感触，能记得我这样的动作，并且现在能讲述出来，能用我的余生铭记。我希望知道一切，感受一切，目睹一切，牢记一切。父亲与我在那一刻已开始写这本书。

此后，或许因为路易斯是电影导演或因为电影一直浸透在我们所有人的生活中，当我们离开时，我将这刻骨铭心的画面与一场旅行联系在一起：死者的两个儿子依旧不愿相信，我们在白色长廊中前行，随身带着父亲放在医院的四样东西：若干衣物、洗漱用品、某本杂志，路易斯说道：

“九十年的生命，剩下一个塑料袋里的一件毛衣和几双拖鞋。”

我认为书不应斗胆给生活以忠告，尽管它们确实会打开一扇扇虚掩之门,门后又守候着许许多多的问题。但我打破自己的常规来告诉愿意读这本书的人,我明白,我现在明白,没有什么比放弃一切就为了在父亲弥留之际伴他左右更重要的事了。及时到达,正如我幸运地做到了那样,会产生强烈的身体知觉:他最后的气息附着在你身上走完剩余的路。而相反的事,我如是猜想,应该是一种异常孤独的命运,一场固化于内的遇难,也许是一次双重遇难:你遇难了,也许开始时感觉不到;那最后的气息遇难了,永远随波逐流,找不到可以躲藏的庇护所。这些是我揣测的。这些是我自以为学到的。这些是我所知道的。

我认为，面对一个深爱之人的死亡应当全神贯注，心无旁骛，死者越是挚爱，就越决心与世隔绝。

哀悼是华而不实的修辞，关注它们会分散我们的真实情感。面对善良的哀悼者的队伍，不断忍受去听吊唁之词，或出于礼节，或虚情假意，或利益相关，或阿谀逢迎，甚至真情实意，这是对死者的背叛，剥夺了属于他的东西以及他完全合法的应得之物：我们内心对他的真实情感。当我父亲去世时，我跑着躲避其他人，躲避我的母亲、我的弟妹、我的朋友。我藏起来一段时间是可行的，为了与他在一起，并试图捕捉我见证的最后气息的回音。在那段时光里，城市褪去了刺耳的噪音，就连空气都显得凝重起来，仿佛是我内心惶恐的静默使之如死亡般沉寂。我边走边回忆我的父亲，当我走着不去回忆他时，我也在追忆他。在熟悉的家附近的一个拐角，我记起在他2009年手术后的一天，我们两人在散步，他向我指着一群在人行道上踢球的孩子，球最终被踢向一个想象出来的球门。

“我穿着短裤，在那里，就在那里，与我的朋友一起玩耍。”他喃喃细语，对飞逝的时间惊愕不已，“现在我快九十岁了。九十！怎么已经过了这么久？什么时候？什么时候过了这么多时间？我一点儿也没感觉到！九十年了！……”

他说了那番话以后，我曾许多次面对那个街角，以后还会更多。我不可避免地看见一群穿着短裤的孩子们，我父亲就在其中，大约是 1927 年或 1928 年，他们在那里幸福地玩耍，完全没有时间或死亡的概念。我自问他的灵魂是否仍在那里，看不见，听不到，对看不见或听不到这个事实漠不关心，永远在玩，永垂不朽直到城市消失的那天，如同所有城市无可奈何迟早会有的结局。我有时会想，遥远但必有一天，由我父亲在其中领头的那些虚无缥缈的孩子们，会暂停他们的游戏片刻，来好奇地观察我：那时的我年事已高，我会看着他们，回忆几十年前耄耋之年的父亲如此忧郁地思考时光流逝的那一天。当我死时，还有人会知道有一群无形而永生的孩子依然在那个角落愉快地玩耍吗？

有一场弥撒。

家中多无神论者，即便如此还是有一场弥撒。我母亲的确是信徒，她不会理解也不能接受没有葬礼，而我们都觉得举行葬礼既应该又无害。然而，我始终理解不了这强加于死者的最后义务。如果人们有权利在自己的葬礼中复活，哪怕只有一分钟，历史长河中的许多男女将会辱骂某个或某些到场者，或愤怒地围困神父直至将他赶出他自己的教堂。如果一位暴躁的死者在参加其葬礼的人中间大开杀戒，该如何定罪，如何制裁？人类真是可怜，一旦成为尸体就被迫在活人面前展示，静止不动，庄严肃穆，以颇有争议的标准化上妆。

我问自己，如果我的父亲在告别他的弥撒中真的应验重归生命，设想他还未被火化，他会怎么做？也许在些许犹疑或困惑过后，他会逃避仪式，回到他的沙发上，去看他崇拜的克林特·伊斯特伍德[1]的某部电影，比如《肮脏的哈里》，这是父亲认为最好的喜剧片。

有一个事实：我除了旅游之外，大约已经四十年不曾踏入

---

① 克林特·伊斯特伍德（1930— ），美国电影演员、导演、制片人，出生于美国旧金山，后文提到的《肮脏的哈里》由他主演。

一座天主教教堂。虽然我感觉此处是可想见的最不适合表达我内心真正哀思的地方，但我决定变为作家的眼睛、仅为作家的眼睛去参加，这会很有意思。多亏这样，发生了某些奇妙之事。我有时猜想，发生奇迹的一种简单而稍稍能担保的方式在于一名作者以作家的眼光看待事物。

我们占据了中央走道两边的前两张凳子。一张是我母亲、我的弟弟妹妹和我，另一张是我的外甥女伊蕾娜和埃琳娜、我的侄子洪恩和我的妹夫楚斯、弟媳埃斯特尔。那时的洪恩十五岁，将自己定义为一名新手 DJ，疯狂热爱打击乐，渴望革新迪斯科舞厅的世界，此外还是恐怖电影和某些超级英雄漫画方面的专家。据我所知，那天之前他从未踏进过一座教堂。他微微一笑，茫然地望着所有仪式与圣歌，我想问，当他不得不走上圣坛，礼节式地点燃那根据神父所说代表向阴影谷出发的我父亲灵魂的大蜡烛，他会是什么感觉？

母亲虽然被那一刻的磅礴气势深深震撼，但她的幽默感和批判力依旧不减。

“该瞧瞧这个人是多么无趣。”她对我窃窃私语道，所指神父。事实上，神父正飘忽不定、索然无味地游走于我父亲的生平简介中，生平以大海与小径通向家庭这样愚蠢至极的比喻为基调，根据我们给他的四份资料勾勒而出。尽管如此，奇迹还是发生了。

当神父要求我们这些到场者跪于长凳上时，就在那里：一场目眩神迷、以假乱真的时间之旅开始了。

场景是同一座教堂，日期是 1972 年 11 月 21 日。前一天 11 月 20 日，我的外婆，我母亲的母亲，意外而安详地过世了。在家里，我们喊她“外婆”，尽管邻居们称她为“B 夫人”，那是以二十世纪八九十年代黑帮电影中的绰号为新奇的范例。她抱怨过左肩上的微微疼痛，饭后要小憩片刻。我总是在下午三点十分出发去学校，在此之前，我向她告别说“再见”。

“明天，当我感觉好一些了，”她在昏暗中亲切地说道，“我和你一起去英格列斯百货商场①，我给你买个马德尔曼玩偶②。”

我不知道如今是否还生产马德尔曼玩偶。它们是一些有关节的小娃娃，约十二公分高，可以给它们穿上不同的制服：海军陆战队、加拿大骑警或《2001 太空漫游》③里的宇航员。我记得，面对这充满爱意的提议，我差点恼羞成怒，被侮辱得羞愧难当。马德尔曼玩偶是给小孩子而不是给我的，我已经知道萨姆·佩金帕④是谁，我看过他的所有电影，至少听说过它们。我现在问自己那段对话里有什么让我记忆犹新并能滔滔不绝地讲述，是这滑稽的、绝对蓄意的伤害，还是我外婆对我说的最后一番话这个事实？当细节镌刻在记忆里，那是因为它们不只是细节。那天下午，我从学校回来时，家里炸开了锅，往日的平静被痛苦的号叫声划破，我很难在叫声中辨出母亲的声音。在此之前我从没听她哭过。

“外婆死了。”我还没踏进门，父亲就镇定地对我小声说道。关于事实的消息尽可能简洁准确、没有价值判断，这般平静抵消了母亲的泪水。

四十多年以后，我仍然记得那天的两件事：我们没去买的

---

① 英格列斯百货商场，一家西班牙大型连锁百货商店。

② 马德尔曼玩偶，1968 年至 1983 年间在西班牙流行的关节可活动的玩偶。

③ 《2001 太空漫游》，一部美国科幻电影，由斯坦利·库布里克执导，根据科幻小说家亚瑟·克拉克小说改编，于 1968 年上映。

④ 萨姆·佩金帕（1925—1984），美国导演，代表作有《日落黄沙》和《亡命大煞星》等。

马德尔曼玩偶,因为神秘而重要的它事实上代表了外婆对我说的最后一条明确信息;还有她的告别,特别是她脸上和谐的表情。我清晰记得她嘴角朝上躺在床上沉睡,仿佛是我离开后不久保持的样子,可以说与奇妙安宁的午睡姿势相同:午睡时,你会像一个孩子温柔地潜入天真烂漫、富丽堂皇的美梦之中。我独自在她面前站了一会儿,试图观察现场恐怖的迹象,但我觉察不到。在生活带给我的第一具遗体面前,我竭尽全力想去感受面对死亡的恐惧,但我体会不到。除了父亲,那天陆续来到家中的所有成年人都哭了。我想,他们面对死亡都不曾停下观察就已不堪一击。我外婆遗体中流动的自然而然,与那般恐惧相悖。

全家都去了葬礼,除了我身心交瘁的母亲。我那时刚满十四岁,比四十一年后点燃圣坛大蜡烛的洪恩小一岁,我还记得自己是如何选择全程盯着我父亲的。今天,我依然谨小慎微地看着他,灰西装下的白衬衫和黑领带。他只戴黑领带,总是千篇一律,同一天在同一家店买的六或八条同一款式,他面前的售货员对她的客人如此激进的决定感到一脸茫然。

“黑领带最舒服。”他解释道,而我们从未理解他的准确意思。

他著名的黑领带毫无争议地会用在婚礼、圣餐仪式和其他家庭庆典上,而在外婆的葬礼上使用恰到好处,但这并非是我观察、几乎是监视他的理由,而是我生来第一次在教堂里见到他。我既害怕又激动,渴望看一看像他那样自认无神论者之人在仪式中会怎样表现。

“我比无神论还无神论。”每次话题一出或有人直接问他,他都毫不掩饰地说道。

我在那个时代已感受到，诸如上帝存在或死者复活此类故事在真实性上漏洞百出，并且直觉神父给出的关于善恶或性，尤其关于性的观点是扭曲紊乱的。对我而言，神父是一群又老又闷之人，黑色衣边无一例外是同一种香水味，甚至在那时意味着受命时就有的相应教职，如同在圣人特质上添加的身份记号。但我自己当然没把握在那个社会表明我信仰上的疑虑，我周围的一切都从天主教演说中生根发芽、汲取养分。我父亲是个例外。

1972年的那一天，从仪式前几小时起，我感到他将参加的不只是一场葬礼，而是一场他——孤独的英雄——与拥有唱诗班、天使和主教大军的教堂之间英勇而艰难的战斗。父亲在遥远的青春年代曾是比斯开业余拳击冠军，但在上帝的权力面前似乎是小巫见大巫。如今我问自己当时恰好猜想了什么。也许我想象他会打断神父来宣布他“比无神论还无神论”的理念，或在真理时刻畏缩不前，与其他人一样屈膝跪在圣坛前。不，不该是这样。不会是这样。但如果就是这样呢？我的自我小剧场才能幻想出巨大而鲜明的证据，将来可能留下的所有遗产中，父亲的可靠性在关键时刻起了作用。几天或几周前，我们刚看过一部发生在殖民地的宏伟暴力的美国电影，为了搭配我对这部电影的青春狂热，父亲讲述了一种与银幕表现不同的英雄气概，以一段他朋友讲的故事来诠释，对于他的那位朋友，我在“帕加萨里”红文件夹的白纸上仅以“H”命名。说的是某个在村镇外临时搭建的岌岌可危的战地医院，位于一个虚构或真实的陷入内战的遥远国度。我的想象力仍然被如今已忘的电影燃起，无须更多数据就能看见：红上衣和拿砍刀的游击队员，布满刽子手的茂密丛林，一片无边无垠的沙漠，沙丘后驻扎着裹黑头巾的狙击手，还有被围剿的士兵已弹尽粮绝,时日无多。现实更加肮脏与简单:一派的武装人员抵达,捣毁医院并杀害里面的人,面对人潮,只有三四个高烧缠身的步枪手背水一战,旋即一败涂地。H说,据别人向他所述,那名医生是一个老态龙钟、弱不禁风之人,当时的他直面武装人员,坚忍不拔地挡在伤员待的帐篷前。与杀手们殊死抗争片刻(或许片刻都不到)之后,他首先被砍倒、遭踩踏,但有一位村民见证了随后的杀戮,此人得以幸存,并希望将此事讲出来。十几年后,无人记得被杀伤员和杀手的名字。那名医生的名字也没人记得,但他的英雄事迹却铭心刻骨。

"有些英雄小故事……"我父亲总结道,那是故事讲完后他自己的感想,"几乎没人看得到,但它们就在那里,已经发生。"

现在,正如年老体弱的医生那样,他就在那里,年富力强,与他的无神论和黑领带一起,准备好展示他的信仰堡垒。

我不知道他是否觉察到我在监视他。

已是少年的安娜、我和仍是孩童的路易斯,我们兄妹三人占据了正对圣坛的第二张长凳。第一张凳子已分配给死者的另外两个儿子和他们的妻儿。我们母亲没能来到教堂,由父亲代表她,他在一个角落穿着灰西装、戴着一根黑领带。他坐在第一排,离我两米远,靠左边,这让我更为激动:与上帝的决斗将不会发生在低调的昏暗中,而是暴露于所有到场者的目光下。

那些年我去做弥撒时,早就不关心神父说的话了。我的想象力逃到了窗外,尽管我不可能完全清除他那一连串作为背景回响着的单调旋律,如同一类格格不入的响亮乐队融入我的万千思绪中:前一天的西部片或最后一位女演员的脸庞以及一同出现的神秘眼神，而神父在说关于性的谎言。我生命的那段时期里，陪我一同去做弥撒的有理查德·哈里斯[①]、丽莎·明尼里[②]、凯瑟琳·罗斯[③]、伯特·兰卡斯特[④]和朱莉·克里斯蒂[⑤]，以及单独出现或由威廉·霍尔登[⑥]相伴的萨姆·佩金帕。1972年的几场弥撒中，杰奎琳·比塞特[⑦]坐在我身旁。有一次，她天使般的脸庞微笑着问我："你相信学校神父对你说的有关所有女人，无论女演员与否，我们的那些阴暗忧郁、牛鬼蛇神之事吗？或者我告诉你我们女人是世间的伟大奇迹，你会信我吗？"我相信她，我发誓：我在上帝乏味的家中如痴如醉，感动万分，我相信杰奎琳，《日以作夜》[⑧]中有情有义、温柔与光辉的圣洁女神。教堂无法战胜电影，尽管它过去与现在都做了许多尝试。因此，我少年时期的神父们厌恶电影，当然也厌恶它们的女主角。依我们看，他们更喜欢在银幕上看党卫军的一场屠杀，而非玛丽莲·梦露的一个肩膀。

但他们确实能战胜我父亲，他从葬礼开始就一直站着。

---

① 理查德·哈里斯(1930—2002)，爱尔兰演员、歌手和编剧，代表作有《邓迪少校》和《哈利·波特》系列等。

② 丽莎·明尼里(1946—)，美国女演员、歌手、电视节目主持人，代表作有《何日卿再来》和《歌厅》等。

③ 凯瑟琳·罗斯(1940—)，美国女演员，代表作有《毕业生》和《虎豹小霸王》等。

④ 伯特·兰卡斯特(1913—1994)，美国演员，代表作有《大西洋城》和《孽海痴魂》等。

⑤ 朱莉·克里斯蒂(1941—)，英国女演员，代表作有《日瓦戈医生》和《柳暗花明》等。

⑥ 威廉·霍尔登(1918—1981)，美国演员，代表作有《日落黄沙》和《桂河大桥》等。

⑦ 杰奎琳·比塞特(1944—)，英国女演员，代表作有《安娜·卡列尼娜》和《东方快车谋杀案》等。

⑧ 《日以作夜》，1973年由弗朗索瓦·特吕弗执导的法国电影，以"戏中戏"的结构展现了一部电影的拍摄过程。

沉默寡言，形单影只，孤立无援。

“我的孩子们，你们跪下吧。”

神父的命令，也许不准确但确实是我回忆出来的命令，如同突袭的首记洪钟在教堂中回荡。我开始用慢镜头观察一切，我的期待将秒数拉长了许多：我的舅舅们跪下，他们的妻子跪下，我的表兄弟们跪下，我的表姐妹们跪下，邻居们跪下，后排凳子上的熟人们跪下，像一部历史大片的群众演员，我的弟弟妹妹跪下……我跪下。所有人都跪着。除了我父亲，猫一般平静，也许是在海上的日日夜夜慢慢学来的，他只是坐着，自然得令我目瞪口呆。如此表情是息事宁人到了极致，这样的画面定格下来：一大群跪着的人中间，仅有一人，甚至就在第一排，极其镇静地坐着，完全出乎意料。我屈从地跪着，心怦怦跳，与我父亲的平静对比鲜明，这般平静让我觉得更是名誉扫地，羞愧难当，我害怕会爆发某种由上帝或人类挑起的灾难：既不是现实，也不是佛朗哥的电影屏幕——新闻纪录片①教会我们现实该是怎样的场景，我没有，从来没有，也永远不会看到任何人，在任何情况下，以任何方式，在一座教堂里违抗一个下跪的命令。但他就在那里：因其态度上无任何挑衅之意而略胜一筹，因其沉稳的信念而立于不败之地。那天，我头一回觉得一切皆有可能。现在，当我写这本书时，我推断如果父亲那天跪了下来，我今天也许就不会写这本书。

四十一年之后，在同一座教堂里，我父亲成为缺席的死者，他的遗体已被火化。当神父指示献祭时刻已到，我自然地

① 新闻纪录片，1942 年至 1981 年间，西班牙影院在电影放映前播放的以政治宣传为目的的短片。

坐着而不是跪着。我的弟弟妹妹和他们的孩子亦是如此。在遥远的1972年那天,到了是否要遵从神父的时候,我或许不是唯一全神贯注观察莱奥纳多·马里亚斯行为的人。

此刻，一辆老火车闯入视野，它风驰电掣，几乎搅乱了我的思绪。

这是往返于毕尔巴鄂和马德里的列车：你们快看它，匆匆呼啸而过，永远势不可挡。四十年间，我走过几十次这条路线，踏上的车厢愈来愈时新，而它们本身就是我国交通工具的历史缩影。四十年里，我上下这趟列车的次数数不胜数。如果我有一盏法力无边的神灯，其中一个随心所欲的愿望就是我手上能有一本相册，里面是我每一次穿过毕尔巴鄂火车站后走进铁路的图片和对应日期。尽管从我的第一次算起，站台的数量已翻了一倍，但其中最醒目的依然是一扇硕大的玻璃门，上面绘有巴斯克主题的图案，中央一只巨型钟表，周围绿色植物、钢筋、母牛、男人和女人环绕。对于我既凶残又无益的对具体日期的偏好来说，不注明何时安装并升至高处的数据真是不幸，虽然我一直将它铭记在心。不过，人们确实能看到“阿拉瓦①玻璃工人联盟”的签名、一个伊伦市②的邮寄地址和一串六位数的电话号码，这

① 阿拉瓦，西班牙北部的一个省，位于巴斯克自治区南部。

② 伊伦市，西班牙巴斯克自治区主要城市之一。

对于一名执着的追踪者足以衍生出新的搜寻路径，但我可没这样的品质。几乎没有事物能免于随身带有自己的过往信息，人亦是如此。这一点得到证实：就在铁路前有一尊雕像，那是因达莱西奥·普列托①又秃又圆的胖脸，以大比例复制，不拘一格，标新立异，今天的车站就以他的名字命名。普列托与我外公私交很好，母亲还记得小时候有一天与她父亲一起在毕尔巴鄂散步，突然遇到一个矮矮胖胖、下巴圆厚之人，他们与之交谈了几分钟，告别时，那人吻了吻她的脸颊，还握紧她的小手，这是大人对小孩亲昵而夸张的典型动作。

“你要记住这位先生。”她父亲随后对她说，“他是一位非常重要的人物，一名伟大的政治家。许多年后，你可以讲给你的孩子和孙子们听，因达莱西奥·普列托有一次跟你握过手。”

她就是这么做的。母亲已讲过很多遍。当然，普列托不会想到，那个女孩许多年后成为一个孩子的母亲，而这个孩子又过了很久会讲述这段逸事；他也不会知道他生活了大半辈子的城市的火车站最终会带走他的名字。

四十年前，我从这座车站向马德里进发；还要早几年，我在这座车站与父亲告别，他动身去马德里，从那儿飞向他的下一艘轮船。两次间隔很短的告别可能发生在同一站台，也就是我现在要登上车厢的地方。

这列古老快车忽然闯入，所到之处，我叙述中动词时态的

---

① 因达莱西奥·普列托(1883—1962)，1931年至1933年间任西班牙财政与公共工程部部长，1935年至1948年间任西班牙工人社会党主席。

逻辑性都被破坏殆尽。书通常用动词过去时来写,至少是现在时;在一些场合偶尔会加用将来时,但总希望并寻求连贯一致,以便读者顺畅地阅读。然而,当我发觉我的记忆十分重视这列毕尔巴鄂和马德里之间的往返火车时,我也发现那节太空车厢可理解为岁月变迁之外的一个航天舱。如果过去和当下进行一场假想的战争,我生命中的这列火车将是中立之地,是没有国界的使馆,一个逃离"大钟"①的亡命之徒将在这里寻得庇护:我想看这座友好的外交总部里虚构出的静谧花园,树枝在一阵幻想的微风中摇曳,上头传来悦耳的鸟鸣声;与此同时,围墙另一边守候着贪得无厌、全副武装的洪水猛兽,时时刻刻不共戴天。我只要在毕尔巴鄂去马德里和马德里去毕尔巴鄂的车上,感觉就是同一场旅行,在我生命中的两座城市之间来来去去。我在2013年回马德里的火车上,那是在父亲的葬礼之后,我回忆起1975年的第一趟火车;我在1975年的第一趟火车上,感慨激昂地看着车窗,脑中细数着我在美好未来将要拍摄的电影;我在1984年的火车上,茕茕孑立,心惊胆战,尽管我不愿承认并试图驱散这样的感受,幻想着即将到来的壮阔经历将弥补一切;我在2001年的火车上,刚刚获得"纳达尔文学奖"②,我不自觉地如孩子般欣喜若狂,认为自己征服了世界;我在1998年的火车上,我十八年前爱上的女人不再爱我,失恋压得我透不过气来;我在1980年的火车上,刚刚爱上一个我觉得自己会爱到海枯石烂的女人;我在1976年的

---

① 《大钟》,1948年上映的美国悬疑片,由约翰·法罗执导,讲述了一个出版大亨凭借过人的胆识和智慧为自己洗刷谋杀罪名的故事。片中有一只世界上最精致的大钟,主人公乔治曾躲在里面。

② 纳达尔文学奖,西班牙最古老的文学奖。2001年作者凭借《上校之子》一书获得该奖项。

火车上，一口气读完了《百年孤独》，我觉得这是我读过的最好的一本书；我在1991年的火车上，想起许多年前我一口气读完《百年孤独》，并认为那是我读过的最好的一本书，为了纪念那一天，我开始重温这本书，但很快就放弃了，因为它对我而言矫揉造作，格格不入，在那遥远的午后，我的火车带我认识了加西亚·马尔克斯，我不想毁了这份记忆；我在1989年的火车上，告诉自己已一败涂地；我在1979年的火车上，告诉自己将大获全胜；我在2013年的火车上，我父亲刚刚去世；我在1977年的火车上，将要与我父亲会面，他从某个我现在不记得的外国首都过来，几小时后将在马德里着陆回家，为了从事故中康复：狂风暴雨中的那场事故差点将他抛向大海，在离他真正死亡前三十六年就将他杀死。我在这列同时是所有的火车上，我决定在这本书里将这列火车变为时间战的中立之地，将它化作铁路形的钢丝表演的脆弱绳索。一切都将是当下的事，一切就发生于现在，尽管现在，就是现在，一切都是回忆，像从车窗另一头走过的风景那样难以捕捉。

归根结底，一切都是我自己。

我在1975年的火车上，向我的目的地前进。

“吃遍世界”是位于马德里蒂尔索德莫利纳广场的一间酒吧，就在我现在住的地方。也许因为我搬到广场前几年恰巧在这间酒吧里写下了我前一本书的第一句话，所以，这地方本身就让我对它怀有一份特殊的偏爱。画在墙上的古老轮船和飞机的图案，给酒吧营造了一种独一无二、亘古不变的气氛。上午过半，当某几天秋阳高照或夏日炎炎时，从落地窗边的桌子望去，广场像是一处电影场景，效果如出一辙，至少我这么认为。如果柯尔多·马尔特斯①或杰克·凯鲁亚克②的亡灵在蒂尔索德莫利纳广场上散步，他们会选择进这家咖啡馆而非另一家，见到此景将不足为奇。

由于以上种种原因，也因为我家小，我一般和别人约在这里进行工作会晤，或和住在附近的三五好友聚会。

他不是知己，而是泛泛之交。另一个午后，他在那儿问我正在写什么新书。交谈很轻松，这让我的回答也能随意一些，因为我不想过度铺陈这本书在我内心真实的重要地位。有

① 柯尔多·马尔特斯，意大利漫画家雨果·普拉特（1927—1995）1967年至1989年间创作的同名探险漫画系列书的主人公。

② 杰克·凯鲁亚克（1922—1969），美国“垮掉的一代”重要人物，代表作有《在路上》和《达摩流浪者》等。

时，与一个对你知之甚少的人交谈比对一个亲密之人更能坦诚相待，这真是奇怪。

我直截了当地说："关于我和我父亲最初就有的彼此恐惧以及我们如何成功克服它的故事。"

对方表示赞同，这不过是掩饰他漠不关心的客套罢了，但我很惊讶自己竟灵机一动以意想不到的精准阐释了这个计划。直到此刻，这本书对于我仅仅是天马行空的情感宣泄，来自我父亲之死唤起的情景与回忆。但这个回答突如其来、无可救药、一锤定音地出现，首先断送了一部侦探小说。当我的同伴留我一人时，书还和我待在一起。

书有自己的生命。当它们的作者——得天独厚的同谋——在写它们时，它们一直在为自己的权利和精髓而战，这与开始前它们自我斗争来决定是否要被写出来一样。

它们有时像老朋友一样暂时从你的生活中离开，但当它们回来时，关系亲密如常、和顺依旧，与不在时一样安宁；有时又对你恨之入骨，如同势不两立的敌人，选择躲避你、逃脱你，拒绝给你任何关于它们粗鄙身份的信息，那时就该与失眠做斗争了，为此，你不断引诱那本让你如此着魔的书，但它却抗拒显露形骸让你触碰，它们时常想起突然抛弃你的愤怒伴侣，可能永远不再回来或几个月后偶然出现，点燃重逢的喜悦火光或铺开想得到的最大冷漠披风。不管怎样，只有将书带入现实的人能仅用一句话阐述它们时，它们才开始言归于好。这样，它们会真诚地在你身旁，与你同行。

那时的确已经有了书，想被写出来的书。

这本书确实与生俱来就有一个闻所未闻的要求，关于这个要求，我应当做好决定。当叙述你自己的生活时，这里指我和父亲的生活，我该想想其他真实的主角在其中应占据什么位置。我的母亲和我的妹妹安娜、弟弟路易斯,他们从或几乎从一开始就必不可少,朝夕与共,却只得留在我的叙述之外,除了他们的言行决定事件连贯性的时候;否则这本书讲的就不是我与我父亲的关系,而是我们的家庭,这将是截然不同的情节。然而,了解关于我父亲形象的每一个巨细无遗的故事是多么引人入胜?可以说我们所有人都造了一座形象的图书馆,里面存放着关于我们的故事,能让别人好好了解我们。天主教信仰含糊勾勒出死后的阴间或许就是如此:睁开双眼,面对一座浩瀚的图书馆,里面全是关于我们的内容,人们了解或以为了解我们的事,从接生婆到掘墓人,连鸡毛蒜皮都叙述进各自厚厚的卷宗里。想到地狱的一间牢房强制必须将这些书统统读完似乎并不荒唐。倘若这点得到证实,许多妄自尊大的无神论者将在弥留之际拥抱信仰,乞求他们在世间的罪孽受到如此愉快的永久惩罚。

彼此恐惧……

发现这点之后,我生活了四十年的马德里遽然变为一座陌生的新城。

因为我在马德里的街上数以万次地寻找父亲的踪迹,那些不可能存在的踏过的足迹。内战后,他曾在这里生活了一段时期,具体多久并不明确,那是在我出生前很久,他极有可能走过某些相同的地点。我现在停在这个角落思考他的过去,他可能曾停在那里思考他的未来。如果我任由时间轮回的魔力摆布,马德里将出现无数开着的相似之门,通向没有尽头或没有归途的甬道。但我这个叙述者想在这里追踪另外的目标,进入那个人的大脑,近七十五年前的他与三十年后的我做了同样的事:住在这座城市力图造就一个结局。如果他成功了,我就不存在了,或者我就不是现在的我了,因而也不会写这本书。但他失败了,所以我存在着。那么,是因为他失败所以我写作吗?

进入别人的大脑是办不到的。诚然,有些人的工作发展出工具,帮助完成这项大多数人从没打算处理的任务。演员、心理分析学家或职业扑克玩家的工作活动需要有“窥探”对手心理的天赋,当然机敏程度和责任大小有所不同,而这对于飞行员、建筑师或狙击手而言并非首要能力。我们作家处于能琢磨他人心思的一边,设想思维或行为的运作方式,尝试理解具体的举止与反应。即便如此,没有人能知道任何人的秘密活动。只有一人知道的秘密是世上独一无二的安全盔甲。保险箱能被打开,概莫能外。然而,面包店队伍中就在我们前面的那位聒噪肤浅的女士,或开长途时不说一词一直看前方的的士司机,他们的秘密难以看透,与地球上最强大、最残忍或最有影响的人一样。秘密是石头做的。钻石往往令人费解地享有世上最珍贵宝石的美誉。为了让钻石在我们奢华的橱窗里熠熠闪耀,成千上万的人丧命或遭罪,就算如此,钻石仍是光彩夺目的小石头,是征服者用来迷惑土著人的玻璃珠的文明版,经买卖与投机筛选而来。昨天,人们发现了世界上最大,因而也是最贵的钻石。神父的秘密值一百多万倍。不过,神父的秘密也并未比面包店的女士或聚精会神的的士司机的秘密更难看透。每个大脑都是密封的宇宙。

我坐在蒂尔索德莫利纳广场的一个露台上环顾四周,面前一杯冰咖啡。几十个移动的秘密围绕着我。穿着五彩缤纷、走在时尚前沿的欢快与喧闹的年轻人体内扩散的秘密,拄着拐杖、忧心忡忡的老人身上已凝固许久的秘密,那个边摇晃酒盒边与隐形人争执的愤怒边缘人的悲伤秘密,毋庸置疑,他也掌握着他自己的秘密。一对成熟而迷人的情侣,表面情投意合，在离我两张桌子远的地方商讨一份报纸上的宣传海报。我估摸他们在一起可能有二三十年了。我想问，如果两人中一人，他或她，这并没分别，突然告诉对方“我从第一天起就不遗余力地恨你”，那将会发生怎样的剧情？如此简洁的话语无法吹动广场上的一粒灰尘，但一个人的宇宙将会因一阵剧烈的塌方而晃动，也许还会日渐式微。

若世上所有秘密忽然同时泄露出来，这个星球将心梗而亡。

成熟的情侣起身走向附近的电影院，她挽着他的手臂。一切顺利，但可以肯定：城市不是由游客穿梭的楼房、大道和地铁组成。城市是由秘密构成。

我问自己父亲有哪些秘密？它们中又有哪些是阴暗邪恶的？

这点无从得知。然而，我每天清晨在马德里一边游荡一边寻找这些秘密，最终总是生气地责备自己为什么让那么多机会溜走，当他还身体健康、光彩照人时，本可以问问他在这座城市的生活。我认为，不过是我现在认为，除了讲述、讲述、再讲述，没有他更喜欢的事了。

至此，“彼此恐惧”这几个字已作为新旅途的名字在我脑中运作。我心满意足，振奋不已却也惴惴不安。原因是，如果一个乳臭未干的孩子敬畏父亲无法企及的身高还有点合乎逻辑，对于一名勇往直前的水手、一场战争的幸存者和一生游历、多次环游世界的船长，是什么造成他对一个一岁半的婴儿产生恐惧的呢？

"那人是谁?"

彼此恐惧由这句话开始。

"那人是谁?"

我天真的还有些胆怯的手并无恶意地向水面抛出了一块四字之石。波澜依旧,半个世纪后的今天不知怎的依然存在。

那人是谁?这是我很小的时候想要知道的事,并且我加速了进程。我父亲来自死亡的另一头,我面对自己在电脑屏幕里的影像坐着,因为那句话,我们两人今天一同书写。因为它,我们从这里继续下去。

但在继续之前有必要描述一下我出生的宇宙。

这个宇宙由我和毕尔巴鄂的一处宽敞阁楼组成,还有许多房间,这些房间由一条十三米长的走廊和城市正中心上方的一个巨大露台连接。两个女人,我母亲和我外婆住在这个宇宙里,坚持不懈地呵护和宠爱她们的第一个孩子:

我。

"我"这个代词在这一页出现过多少次?这里又是一次。但实际是这样:"我"这个人称代词具有唯我排他性,似乎是伟大的西班牙语为我量身定制,而且有一群和谐的隐形天使唱诗班在墙对面、屋顶下、镜子前喋喋不休地重复它。这个词是这么说的:“人称”代词。我没有丝毫杜撰,我只是自然地诠释确凿之事:“我”,人称代词,来定义既温柔又不讨人厌的小费尔南多。既然如此,比如外婆一见我用只言片语表达欲望,就会放下手中之事,上街给我带回涂满巧克力的面包,这时还有谁需要星河耿耿、银汉迢迢或是黑洞历险呢?为我效劳的天使唱诗班低吟浅唱哄我入梦,唱或停都随我心意。母亲不停地给我讲故事和奇遇,它们让文学很久都没有存在的必要。

然而,不幸的一天,门铃响了,宇宙爆裂。一声“叮咚”足以产生“大爆炸”。

我母亲是那么多年讲述当天发生之事的唯一证人,我父亲,特别是我,我们从不谈这事,尽管我现在讲述它并关注它的根本影响。但她反复将此事修饰成幽默味十足的纯真趣闻,想让那一刻留在记忆里,尤其是传递给我。发生这件事时我还很小,显然不会记得对我与父亲未来关系至关重要,因而对我自己将来十分重要的这一幕。我母亲也许凭直觉感到了“彼此恐惧”,她觉得我经历它的后果却不知它的起因有失公允而且岌岌可危。我如今的写作就是词语价值的最好证明。一个关键词就是一座突然竖起的无形大楼,我们有时会百般阻挠。虽然看不到它,但我们一生都将受它左右。世界满是无形之楼,时常仅因一个词的颤抖之力就变成危楼耸立。我很幸运,我父亲也是,因为我母亲决定将之揭露出来。

铃声响起,她打开门,或者是父亲用钥匙开的门,他应该随身带着钥匙,也可能将钥匙放在包里,更愿意有人从里面为他开门。天知道,重复叙述同一件事会慢慢添油加醋、渲染色彩。他确实跨过门槛,走进家门。而那一刻,我处在自我王国的边缘,想必捕捉到了阴暗预警,甚至可能是我人生第一次战战兢兢:我在走廊里无头苍蝇似的奔跑。在我的想象里,那条走廊被塑造成隧道、地道或赛道,此时变成家里简单而真实的一条走道,而大门,多少次成为通向外面奇妙世界的门槛、城堡的吊桥或保护我免受外界威胁的铠甲,霎时间变得只是大门而已。我灰心丧气,蹲着或跪着躲在那时我们放电话机的角落置物架下,当你的荣誉、王冠和帝国被人夺走、有去无回之时,还会是什么姿态?可以想象在这场灾难中我们所有人都屏住呼吸:我猛然接受了已轮到我头上的流亡打算,我母亲虽然满腹狐疑但从中调解,父亲则是毁灭者,我可怜的父亲有摧枯拉朽之势,但立刻毁于一旦。

是我最先开口。虽然母亲往往会在此后版本中增减细节,但每当说到这里时,她会延长停顿时间,然后语调严肃,模仿我讲话时的戏剧感,准确来说是这样的:

“那人是谁?”

“是爸爸!”她字正腔圆地传达出了喜悦之情,尽管阴霾显而易见。

父亲沉默不语,站在门口一动不动,行李靠在脚边,或是满怀期待,抑或是一脸震惊。他在世界各海域之间穿梭达数月之久,憧憬着只在出生时见过的长子会兴奋而快乐地跳起来拥抱他的那一刻。他站在门槛前与长子相对,一动不动,满怀期待,行李就在脚边。

但事与愿违,我彻底粉碎了他的幻想,连话都没对他说。我垂头丧气、忧心忡忡地对我母亲说道:

“他要留下来吗?”

她在叙述结构的把控上很有天赋,总是明智地在这里为第一行为画上句号。

我再次恳求早已年迈的母亲向我重述此情此景。我渴望知道她会不会加上某个有趣的细节，事实上她确实如此。我满怀激动地证实，她以一贯的戏剧风格在我伟大的句子前预先停顿，也在她的演说中保留了装饰物和布景位移的元素。

“你惊恐地藏在墙角我们放电话机的置物架底下，你爸爸站在门口，行李放在地上，当你问‘那人是谁’的时候，他已是心灰意冷，而当你说‘他要留下来吗？’的时候，他更是万念俱灰。”

这次的叙述有所补充，补充虽小，对我却有巨大价值。我们对峙过后，父亲已经证实了我不欢迎他，然后他走进家门，放下行李，钻入客厅的沙发，因如此礼遇而伤心欲绝。

“他要我走。”他似乎这样说道。

“傻瓜！”我母亲试图缓和紧张局势，“他是个孩子，觉得奇怪很正常。这可是他头一回见你。”

我一生都在观看或回忆关于我这一连串精心策划的事件：一个可怜的孩子被逐出天造地设的乐园，在那个时代的电话机下亡命天涯。不过，我觉得今天的场景和主角有了变化：一个成年人被他年幼的长子击倒在沙发上，并试图去承受相遇变为分离的重压。

“他要我走。”他似乎悲伤地重复道，“他要我走。”

彼此恐惧已在这里生根发芽。

如果没有指出产生和引爆彼此恐惧的地方，与我父亲五十年后昏迷倒地、差点在自己吐出的一摊血中窒息而死的地方是同一平方米内，也就一厘米左右的误差，那么我就不会虔诚地着魔于时间以及看不见的场景与方格。

2009年，四年前，自从我把红色文件夹放进抽屉里就没有再去看它，现在我解救了它。

我将它放在我的面前，放在马德里我的工作桌透明而干净的玻璃上，我首先做的是在它的封面加上标题“彼此恐惧”。

文件夹只包含一页，上面写着词语“树、黎明、颤抖和H”，它们的题目是“帕加萨里”。但今天，我能够加上那份安娜在我出发前，以意想不到的方式交给我，让我看看是否感兴趣的无边无际的财宝。

表面上，它仅仅是一个没有尽头的列表，关于时间、船的名字和吨位数、港口和从1945年11月开始、年复一年将我父亲的职业服务逐级排列的官印。在那份匿名的记录上，数字几乎要多于文字，由黑色和蓝色的手写字母组成了这份商船队的个人履历，这就是谨小慎微的标题。当然，这里一点也未曾提到任何水手私生活的隐秘。

但是，在最初的几页过后，出现了一长串父亲亲笔写的简短记录，每年一个或几个段落，以第一人称叙述，尽管极其谨慎，但还是包含了每次新征程的基本情况。这名水手日常的冷漠，在撰写下这些文字的半个多世纪以后，变成了他那个作家儿子的无价之宝。我顿了几秒，准确地找到第一个记录，我可不想将它与官方报告的最后一段混淆。就在这里：两行简洁的撰写，过时的风格，月份大写，某个过度使用的副动词。我走近窗户，如此可以让光线更好地捕捉墨水的踪迹；也许不是这样，也许仅仅是因为我想站起来，为我高声朗读的这些词增加庄严肃穆之感。归根结底，当父亲第一次上船，仿若海军学校的学生时写下这些文字，但他已经命运在手：

"1953 年 1 月 11 日，我登上了'阿拉伊斯'汽船，同年 3 月 2 日下船，以机工学徒的身份参观了鹿特丹港。"

我立刻明白自己不曾读过，也不会再看更多的海洋小说。

我幸运地拥有奇迹般唯一的指南针，可以穿梭于时间之中，了解我父亲在海上的岁月和他曾到达的港口。

就这样封锁和毁坏了一个发现。兴奋会让我们倒下。当每年的编年史都是一个宇宙，所有的段落包含成千上万部小说时，我不知道该往哪里走。突然间，所有文件都是虚假的可能性让我惊恐不已，为了阻截害怕，我急忙找到 1972 年。我父亲在那年的 10 月写道：

"我们访问了多米尼加共和国的博卡奇卡①，在这里我们下船，履行合同去休假。"

因此，他能够及时在外婆去世时与我们在一起，在那个关键的葬礼上。这肯定与现实吻合，那么现在我明白了，我讲述回忆的方式不可能不是日记；而且，我察觉到他是从水手而非一个父亲的立场写下这些文字的，他准备"去"休假，而父亲会下意识地写下"来"放假。

船是他孤单的巢穴，就像我伏案写作的桌子是我的藏身

① 博卡奇卡，多米尼加共和国的一个城镇，位于该国北部。

之所。

我做的第一件事就是查看这份意外得到的地图，我想试着了解"彼此恐惧"爆发的那天。

我把一份简短的许可放在一边：1958 年 10 月，父亲获准前来探望一次尚在襁褓中的我，但是一直到 1960 年 2 月，他都不会再在毕尔巴鄂港口下船，因为据他自己的详细记载，他努力了很长时间，为的是获得第一机工的头衔。

因此，那天早上他的宇宙与我的碰撞，两人都被击碎，那是 1960 年 2 月的一天。我十八个月，他四十岁。

履历变成了世界上最好，同时也是最严肃的玩具。东方三王①真的存在，他们在我已经成熟了之后又一次到来，带给我这个惊奇的当下。我的眼光游走于年份之间，因为我对数据有一种鲁莽的饥渴，于是我将它们打乱又重新排序。我随意寻找，并不清楚地了解为什么：比如整个 1968 年 5 月，我父亲都在毕尔巴鄂；或是当布宜诺斯艾利斯发生了魏地拉②政变时，他在得克萨斯州的科珀斯克里斯蒂③；或是 1972 年 8 月，他在查尔斯顿④，而我在这个月不确切知道的某一天看了夜场的《日落黄沙》⑤，那部电影改变了我的生活。

履历也是一张时间的私人地图。我刚到马德里求学时，

---

① 东方三王，每年的 1 月 6 日是西班牙传统的东方三王节，又叫儿童节。对于孩子们来说这一天就像圣诞节一样，他们可以许下心愿期望来年梦想成真。

② 豪尔赫·拉斐尔·魏地拉（1925—2013），阿根廷军人、独裁者。1976 年发动军事政变上台，自任总统，1981 年退休。1985 年他因在"肮脏战争"中的严酷手段，以反人类罪被判终身监禁。

③ 科珀斯克里斯蒂，又译"圣体市"，美国得克萨斯州东南部的一个海港城市，面向墨西哥湾。

④ 查尔斯顿，位于美国南卡罗来纳州东南沿海。

⑤ 《日落黄沙》，1969 年上映，萨姆·佩金帕执导的美国动作片。

我的父亲正在驶向英国——下一个目的地的路途中，他路过这里，我们一起度过了那一天。如果我关注他那年的记录，会发现那场我们唯一的相遇可能发生在1975年11月30日或12月1日："12月2日，我从伊明赫姆[①]港登上'斯特拉图斯'舰。"那段时间我生活的宿舍在郊外的阿拉瓦卡。那天中午，我乘坐每小时一班连通宿舍和学校的巴士到达宿舍，我看到他在入口等着我。猛然间，我决定不要跟他一起待在这里。我一直忽略了原因，我猜测他想来看我住在哪里，住得怎么样，也许他想在食堂与我认识的朋友们一起吃饭，或是与管理员打声招呼，但一个冲动让我拖着他登上了送我过来的同一辆公共汽车，立刻返回马德里。

我们一起散步聊天，我记得我们一起在阿圭列斯餐厅吃饭，他吃牛脊肉，我吃油炸里脊，我们的头盘都是罐装洋蓟。我还记得，随后我们开始一起看电影，我感觉很紧张，而且因为与他在一起，我觉得时光也变长了。我们在毕尔巴鄂共处一室的感觉与一同待在这个我试图为自己创造的新宇宙的感觉是不同的。就因为如此，我们遭遇了彼此生命中最糟糕的电影。多亏了电影，我们的关系改善了多少啊！这是我的矛盾感受，但是对他不公，因为他出钱让我离家冒险，到很远的地方学习。我想，这矛盾中混合了我的马德里式兴奋：我想体验独自一人，仿佛与父亲分享就会减少兴奋的力量；还有某种羞怯，是他的帮助才让我可以那样成功一跃，那时候我还无法明白这一切的结果。这是我生命中第一次与父亲单独度过了那么长时间，在这第一次之后，在帕加萨里散步或夏日在海滩漫步之后，我不再等着回到母亲执掌的城堡中。有一点烦恼

---

① 伊明赫姆，位于英国东部，是该国原油的主要进出港之一。

和摩擦,可能是我们两个成年人面对面,其中一人,我,已经有责任去构思未来,而这次机会是另一个人给的,这样的事实让人感觉沉重。但是当时,我只是认为,他的存在减少了我正在开启的独自冒险的快乐时光,直到今天,我也没有停下来从另外的角度看看这个场景:

我记得,那段时期毕尔巴鄂有直飞伦敦的航班。然而,我的父亲选择从马德里转机。因此我了解了他和他理解世界的方式,他最后的希望是某种程度上控制我的生活,多少也要评判一番。也许他是为了有利地进行我们之间从未发生过的对话寻找我们之间的某个平衡点;也许他意识到在大海上已经度过了紧张的圣诞节,于是幻想着能与我一起庆祝那个海上的平安夜,在阿圭列斯餐厅吃着罐装洋蓟、油炸里脊和牛脊肉;也许他在寻找某个类型的隐秘节奏,只属于他却未曾表露的节奏,因为许多年前内战刚结束,他也试图在马德里生活,但却失败了;也许他只是在我们充满修饰语的对话里寻找一个微小的裂缝,用他那坦率的目光祝福我好运罢了。但那一刻什么也没有,只有四十年以后的现在,我才能想象着在虚幻的圣诞节之后,自己坐在飞机上,诅咒时间用生命中最坏的那场电影抢走了我们的见面;而在他脚下的城市,我将带着不可遏制的欢乐跑向我的冒险。我一直想象着,在飞机向北飞之前,他亲密地祝福我获得他从未得到过的幸运。

我愿意付出一切去交换那天与他待在一起的机会。或者仅仅是几个小时,吃饭的时间,用洋蓟和油炸里脊的最少时间谈论整个生命。那么多事情要说,那么多挥霍而空的时光,那么多值得倾听的事情。

我出生的那天呢?1958年6月13日,我父亲在哪里呢?

“1958年1月。我开始了加入内维翁①海洋公司‘黑海’的一年，继续在塞斯陶②航海设备公司的修理工作。2月。我继续在同一艘船上修理。3月。修理。4月。修理。5月。修理。”

这样，与船的修理一起，我母亲度过了整个孕期，直到6月“黑海”出海。

“6月，我们停止修理，然后访问接下来的港口：特内里费③、格尔夫波特④、莫比尔、博蒙特和布朗斯维尔⑤。”

加那利、密西西比、亚拉巴马、得克萨斯：当我出生的时候，他就在这些地方中的某一个，或是在将我们彼此相连的大海里，这是母亲告诉我的，此前她从未提到过这段往事：我一出生，某个人就给船上发了一个简洁的电报：“生男，祝贺”，这为那晚船上的酩酊大醉提供了借口。混乱中有趣的诗歌或是偶然的预兆：我第一声气息的回音，竟是远海昏暗中的那一艘酒精船。

记忆不就是一部小说吗？

---

① 内维翁河，西班牙河流，流经阿拉瓦省和比斯开省，最终注入比斯开湾。

② 塞斯陶，西班牙巴斯克自治区比斯开省的一个镇。

③ 特内里费岛，又译作特尼里弗岛，是西班牙加那利群岛的七个岛屿中最大的一个。

④ 格尔夫波特，美国密西西比州哈里森县的一个城市，位于墨西哥湾畔。

⑤ 三者均为美国港口。

老照片长存。

可以相信粘在赭红色纸方格里的情感，甚至是在假金属框里藏着的灵魂。

越旧的照片里，包含越多的生命。

许多年间，我们有两个家庭相册，现在，我坐在毕尔巴鄂家里客厅的地板上，仔细检查，悉心呵护。我感觉那天早晨的火车同样是连接两个地方的长廊，我写道：主要是毕尔巴鄂，还有马德里。我在两边的家里都放了衣服，而随身携带的是最基本的：电脑、红色文件夹和履历。现在，它与记忆一起是我所有的行囊。

第一本相册有常见的橄榄绿硬皮封面，“相册”字样用金色线条标在封面上。里面包含了一个巨大的图片系列，恰好有着精准的叙述志愿：那是莱奥纳多和特蕾莎的故事，从他们1957年结婚组成家庭开始。开篇的照片展示了两个活力十足的年轻人对等待着他们那或好或坏的未来茫然无知，不管怎样都想急切地沉浸其中；那种对自己将来的渴望是幸福最不容争辩的温度计。渴望，非常渴望。贪婪的渴望，兽性的渴望，你自己的渴望，其他人的渴望。焦虑地发现渴望在你的下一分钟，你的下一小时，你的下一天和之后来临的每一天，最好能尽快而无节制地满足你的渴望。把孩童时期的永恒搁置一边,也许那份快乐的渴望,哪怕细小短暂,也是一个人面对时间可能获得的唯一胜利。我想象我的母亲,我们所有人的编年史作家将这张照片贴在第一页上,然后投去短暂而深刻的目光,对这一片空白的未来充满幻想的忧伤,然后才为它盖上丝绸纸的外皮,合上相册。但是,我也想谈谈应该占据第一页的照片,正如全世界几百万家庭相册的第一页一样:我父母的婚礼照。这是一张从未有过的照片,然而,在这次盘点中我不得不给予它关键的重要性。这是一张不存在的照片,它将相册与我们的家庭分开。我们的人生迈出特殊旅程的第一步时,主人公就缺席了,我父亲的世界观对此至关重要。

1957 年 8 月 25 日他们在巴塞罗那结婚,因为那时父亲的船正好到达这个港口。“我们在阿维莱斯①、希洪②和拉科鲁尼亚③收集煤炭,然后在巴塞罗那卸货。24 日我获得许可可以下船。”母亲乘飞机而来,唯一陪着她的是我外婆。我猜想她无法回避这样的思绪:她三十六岁才当上新娘,而这个社会里的大部分女人都在更年轻时就嫁作人妇,所以她的婚礼应该是她所知道的婚礼中最与众不同的那个。既然自己的婚礼与常规的相距甚远,那么这就是一场“不是婚礼的婚礼”,仿佛应该有却不存在的照片。没有来宾,没有排场,没有之后的庆祝场面,唯一的伴娘和伴郎是我的外婆和船长。这样的

---

① 阿维莱斯,位于西班牙阿斯图里亚斯自治区北部比斯开湾畔,是重要的港口城市。

② 希洪,隶属于西班牙阿斯图里亚斯自治区,位于波尔多以西、比斯开湾南岸,是一个沿海的工业城市。

③ 拉科鲁尼亚,位于西班牙西北部濒临大西洋的一座港口城市,属于加利西亚区,是拉科鲁尼亚省的省会。

场合没有摄影师似乎说得过去，但是居然有：另一名水手爱好摄影，他在第二天上船前往加拿大之前拍下了好几张照片，并承诺将从那里寄来印好的照片和底片。可是，后来的半个世纪中没有人听到他的消息，也没有人相信他会出现。“加拿大逃兵”，我母亲用讽刺的指责称呼他。一听到这个，我童年的脑海里就勾勒出黑夜雾气中的大海，一艘由幽灵海盗和走私罪犯组成的船，其中一人在他的船舱中带着我父母婚礼的照片，一直这样游荡，永远如此，远离任何一个港口，任何一个邮筒。

他们在巴塞罗那的蜜月期变长了，而九个月以后就有了我。从少年时期开始，我被如此疑雾重重的婚礼吸引，也倍感骄傲。我感到那是我父亲背叛整个世界的不容置疑的证据，因为他做的一切与所有人都不同。而我那桀骜不驯的母亲也不屈服于这样的命运：几周之后，当她开始怀疑不会再有那个加拿大逃兵的任何消息时，一天清晨她早早起床，穿上礼服，像结婚那天一样装扮，然后她雇了一个摄影师，在阳台的入口旁拍摄。我至今还保存着那张照片，而对于那些了解故事细节的人而言，这就是一幅与不幸命运抗争的图景。她非常漂亮，比起幸福，她摆出的姿势里更多的是决绝，仿佛她真正的渴望不只是让一段回忆掷地有声，更重要的是激起愤慨，诅咒那个“加拿大逃兵”。这本相册尽管有着如此激烈的开始，却逐渐步入合理的正轨，随着时间流逝，那些任何一个看客都会在我们的生活中目睹的照片被增加进来：我的父母，我们兄妹三人在婴儿期、儿童期、青少年期的样子，圣诞节，暑假，婚礼或者某一位家人的受洗仪式……而后是新出生的婴儿——莱奥纳多和特蕾莎的孙子孙女，不久之后，突然间一张没有任何特殊含义的照片成为了相册的尾声。这种感觉就是我的母亲或其他任何人已经没有意愿再往后加别的照片了。我猜测，身体上的疲劳终于盖过了所有的叙述热忱。可以这样说，橄榄绿的硬皮相册因为自然原因死去了。

第二本不是相册，而是一个金属盒与上百张杂乱无序的照片共处，几乎所有都是黑白或赭红的，它们已经褪色，模糊不清，仿若幽灵。经典的锯齿状白色花边证明了它们的古老，聚在一起的幽灵在这些混合的照片中没有怜悯，也没有冷酷，一切都在1957年莱奥纳多和特蕾莎光辉的开幕礼之前发生。

我将盒子倒放在客厅的地毯上，那些久远时代的凝固瞬间四散开来。在占主导地位的绝大多数照片旁也落下了宗教庆祝活动的通知、明信片和贺卡；一张玫瑰色的大卡片，上面是某人祝福另一个人1951年新年顺遂；发黄的笔记本页，其中一页上是手写记录；1932年报纸下沿有一张照片，一群小女孩中有我的母亲，那时候她十一岁，站在学校中央；另一份报纸的日期是1953年的一个星期二，没有任何关于我家庭的部分，但引人之处就在空白边缘处，某人用紧凑的字体写下了"你不要买三个小面包，两个足矣"，我不可能不问自己谁会是那段记录的男作者或女作者，谁会是那个神秘的男宾客或女宾客，那人在1953年某个星期二的最后一刻告知不来吃饭；第一次圣餐仪式的提示出人意料："1930年4月7日，特蕾莎·阿蒙多·戈蒂埃在圣弗朗西斯科教区庆祝第一次圣餐仪式。"教堂正是父亲葬礼举行的地方。也许1930年遥远的那天，我的母亲在一张长凳上凝神祈祷，而在同一张长凳上，八十三年一个月零二十七天之后，她与逝去的伴侣做了最后的告别。时间满是无人书写的小说，然而，小说可以看见，因而可以阅读。

我无法阻挡自己讲出那个最新的故事，也与早年的莱奥纳多和特蕾莎相关：

在所有照片中，一张父亲站在风车前的黑白照格外醒目，因为那时的他颇有些像“詹姆斯·邦德”早期电影中的肖恩·康纳利①。母亲在几十年间一直强调，有意无意地提到她的丈夫在全世界各地的机场总被错认是那位演员。既然那张照片上什么也没有，而背景是一座风车，我们就称之为“荷兰照片”；既然父亲不可避免地与邦德，詹姆斯·邦德有关，那么我自童年时期就开始苦心猜想他在这个不安的风车里要执行一项危险的秘密任务，很明显风车是某个妄想征服世界的坏人的秘密藏身点或总兵营。我不能把我的发现分享给任何人，因为我的妹妹对“枪战动作电影”不感兴趣，她评价所有的动作冒险片都是不负责任的大胆放肆，而我的弟弟，在二十世纪六十年代中期还不到三岁。另一方面，我满是激动地成为唯一了解“荷兰照片”背后秘密的人，从秘密中我还渐渐汲取着最微不足道的细节：一件黑色的卷领长袖毛衣，父亲曾在假期的一段时间里穿着它，而这件衣服在那个时期的西班牙并不常见，那么毫无疑问，他穿这个是为了夜晚爬上使馆的外墙拍缩影胶片；还有个皮制手提包，很多次他把所有的行李都放在那里面。如果他去纽约、贝鲁特或波哥大，就不可能只带一个小提包。那么除了我之外，是不是没有人了解真相？数年后，父亲向我解释了他那理想行李的概念，我觉得十分合乎逻辑，并在自己的将来一直沿用：

“除了那个越小越好的提包之外，应当只带三样东西，”他一边说一边竖起三根手指，“身份证件、信用卡和机票。这

① 肖恩·康纳利（1930— ），苏格兰演员、制片人，获得过奥斯卡金像奖，以出演詹姆斯·邦德闻名。

三样总是随身携带,放在胸前的口袋里,贴身保管,以防丢失或被人偷。其他的一切都是多余。"

"那衣服呢?"我充满怀疑,很想知道。

"一套换洗的在提包里,内衣和衬衫,其他都不要。当我到达目的地之后,在开船前,我会走进一家商店,选一款对我有用、舒适又有口袋的衬衣,我买一些一样的,裤子和鞋子也是如此。然后我上船放好衣服,等到下次再下船之前它们就是我的全部。要好好利用每一件买来的衣服。"

如果他从我还是孩子的时候就告诉我这些,我就会觉得他是想掩饰些什么,不过不是欺骗,而是谨慎,为了他和我们的安全,为了所有人的安全,因为这个世界的角落里聚集着秘密的危险人物,他们来自"铁幕"的另一边,在狡猾的伪装下吱声。一切在我的想象中欢快燃烧。一次他从巴格达寄来一封信,信中讲述了炎热和潮湿如此厉害,以至于可以看到手汗弄湿了纸张的痕迹。所有家人都在评论这件事,但只有我能理解,事实上他是从沙漠的某个地方写信来的,也许他们正扎营在一片绿洲中,周围的人只服从他的命令,我几乎能确定他们都是穿着制服的军团士兵。一帮叛乱的贝都因人骑着训练有素、身负武装的骆驼恰好要向他们发动攻击,不过还好,他们用的是陈旧的短火枪。那天的气温大概是五十或六十度。于是后来,当我的父亲在毕尔巴鄂下船时,某一天下午,我不经意地问他,那个如此炎热、汗水浸湿纸张的日子他在哪里,他告诉我他在轮船的寝舱里。我意识到他不得不谨慎对待沙漠中的那项任务,于是我不再坚持,免得牵连他。

但五十年后,"荷兰照片"已经演变成另一种类型电影的标志了。事实上,这种电影总是在探讨和理解爱情的无数种方式。

现在，我已经发现那张照片在金属盒子里还有一张“孪生姐妹”照，取景一致，远近相同。我之前从未见过它。这可能是命运使然，因为每一次我都将手放入盒中，抓出一把照片来看，如同一场游戏；或者可能是这个绝非偶然的命运，它的计划是让我在恰当的时候发现这张照片，不是其他任何时候，而是现在。

同一座风车，同一片黑白的天空和大地，同一个黑色的精致线条如同染料的一声叹息，它出现在取景框的右上角，也许是相机镜头的一个缺陷，或那一刻一根头发粘在那里。可是在照片一模一样的位置上没有看到我的父亲，而是我的母亲。于是，首先必须从长久以来神话般的题目里去掉“荷兰”，因为她生命中唯一的出国旅行是去不来梅与我父亲相遇。现在，我确定在他们住的地方附近有，或者曾经有至少一座风车。我母亲只进行了那一次旅行，这一点令人好奇，她对此的解释是我们的到来，先是我，接着是我的妹妹，然后是我的弟弟：三个孩子吸收了她全部的时间。我继续意外发现：我和弟弟妹妹一样，是一个男人和一个女人的孩子，那个男人成千上万次环游世界，那个女人出生于1921年，从家出发经历过两次旅行，一次前往巴塞罗那结婚，另一次去不来梅拍下这张满载历史和故事的照片。两张风车的照片消除了所有疑问：他们在那里相遇，没有要求第一个经过的人为两人拍合照，因为他们更喜欢相互拍单人照。照片能传递出关于摄影者的许多信息，尤其当它以自然的方式呈现，就像这次一样没有丝毫准备。照片里的信息体现了简单而又非常毕尔巴鄂式的胆怯：有一次，我和一个也同样来自毕尔巴鄂的朋友一起去芝加哥旅行，他拍了一张我站在密歇根湖湖畔的照片，几秒后，我也给他在同一个位置拍照留念。然后我们想拍一张合影，然而，不仅他，一位理当在全世界面前收放自如的电影导演，而且我，都感受到请求一位路过的行人按下快门为我们留下回忆是无法实现的，这种无法承担的感觉从祖先那里继承而来。我想，我的父母在不来梅碰到的情况是一样的。但是，两张风车照片也许就是他们真正的婚礼照片，因为它们尤其能让我感受到，当一对伴侣漫游世界和定居的时候，有彼此就够了。

彼此恐惧的扩散无法解决也无法控制，它是一种不可侵犯的铁藤蔓，沿着我仓促的王国之墙攀爬而上。

几年后，我了解了父亲的“藤蔓”带着合理的苦闷让他的心脏枯萎，但在我的童年时期，这样的思考压根不存在，不会被考虑也不可想象。此外，与我自己那无止尽的残酷烦恼相比，它缺乏重要性。我感到只有我自己才是悲哀的受害者，甚至还要在面对他人的时候故意掩饰。不过可以确定，父亲的身体状况并不会让我分外忧伤，因为当他和我在一起的时候，他非常迷人，还总是试图让我开心。我不能对他有任何指责，问题是源于那份被迫而强制的爱，我无法抗议，而且我并没有觉得自己一定需要它。

在彼此恐惧发生前的日子里，除我自己以外，我的世界里一直没有其他男人，所以我当然意识不到该如何做。现在我能够确定，那是一个崇高之处，显然高于之后到来的所有。我的行为没有受到任何约束，贪吃放纵，天马行空，母亲和外婆在我的全部世界里注满欢乐、光亮和爱。在这样的情况下，我不需要另外的爱，一份强加于我却可有可无的小爱。我对那位无数次横渡海洋之后回来的水手没有任何反感，但我的身体和心灵却没有可以给他的空间，这就是事实。难道他认为那些大洋如此渺小,以至于自己应该来剥夺我的海洋吗?然而,我必须给他:自己让开到一边,给他留出空间,一切都因为他是我的父亲,我必须爱他。尽管在母亲不经意但持续的坚持下,我伪装了自己,但我其实一点儿也不需要那份父爱。

当然她满怀担忧地发现了一切,但是她沉默不语,如同伊利亚·卡赞①电影里重要的配角一样。后来她还如同他们一样阴谋策划了拉近父子关系的计划。

我记得一次特别灾难性的计划,然而对于现在的我而言却不可能忽视其中的趣味。

我一直讨厌数学。我认为它不是一门课程,而是破坏我内心平静的酷刑。我接受学习加减乘除,完全是因为我觉得数学对于我的成长是必要的。但是就在那次投降之后,我竖起了混凝土墙,将生活分成两部分:在墙的另一边是数学及它的同盟——物理和化学;与我在一起的是文学、电影和历史,历史,据我所见也该是文学和电影。

相反,我的父亲则在墙的阴影之中。他的水手工作有一个无法否认的浪漫而传奇的光环,海战、愤怒的海盗、食人岛遇难、远海的风暴,尽管如此,他的图书馆却由关于航海工程学的书组成,这让我惊讶甚至不安。他有一套五卷的作品集,封面灰色,异常厚,字体微小,每页被分成两栏。书的内容是关于轮船马达的讨厌五重奏,一个所谓的工程师 A. 埃尔南德斯还签了名。我不能理解有人居然可以写如此多页那样的主题,也不能在面对怀旧的名字们,比如埃德加·爱伦·坡、豪尔赫·路易斯·博尔赫斯或罗伯特·路易斯·史蒂文森时,

① 伊利亚·卡赞(1909—2003),出生于土耳其伊斯坦布尔,希腊裔导演、制作人、编剧、演员,曾经两获奥斯卡最佳导演奖。

从“工程师 A. 埃尔南德斯”的签名里看出一丁点儿的伟大。对我而言，那些机器转与不转都一样。我不认为能够有一本这样的书。

有了黑板之后，根号也来到了我们的生活中。事实上也许不是根号，因为我想那时我才八九岁，根号是很久之后学的，但我们在这里把根号理解为一种比喻：对我而言，先是那些简单的数字，然后随心所欲地扭曲，上面或周围摆上一个角，在接下来的阶段里，新的折磨会让它越来越难，最糟糕的是第无数次幂，那时教数学的神父会召唤大家以残暴的庄严抬高食指。如果说我在面对基本概念时的完全不解已经让自己产生了极端的焦虑，那么在面对同样完全不解的第无数次幂时，我的恐惧应该会加剧。但那时，数学课的第一次考试来临，我不能及格的风险很高。母亲想到家中的水手当然了解数学，于是要他给我上一堂特别的家教课以保证我能及格。我带着不安和恐惧，用内心敌意的沉默接受了这个提议，尽管我假装成相反的样子，那是一个人能在母亲面前伪装的一切。我猜想我的父亲在另一边的房间里同样在假装，因为这个提议是她分别向我们提出的，仿佛我们是敌对的枪手，能够接受停火，然后坐下来谈判。

那天到了。我把笔记本和厌恶的数学书放在有时充当四边形工具的饭桌上，那句黑话化身为西部片里的拒绝。随后，我的父亲突然闯入，敏捷如一头美洲狮般坐到我身旁。没有烦冗的礼节，我们直奔根号主题。但水手和数学家并没有得到教学天赋。尽管他很仔细，但是他解释的感觉就仿佛我事先已经明白了那样，渐渐地我开始紧张起来。我将身子前倾，靠向笔记本，颤抖地握着铅笔，我看着那些数字如何开始在我的眼前跳舞。父亲的语言虽然从未失去和蔼，但却开始纠缠我、轰炸我，每个音节带来的都是一份我很难满足的要求。我太紧张了，于是开始哭泣，我的回忆很清晰，仿佛这件事就在今天发生。那是愤怒和无能的眼泪，更表达了痛苦和羞辱，因为我已经不再是一个小孩。我的父亲同样紧张，他已经被现实击败，想必也明白处理这场灾难的唯一方法就是能够让我解决引起哭泣的具体问题，于是他坚持坚持再坚持，因为拉近我俩距离的计划而越发紧张。我不知道折磨持续了多久，但很快，他提出我们先放下以后再说，我同意了，惊恐地离开了痛苦的大厅。

现在，我微笑着想象母亲的第一感觉，当时她假装准备晚餐，其实是等待着我们在一起能解决问题，结果看到我哭着离开，伤心而被压垮的父亲跟在我后面。他受到彼此恐惧的伤害远大于我，因为归根结底，我只是数学不及格罢了；可是，他却用最大的诚意和亲密，第一次惊吓还弄哭了自己的儿子。

我怀疑，我的母亲因为觉得对这场不幸负有责任，所以不停地偷偷修补，至少有一次，她获得了一个值得纪念的补偿。为了修复那次根号的失败尝试，这一次是仔细加工而卓有成效的奇迹。

我说的夏天，也许是在 1968 年或 1970 年，与此同时，我的父亲正在世界的某个边缘航行。母亲开始向我们讲述一两个冬天之前他们一起在毕尔巴鄂看的电影。

她习惯给我们讲电影来打发七八月常见的潮湿午后。长期的经验让她拥有精准的技巧，能够从一个场景开始组建一系列连贯流畅的叙述，或用她的方式概括电影内容，来一段心血来潮的演绎，根据需要让我们保持安静的时间来决定是延长三十分钟还是两个小时。那是她的普通版本，换言之就是没有因为家务被迫延长或缩短，比如讲《桂河大桥》①就持续了大约五十分钟。相反，我父亲讲述的版本就要延长到三个多小时，比电影本身还长，因为他需要将电影里提到的历史事实放在当时的背景下讲述，而在讲人物行为的时候，他会逐渐为他们加上道德评判。一段相同的历史最好能有至少三种讲述方式，母亲的版本、父亲的版本和大卫·利恩的版本，我们进入的总是最后一个版本，因为很显然，它的目的是让还没有看过电影的我们得到消遣。我确信，这种对于反差的观察跟我弟弟路易斯和我的兴趣有很大的关联。

这次的电影讲述了一艘在战争中行驶在一条中国河流中的美国海军军舰。它的名字是：《圣保罗号炮艇》。

只需要这些词就已经吸引了我的全部注意。一艘船从某种程度上是运动中的小堡垒，一个被包围的小堡垒，虽然它确实在河道里上浮下潜，但是不能离开河岸标出的界限。从我的孩童时期开始，因为《锦绣山河烈士血》②和《火爆三兄弟》③，那些被包围的小堡垒就吸引着我。令人困惑的抽象主题是两座山顶，而母亲将要讲述的新电影恰恰提供了一种被包围堡垒的新方式。等待着我们的主角坐在船沿上，而他的冒险和危机让我立刻兴奋起来。

当然，我不考虑电影里提及的战争是什么，在我童年的目光里，色彩、动作和丰功伟绩就足矣。被困在船上的美国士兵，中国士兵从河岸上向他们射击。完美，不须赘述。

---

① 《桂河大桥》，大卫·利恩执导。1958年该片获得第三十届奥斯卡奖最佳影片、第十五届金球奖剧情类最佳影片等奖项。

② 《锦绣山河烈士血》，约翰·韦恩执导并担纲主演的一部西部片，1960年上映。荣获奥斯卡最佳音乐奖以及最佳电影等七项提名。

③ 《火爆三兄弟》，1939年上映，威廉·韦尔曼执导的美国剧情片。

我的母亲狡猾得很,她把叙述重点放在情感上,有时她觉得电影很哀伤,因为由史蒂夫·麦奎因饰演的主人公是船上的总机工,就像我父亲一样。我在他们两者之间不自觉地做了直接关联,尤其是因为那时候我不知道谁是史蒂夫·麦奎因,最多只是在某本杂志上看过他的照片,这样的关联可以帮助我将他模糊的脸庞与我父亲的融合。今天依旧如此,我会时不时地复习这部电影,到了我觉得很感人的场景:主人公第一次登上"圣保罗"——一艘几乎不能使用的旧炮艇,他只身来到机械室只是为了亲切而充满尊敬地打招呼,就好像机器是人,此时我不可能不想到我的父亲。

儿时的我入迷地听着碎片式的故事,那种智慧的讲述可以唤醒对下一个场景的渴望,而这些故事渐渐组成了关于"圣保罗"和它那英勇而孤僻的总机工的迷人难题:1926年的中国即将进入内战;那艘船负责解救一些传教士;主人公的中国朋友遭遇恐怖的折磨;船长面对一场暴乱用机枪武装船头;炮眼周围的小船被围困,这无疑将它变成了一座被包围的漂浮艇;水手每晚游过阻隔了船与码头的冰冷水域,为的是去看他的中国恋人,不同种族之间的爱情没有人支持,除了总机工之外;动人的地下秘密拳击站,忠诚的友谊获得了胜利;河流上的战斗,一个带着可怕弯刀的敌人几乎将主人公劈成两半。

晚上我自己为电影补充画面,或者想象我的父亲参与演出:在那些场景中,那个曾经通过根号把我弄哭的人面对着所有同伴,目睹码头上临时起意的残忍酷刑——钉十字架,他从甲板上用步枪准确一击,结果了他的中国朋友。

我从那部从未看过但成千上万次想象的电影中汲取营养,不断提出问题,有一些涉及主人公的动机、道德观、原则和他们的世界观。我的母亲用她的方式回答,而对于我缺席的父亲给予的答复，我的好奇心越来越重。

在那段时期，很少有事情能让我如此着迷和充满求知欲，除了这种场景组合，就是电影，我们称之为“听觉画面”。它们至少赠给我激情与欲望的三个阶段，彼此交错，强度可以随时变换。

首先，我享受在脑海中一次又一次重新回顾那些画面，每次的方式都与前一次不同，因为我会慢慢为它们赋予色彩，正如我现在撰写这一章节一样。这不是因为我是一个孤独的孩子，远离其他伙伴，而是因为在我脑中正在创作电影和小说，这样我觉得更有意思。

接着到来的是更刺激的游戏：狩猎电影。我在远离毕尔巴鄂市中心的厅堂中追踪它的足迹，比如隐秘的电影俱乐部和其他可能之处，可惜这样的地方很少，何况一般会放映纪录片，而以消遣为目的电影就没有这样的待遇了。那时真的很难看到，比如我就从未在影院里看过《圣保罗炮艇》，只能在很久之后，当我已经在马德里生活时才得偿夙愿。我早年的休闲活动不仅渠道受限，而且几乎不幸。比如，大约在1972年，我用陈旧的磁带播放器听音乐。当三卷唯一的磁带中的一个结束之后，就要跳到下一卷；当所有的都结束时再从头开始。那时候没有网络也没有Spotify①，你只能听自己买的音乐。有时我去逛唱片店，其实我既不想也不可能买碟，但我装作完全相反的样子，为的就是他们能让我在为公众准备的最新乐曲片段播放器里听音乐：《黄昏双镖客》②二十秒的原声

---

① Spotify，全球最大的正版流媒体音乐服务平台。

② 《黄昏双镖客》，意大利导演赛尔乔·莱翁内于1966年制作的“镖客三部曲”中的第二部，主演是克林特·伊斯特伍德。

带，塞拉特[1]十八秒，莱昂纳德·科恩[2]二十九秒，他是第一个让我贴着耳机聆听的外国创作型歌手，《雪崩》里深沉幽暗的嗓音给了我第一击，等到声音突然中断时，一个将要探索的新宇宙在我面前展现……每一次，激动的心灵都敲打着胸膛，与打击乐或歌声相互较量，直到播放器自动装置为你发出急促的一声。一个被发配到酒窖的奴隶，在某一刻从上面独立的小窗户探出头，那人就是我。某个失眠的夜晚，我独自一人用影迷的激情幻想，如果有一种发明，就像我可怜的磁带那样，能让我一次又一次地看钟爱的电影；如果电影商店就像唱片店那样，成百上千的电影堆满了架子上那些大小如同书一样适中的盒子，这里就是天堂，自由了的奴隶能够选择一部、两部、三部，谁知道多少部电影，那么这世界将会多么美好！我就像博尔赫斯笔下没有读过《堂吉诃德》的吉诃德作者皮埃尔·梅纳尔[3]，从伟大超前的角度预测了 DVD 和蓝光工业的来临。如果当时这些东西存在，就意味着我可以在母亲向我讲述《圣保罗炮艇》的那个午后毫不费力地看这部电影。然而，多亏了那个时代技术的缺乏，这部电影的传奇才能够在我身上发芽繁衍，电影的同名小说也是如此。

这就是第三种快乐的方式，由一部“听觉画面”的电影而来：阅读原著，小说可以在电影播放之后或之前创作，比如《圣保罗炮艇》。

---

① 塞拉特，即霍安·曼努埃尔·塞拉特(1943—)，西班牙加泰罗尼亚著名音乐人、诗人。

② 莱昂纳德·科恩(1934— 2016)，加拿大作曲家、小说家，后文提到的《雪崩》收录于他 1971 年的第三张专辑。

③ 皮埃尔·梅纳尔，博尔赫斯短篇故事《〈吉诃德〉的作者皮埃尔·梅纳尔》的主人公。

我想向理查德·麦肯纳①表达我的感谢、钦佩和敬意，他在1963年写了将近七百页的《沙卵石》，不过这里也有一个无法翻译的文字游戏，即炮艇的名字“圣保罗”。四年后，布鲁格拉出版社出版了安德烈斯·维尔加拉的译本，他译的标题和那部成功的电影一样：《圣保罗炮舰》。我想特别感谢理查德·麦肯纳决定写这本书，可惜他1964年去世，无缘看到电影。

主人公第一次面对小船，接下来几个月里这里将成为他在水上的家，他轻声对它说：

“你好，小船。”

这部宏大小说开头的两个词对像我这样的青年读者产生了决定性的影响。我所有关于本书、炮艇的冒险和总机工的苦思冥想都被主人公这样的介绍消解了：我想象中的士兵身经百战、果敢有力而不可战胜，但他却敏感脆弱，也许在他生命旅途的那个时刻正随波逐流。我想我的父亲也在做同样的事，也许用其他词语打招呼，也许在深思熟虑的沉默中登上每一艘新船。我想，有时候他们两人感觉到了一样的忧郁和孤独：一个人对船打招呼。我感到这本书的第一句话可能会永远伴着我，事实上就是如此，它已经漂泊数年，深深地钉在我敏感的心里。

在我生命的一个阴暗弯道里，我不得不离开家。我已经度过了一段极度紧张的时期，有时好，有时坏。因此，我才了解这种漂泊产生的无助和恐惧，尽管是不那么重要的漂泊，只因它影响了一个个体而非一个集体，但它的特别方式具有摧

① 理查德·麦肯纳（1913—1964），美国作家、水手，1962年出版《圣保罗炮舰》。后文提到1963年疑是本书作者的疏漏。

毁的力量，因为你继续生活在同一座城市，同样的街道，可能有同样的邻居。你在同一家店里买面包，尽管此前你没有家。你的心里萌发了一种强劲而不可逆转的情感，正如稍后我能够证实的那样：在如处决罪犯一般的驱逐中，你在，并且希望站在受害者一边，你不喜欢对面的那个人。一段时间之后，因为几乎不存在的运气，我重新回到了稳固的港湾。于是在平静降临我脑海的第一时间，我不可避免地脱口而出那句话：因为岁月的流逝，我几乎没有意识到它已经渐渐将我的心选定为回家的基本象征。

“你好，小船。”

在这次不情愿的搬家过程中我丢了很多东西，奇怪的是，其中一件竟然是这本小说，我的《圣保罗炮艇》。那是我心爱的书，总是在身边，总是被保护；突然，那些天怀着苦闷和不安的我匆忙打包的箱子重见天日，我打开它，书却没有出现。我钟爱的书，迷失的书，已经永远远去的书。在开始写本书的时候，我准备寻找那本小说，这样就可以让许多人知道它。一个亲密的朋友在布宜诺斯艾利斯发现了它，然后用挂号信寄给我。书没有到，我们都认为它已经丢了，但几周后阿根廷邮局将包裹送回她家。第二次，为了确保书能到我手上，她将它交给了一个去巴塞罗那旅行的朋友，再次从那里寄给我，又一次用了挂号信。最终，书到了。打开包裹时我感动极了，在封面上感受细节，打开它，闻闻旧纸上的过去。

“你好，小船。”

当然，这两个词也还在，在第一页。这次我确实高声地读出来了。我问自己，是我向书打招呼，还是在外漂泊了那么长时间的书对我说你好呢。

“当我死去时，你们将我的尸体丢向狗。”一次家庭聚餐时，父亲以夸张幽默的音调开玩笑。

他的表演获得成功，尤其在他的外孙女埃琳娜面前，她那时还很小。于是在那段时期，他多次重复那段话，还精心增添了各式各样的恐怖来逗乐听众。母亲说，他觉得装成一个可怕的人很有意思，比如被围困在海洋里任何一座丢了宝藏的岛屿炮塔上誓死抵抗的最后一个海盗。但我认为他是认真的。他的抽象想法总让我觉得很有建设性，有些甚至紧紧抓住我，展现了不可逆转的牢固性。有时候我的母亲也加入游戏挑战他，问他如果自己先走，他该如何独活。他玩笑般展示了深思熟虑的计划：每月去一次商店，买七十二罐煮熟的兵豆，站在水池旁吃，不加热也不用其他，连把罐头里的食物倒在盘子里都省略了，每天两次，几乎只用一把黄铜勺，可能是同一把，于是可以最大限度减少任何物质上的依赖。

我总会问他是开玩笑还是认真的。

现在，我住在毕尔巴鄂的家里写作，自从我的母亲搬去跟安娜和楚斯生活以后，这个家就已经变得空空荡荡。这天上午我集中注意力想要进入他们保存了如此之多的家庭老照片里一探究竟，当我为了煮咖啡而清理咖啡壶时，我意识到自己面对着的，是我父亲这位最后的幸存者实现罐头兵豆计划的那座水池。这就好像面对着一份意外的遗产，我在那里那样吃早饭，带着某种责任的庄重，在水池旁站着吃水果喝咖啡。这一餐饭并不吝啬，而是具有象征意义，是一种仪式，如同一个天真的大脑游戏，可以让我想象父亲的幽灵可能会出现在厨房。有时一动不动、全神贯注在同一个地方的练习给了我好结果，因为在我之前的其他人曾在这里做了某件十分重要的事。我感觉我召唤了，或想象自己召唤了那个人的灵魂，他的能量、他行动的志愿、他的感觉和感情。

这很少的几分钟都是徒劳，在此期间我保持固执的沉默，听着厨房的寂静同时慢慢喝着咖啡。父亲的幽灵没有出现，但我也没有屈服。我认为成为地球上的最后一人没什么不好，就像理查德·马特森①的小说《我是传奇》中的主人公一样。不是因为我希望这样，而是这个结局并不坏。在这个例子的激励下，我决定把站在水池旁吃早饭变成自己的习惯。第三天时，身体已经放松，思绪大开，还有重大发现：我开始用令人愉快的流畅自言自语。自言自语并不疯狂，而是清醒的举动。多亏了这样，从那天起我开始高声评论我正在绘制的场景，自己与自己辩论，很快我增加了手势，就像作家和他的魔鬼律师之间的交谈，这魔鬼也是我。这是一次观点的尖刻交锋，没有偏见，满是亲切，而在深处却是主人公之间相互同情。我与自己的对话越来越多，光明的快乐和思路越来越多，最终反映在纸上。

这是世界上最美味的早餐：水果和咖啡，有时是一个煎鸡

---

① 理查德·马特森（1926—2013），美国作家、编剧。《我是传奇》是他1954年创作的著名恐怖小说，被三度改编成电影。

蛋，面对父亲筹划幸存者计划的那个水池。我开始思考，事实上为了帮助我写书，他的灵魂已经出现，因为他想说到做到，他从不食言。每天早上我们一起吃早饭，或者我想象我们一起吃早饭，最后大家成为同一个：我父亲的灵魂、我的魔鬼律师和我。我准备咖啡，一起聚会，我们谈论书……我理解，这一切可能看上去疯狂，但我再说一遍，这些是清醒的举动。

第二天我开始高声说话，把前一天已经发掘出的照片分成两组。我把父亲的照片放到一边，他没有出现的放到另一边。这是一项冰冷而机械的工作，我严禁自己在这上面耗费力气，除了分类堆积所需要的必不可少的时间之外。即便如此，我的想象还是不能摆脱用文学性、哥特而浪漫的密码解释落在地毯上、凝固在时光中如丝一般柔软光洁的家庭照片雨，所有色彩暗淡的脸，或白或黑或深褐，那天他曾经那样看着相机，现在似乎是在看着我。那些日常活动的照片有着特别的忧郁，有亲切而放松的脸，那是没有察觉到要为剩余的永恒摆姿势时捕捉到的。只要我看到老照片，尤其是在我出生之前的那些，我就会很难想象那些人物在摆完姿势后，继续他们的日常活动，最简单的活动，比如上街或坐下吃饭，但尤其是那些隐秘的活动，比如感觉到性欲扭曲，或思考荣格①或上帝。我从孩童时期起就思考，世界在我到来之前曾是黑白或深褐色的，就像我外祖父母的照片显示的那样。我带来了色彩，或者它随我而来，我轻声对自己说，显得不那么妄自尊大。春末午后炎热的沉默有利于温柔向照片中生活的闪烁扩散。某种像是持续怀念之物渐渐占据我的灵魂，也占据我的身体、我的

① 卡尔·古斯塔夫·荣格（1875—1961），瑞士心理学家、精神病学家，分析心理学的创始人。

脖子和我的肩膀，仿佛如赌场荷官般迅疾打理全家人的过去引起了疲倦，由双手传染给了它们。我的父亲是照片雨的主人公，成倍落在他自己的小山上：微笑的水手穿着长袖衬衣站在船头；开心的白发外祖父抱着他刚刚出生的第一个外孙女；焦点偏离中心的拳击手在一场战斗中，就是夺得比斯开业余赛冠军的那次；典型的毕尔巴鄂老人，穿着大衣，戴着画家帽；微笑的男孩，穿着人们发给他的制服时也许很自豪，因为十六岁的他自告奋勇为“第二共和国”而战……另一边，在另一座小山上的那些影像，尽管我选择的时候异常迅速，有时还是难免大致认出我自己：某个圣诞节在家里的客厅里模仿格劳乔·马克思①；或者在拍入学照时摆姿势，我像瘦竹竿一样，戴着个性的大眼镜，一副未来的主业会②杰出成员理想候选人的风范；或是我在马德里生活的第一年留着一团卷曲的头发，灵感来自嬉皮士。照片只有到十八九岁，也许二十岁。在接下来的二十年里我没有照相。我也不听音乐。我不知道原因。

如果有人突然出现，为我们提供机会慢慢欣赏、奢侈地看完接下来四十年相册的全部细节，我们敢看吗？无法抵抗诱惑，却令人恐惧：还未发生的将来的证据正面朝下放，就像纸牌独自面对自己的命运。我不可能贸然说出那些在我身旁端着一杯酒的陌生人是谁，他们为了某件我不怀疑的事正在推杯换盏；那个葬礼上我认出自己在第一排，头发稀疏已经苍白，他们埋葬的是谁的尸体呢；我面对海边的小房子正在自然

① 格劳乔·马克思（1890—1977），美国著名喜剧演员，与家族成员（马克思兄弟）多次合作拍片。他的形象有个人特色：显眼的胡须、眉毛以及眼镜。

② 主业会，天主教的一个自治团体，1928 年创立于西班牙马德里。

地摆姿势,那么它在哪片海滩上呢。所有这些之后是神奇相册的最后一张照片,后面就再没有其他的了。最后一张照片是我还在世的时候拍的,换种说法,在它之后,过不了多久死神将会来带走我。

谁敢翻它看?

在那晚的某个时刻,我把所有关于父亲和我过去的拼图零件全都散放在地毯上,然后我感受到了帕加萨里山的呼唤,好像一个熟悉的地方从迷雾中来到我身边;或者如同一个情绪化的侦探接下来符合逻辑的一步。天亮时分,我把父亲的照片保存在我的行李里,又将所有其他照片重新放回金属盒内关上。我准备去登山,不告诉任何人,只有死去的父亲和我了解这个探险的细节,我开始将内心史诗的回音投注在这一条秘密而独一无二的圣地亚哥朝圣之路上。

"树,黎明,颤抖,H……"

内心的诺言催促我向山上进发,但这次旅行总是因为微不足道的表面问题被一拖再拖,直到我回到马德里前的最后一天,当一切准备就绪,一场倾盆大雨突袭城市。灰色的水有无数层,竖起一座几乎坚固的墙封住了我前往帕加萨里的脚步:"树"的那天,"黎明"的那天,"颤抖"的那天,"H"的想法已经发生,正如我们所有人在童年时期的山中漫步,在烈日的蓝天之下,那曾是需要我前去探险的天空。我推迟了几天回马德里,但还是徒劳:雨坚持锁住我的脚步,就像一个好斗的看守。

山近在咫尺,却仍是禁地。

H。

我应该想想 H。

文件夹里包裹了四个想法，那是唯一几乎完全在阴影中的一个。

我试图在马德里至毕尔巴鄂或毕尔巴鄂至马德里的火车上回忆父亲那些相貌模糊的朋友的全名。尽管我在不合理的飞速移动中，但舒服地坐在椅子上让我聚焦过去，好像我有一个精准的神奇镜头。当回忆露出端倪，我就在时速每小时三百公里中，将它定格在我缓慢的平静之处。

多亏了这些，还有简单的本能胜过确定有理有据，我排除了姓氏的第二个字母是 u 和 i 的深思熟虑，因为不知道为什么，我确认他不叫哈德逊，也不叫希尔顿，不叫亨特利，也不叫希尔曼；然后凭着如此微弱和任性的信念，我选定了 a、e、o：Ha、He、Ho，这些字母在我周围舞动，有点儿嘲笑我。有时也会出现不完整的画面，我不能辨别的闪烁，零星的结尾在我的记忆中平衡，随后呈现简短的场景，仿佛是父亲用他的趣闻创作的被遗忘的儿童连环画。

一幅画特别刺激了我的想象：某个传说中的港口上有一座肮脏的酒馆，也许是马赛，也许是新加坡，也许是巴士拉，

Ha、He 或 Ho 通过理性和流畅的智慧粉碎了一场海员之间的争论，本来它能最终成为一场拳脚相加和兵戎相见的野战，也许会有受害人。我的父亲是证人，笑着讲述他的朋友如何让情势转圜，最终让所有可能的争论者都举起啤酒为他一饮而尽。当我还是孩子的时候，每次父亲提及这个如电影般的时刻和场景时，我都有些挫败感，因为最终是拥抱而不是打架；但是几十年过后的现在，多亏了这份履历，我可以让陈旧的动作片变成全新而迷人、夏洛克·福尔摩斯风格的调查分析片，不过会更加复杂：一窥履历里那件事可能发生的年份，是从我父亲的第一次旅行到二十世纪七十年代早期，就是在 1953 年和 1972 年之间，这一眼立刻透露出定位那个海港就仿佛是在随波逐流的废弃草垛中找一根针。除了我纯粹的妄言症外没有其他线索，我那靠着电影和书本支撑的想象力排除了很多我压根没有想起来的港口，相反，它还匆忙跑去指出另外一些：比如 1956 年 12 月在哈瓦那或坦皮科①，或 1960 年 1 月和 1961 年 1 月在新奥尔良，具体是 22 日。1961 年 1 月 22 日在新奥尔良发生了什么？那些年间，布宜诺斯艾利斯也在许多场合出现，那是重复最多的名字之一，它在新的文学征途上扩张，这征途是短短几周之内我从父亲三十岁的真实经历开始剪辑而出。但是，尽管有布宜诺斯艾利斯，我还是选择几乎没怎么在履历上看见过名字的巴尔的摩。1960 年、1961 年和 1962 年在巴尔的摩："9 月，我们经过巴拿马运河。4 日到巴尔的摩。"一个作者只有从现实中连根拔起一把最小的数据来构建小说才行。1960 年 9 月 4 日，我父亲在巴尔的摩，他的朋友也可能与他在一起。有什么不能反驳的证据可以反对

① 坦皮科，墨西哥塔毛利帕斯州的重要经济城市，位于墨西哥湾畔。

这份甜蜜的思考？争吵就是那天在那里发生的，没有人能够证明争吵不是发生在那些酒吧中的某一个：1849年10月7日，埃德加·爱伦·坡的最后一天。酒精幻觉之夜他驻足在此，一百一十年零八十七天之后，我的父亲见证了Ha、He或Ho如何用语言解决一桩本会酿成血案的争论。假如现在我有自己童年时代幻想的自由，那个只要渴望就可以炸毁时间和空间的自由，我将大胆设想：我的父亲和他的朋友在1849年10月7日突然碰面，他们进入同一家酒馆，爱伦·坡在那里饮着生命中的最后一杯酒。那场争吵正是为了把那个酩酊大醉的可怜诗人从一些自以为有胆量、让他烦扰不已的人手里拯救出来。多亏这一切，爱伦·坡平安地离开那里，活了足够长的岁月，期望写出更多灿烂的故事，甚至是那部在火焰与渴望的夜晚埋头奋笔疾书的鸿篇巨制，讲述给他买了另一杯酒的人。所有这些发生在1849年10月7日巴尔的摩的夜晚。为什么不是1960年9月4日的夜晚呢？因为也没有人能够证明那个时间的跳跃不能反向发生。爱伦·坡来到1960年，在那里与Ha、He或Ho和我的父亲喝了一杯。

每个港口每趟旅程，每艘船每日行程能够包含成千上万部小说。我父亲可能是在特拉华州[①]、瓜亚基尔[②]或特里尼达认识了他的朋友，也许是在新奥尔良、卡萨布兰卡或布宜诺斯艾利斯，那么多次在布宜诺斯艾利斯，不断提到的布宜诺斯艾利斯。谁知道他在哪条船上航行："黑海""西莉亚B""铠甲漫游者""波哥大共和国"……！

---

① 特拉华州，又译德拉维尔州，东临大西洋，是最早加入美国联邦的州，因此又称"第一州"。

② 瓜亚基尔，厄瓜多尔的最大城市和主要港口。

也许当巨浪汹涌的时候，是那位 Ha、He 或 Ho 水手将手放在父亲的肩上。我就这样为父亲第一段旅程中戏剧性片段的主人公命名。那时父亲刚刚离开航海学校，震惊又有点不安地观赏生命中的第一场远海风暴。一波巨大的海浪开始在远处成形，对准船头向船袭来。我的父亲看着越来越强劲，尤其是越来越高的海浪来临，看着缓慢行进中的海浪既无止尽又无束缚地越来越高，他的恐惧无法平息，甚至加剧。他想着在学校里学习的理论知识百无一用，尽管航海历史已有千年，水手乘风破浪也已万年，他们了解并战胜过那样的暴风雨和比那个更加惊人的浪，可是那个浪头将淹没他的船。它的前进预示着、证明着这个事实。他被这浪的宏伟或被自己的害怕弄得目瞪口呆，完全沉醉其中，没有发觉身旁的人把手搭在他的肩膀上：正当那个浪已经很近时，那手强行让他抬起脖子，直视它。

“镇定，”那人说，“这没什么。”

那时，浪花仿佛屈服于陌生人的声音，将船抬高几米，几米再几米，然后让它下降相同的几米，几米再几米，直到将船温柔地托在暴风雨的中央。

我的父亲回过神来。海浪已经被船尾战胜，它继续前进，对着更强有力、更宏伟的海洋发泄威力。他看着那个让他镇静的人，很可能是 Ha、He 或 Ho，微笑了一下，重回岗位。

这曾是事实：那浪不值得一提。这是事实：船能浮起来。

我小时候问过父亲一个典型的小孩问题，荒诞但同时拥有那样正当的逻辑，因为不知道却想知道的好奇心：

“远海的白天有暴风雨吗？”

他如此惊奇地望着我。我决定自己解释清楚：

“在电影里，所有的远海风暴都发生在夜晚。”我澄清道，

“这让我想到也许白天没有暴风雨。”

“拍摄晚上的场景可能更廉价。”他脱口而出，“白天当然有风暴，而且我可以告诉你，那是在我们的星球上能看到的最壮观的景象。我不知道在宇宙中是否会有其他更宏伟的场面，但在地球上没有了，再没有了。”

“比夜晚的暴风雨更好？”

“好多了。晚上什么都看不见，有没有风暴都看不见。有时有闪电的光芒。或者取决于当时是不是有月亮。但在白天你能看到一切，疯狂的大海，巨大的海浪，天空像是与你和你的船生气。没有什么能与白天完全光亮之下的远海风暴相媲美。”

几年之后，我作为已经成年的观众观看了《吉姆爷》：1964年理查德·布鲁克斯①根据约瑟夫·康拉德②的这部同名和其他小说改编的一部失败电影。还是孩子的时候我就觉得这个故事很无聊，面对电影的第一个场景时我甚至打起了寒战。这个场景描述了在一场海上风暴中，一道闪电落在主人公的船上；与此同时，一个画外音朗读了约瑟夫·康拉德的这段文字：“必须亲眼目睹一场远海的风暴才能理解宇宙的壮阔。但是，多少次远海风暴才足够描述某一刻穿越人心的那种感觉？”

我的父亲从来没有读过康拉德，我知道这件事是因为我问过他。我记得自己对于水手们，很多的水手、伟大的水手、光荣的水手和海上英雄们居然不会也不曾读过康拉德的作

① 理查德·布鲁克斯（1912—1992），美国编剧、导演，他的许多电影作品由同时代的文学名著改编而来。

② 约瑟夫·康拉德（1857—1924），波兰裔英国小说家，年轻时当过海员，主要作品有《吉姆爷》和《黑暗之心》等。

品，甚至不知道他是何许人也感到惊讶不已。因此，他们与康拉德话语的相似性可以被定义为水手们的普遍价值观，一种在几百年里形成的、成千上万水手共鸣的情感，超越任何种族、宗教或国家的边界。这种感情不是康拉德发明的，他只是为后代们描述出来。事实上，我们能够想到在远海并没有时间概念。一名水手望向地平线就是面对一幅风景：可能是公元前 3211 年、1895 年 3 月或者我们这个时代二十九世纪的第一天。也许正是因此，面对海洋风暴产生的恐惧让所有人都变得平等，无论是康拉德还是我的父亲、亚哈①或努涅斯·德巴尔沃亚②、第一个海盗和最后一个维京人。那些种族主义者在海上被剥夺了特权。我的父亲用压倒一切的逻辑解释说：

“最后一艘船是我们几个人一起驾驶的，其中有一些黑人。所有人的生命在所有人的手里，只有一个蠢货可能是种族主义的。所有种族主义者都会被阉割。”他总结道。

我想，我的弟弟妹妹和我一起发出了那种青春期前的灿烂笑声，它会处理任何一个关于性的思索。但父亲的严肃口吻让我们明白，他的判决里包含了一些彼时我们只能隐约感觉到一半的东西。我永远记住了那句话。如果不是他曾经这样说过，也许我就不会想到这个巨大、神奇而意外的礼物在父亲生命的最后时刻，将他变成了几十年一以贯之的坚定的种族主义反对者。

现在回到水手的剧本。我很好奇父亲会怎样向我们讲述

① 亚哈（？—前 852），古代中东国家北以色列王国的第八任君主。

② 瓦斯科·努涅斯·德巴尔沃亚（1475—1519），文艺复兴时期的欧洲探险家。他率领的船队首次发现了太平洋。

关于寻找救赎的悲剧。所有的故事,就像《吉姆爷》一样都在大洋中心策划。

那是父亲退休之后很久的某一天,他说:

“很多年以前我还年轻,当时我认识了一名水手,在他生命中的第一个守卫之夜和第一次航程中,他酩酊大醉,几乎酿成大祸。他和我一样来自毕尔巴鄂,是我在航海学校里的同学,善良的好人。我不明白那晚他怎么了,在值班时喝酒是个疯狂之举,无异于自杀,比自杀更糟糕的是,你可能会死,甚至为许多人判决了更糟糕的死刑:死在大海中。我们的船差点撞上另一艘船,虽然没有不幸发生,但是一部分装载的货物丢了。公司将他赶走,他吃了好几场官司,于是没有再上船,也没有人再想雇用他。此外,法庭判决他支付我也不知道多少的赔款,听说许多年后他才付清那些钱。多年之后,我在毕尔巴鄂与他相遇。我想向他打招呼,但他假装没有看到我并加快了脚步。他胖了许多,像是另一个人。当我们的目光相遇而他躲开的时候我感到恐惧。远海里的戏剧似乎比陆地上的更糟糕。”

这个故事让我印象深刻,后面几年中我会时常想起那个被厄运击垮、假装没有看到老朋友的水手。

我是彼此恐惧的另一根柱子。事实上，我就是用破坏性的提问创造彼此恐惧的那个人。

因此，我认为现在该详细说一些关于我的事情了。

十七岁时我从家乡毕尔巴鄂的车站乘上火车，那是1975年10月的一个早晨，我向马德里进发寻找冒险。

在走进车厢前，我的父母给了我两件东西。我的父亲，他的魔法咒语“加油”会渐渐吸取价值和意义，随着时间依旧增长再增长。它包含了一切，包含了他，有时还能救我。而我的母亲以完全意外的方式，拿出一个装有薄荷糖的包裹，那是她偶然带在包里的。只有可能是巧合，因为我从不吃薄荷糖，我知道她也不吃；而且，那个包裹已经被打开了，就好像她在那个时刻发现自己带着它，而且认为它对我更有用。

“拿着，以防你口干舌燥。”她说着，同时把它放在我外套的口袋里，没有任何庄严隆重之感。

我们在那次告别时没有释放感情，连我的弟弟妹妹都没有来车站，因为在那个时刻，他们和我都没有长途旅行的感受。两周后是11月的长假，那时候我就会回来，然后立刻就到了圣诞节；此外，因为我父亲常年旅行的原因，我们已经习惯了出发，几乎感觉是例行公事。我自己已经不记得那时的任何事了，父亲的话和那包意外的糖除外。应该是多年以后，我已经经历了许多事，并失去了一些东西，那时我才理解，那些糖象征着母亲的全面感悟，她的恐惧，她的迷惘或所有可以给我的祝福，但从她在告别中可能的隐秘而沉默的撕心裂肺中，我没有意识到什么。因为正如一个兴高采烈的小孩走在想要吞噬世界的路上，我动物般的快乐阻碍着自己感受除了兴奋以外的任何感情。

"在你离开的那天我就知道，如果你过得好，就永远也不会回来了。"很多年后我的母亲这样对我说，"我一方面希望你回来。但如果你回来就表示你失败了，这是我最不希望的事。但如果你顺顺利利，我就知道你永远也不会回家了。"

就是这样。我没有回去。

我依旧是花了许多年去捕捉母亲表情中隐藏着的含义，也许是无意识的行为；她那因为分别而不安的整颗心不只清晰可见，还都藏在那个打开的薄荷糖包裹里了。

理解我曾是一个冒险者带走了我几十年的光阴。

离开毕尔巴鄂时，我只感觉自己是一名普通的学生，尽管，没错，我还带着紧迫而模糊的对荣耀的渴望，我觉得自己是被选定的那个人。当然，我是一名最底层的无名冒险者，就如同很多、非常多人一样。除此之外，我想说"冒险者"这个术语享有一种带着欺骗含义的名声。这名声源自我们，分布在全世界上百万底层无名冒险者在少年时代崇拜吉姆爷或柯尔多·马尔特斯那样的人物，结果这些人物成为遥不可及的镜子，有些时候甚至变成了危险品。有时，在过多的情况下，包裹着冒险、如史诗般浓烈的香气盖住了能够窥探我们的现实：深渊与刀，紧贴着地面的裂缝，在那里毫无防备的流浪汉会跌落，然后灵魂与肉体分离。有时，也是太多次，看不见的黑暗在周围晃动，还没察觉时就把你包围，忍耐已久的怪兽用狡猾的微笑伪装野蛮，就在那里等候。一个冒险者可能又丑又脏，他可能是个坏人或吝啬鬼，如魔鬼般嫉妒和残忍，他还可能完全没有无私或团结的精神。几乎没有人死于操纵船舵避开风暴或尝试接舷①；也没人为指挥携带自杀弹药的骑兵团而死。相反，有许多人死在轮椅上，或者成为最贪婪毒瘾的囚徒，或者瞎了，或者不记得自己是谁，曾经取得过什么。成为冒险者可能是致命的，可能是面对无法避免的死亡结局而自愿增加一个额外的风险，活着本身就意味着这样的风险。即便如此种种，我就曾是如此：一个在马德里的冒险者，成千上万人中的一个，在城市中发芽，寻找几乎永远不可能实现的梦想。

我的曾经和现在都是这样，现在我渐渐在镜子里看见自己：那个最底层的无名之人，马德里中心街区里乱糟糟的航行者。我，蒂尔索德莫利纳广场上的冒险者，顺从于柏油路上十几种死亡之后的平静。我曾因为自我毁灭的诱惑、形单影只行人的犹疑、贫困、失败的镜子、意志消沉的日常风险、绝望或几乎将我摧毁的对射击的渴求而掉进陷阱。然而，我从不认为这里没有值得讲述的故事。

"1958 年，我出生在毕尔巴鄂，从 1975 年起我定居在马德里。"

如此简练唯一的信息至今仍是我主页上所谓的"官方传记"。我试图添加其他数据，但从来没想到应该放哪些。我的努力只是让自己理解如此使用的"官方传记"是"假传记"

---

① 接舷，用己方船舷靠近敌方船舷，由士兵跳帮进行格斗的海战方法。一种最早的海战战法，一直沿用至十七世纪。

的同义词,至少是“被操纵的传记”的同义词。它是一串加了糖的成果,哪怕是编造的,或至少经过修饰的,也唤起了他人的赞美和如此贪婪的追求,就好像它有某种真实的价值。没有人的“官方传记”会这样开场:

“1958 年,我出生在毕尔巴鄂,从 1975 年起我定居在马德里。我的梦想是为了在剩余的生命中过上不用工作的生活,哪怕通过暗箱操作我也要赢得足够的钱。我的体内跳跃着杀人的冲动,不过我可以镇压住;还有我不想镇压也镇压不住的异教冲动。从早到晚,我都被与好莱坞经典电影相关的扭曲的性幻想困扰。我对支撑并主导我童年教育的宗教人士的厌弃是如此深沉,以至于我已经忘记了所有我在学校里所学的内容,比如,我无法再在任何地图上找到西班牙的河流。有一次我问自己是否会为了钱杀人,而且我避开所有人的目光,在一个外表无辜的文件夹放了一个清单,列举了我从出生到现在所犯的道德罪行。罪行相当多,说明道德罪行数量的规模要比‘许多’更加令人心烦。它们中的一些产生伤害,大部分则不为人知。为钱而杀人……不,这不行,我从未这样做过,尽管还要加一句:杀谁呢?还有另一个问题:花钱就能保证逍遥法外吗?”

我有时会想,一本真实而严谨的档案能让我们变得多么有钱啊!所以那些人类历史中的伟大人物,他们的传记上总是有难以启齿的肮脏污点。那将是真正的想象和知识的亚历山大图书馆①,人类真正的 X 光照相术。这是谎言“我们只了解伟人的优点”取得的巨大成果。有趣的就是他们黑暗的一

① 亚历山大图书馆,位于埃及亚历山大,曾是世界上最大的图书馆。后来因火灾被毁。2002 年人们于原址附近重新建立了新亚历山大图书馆。

面，因为光鲜已经被看到。为了不抹黑发明家、科学家和圣人，我仅限于朴素而无足轻重的文学史：显然，卡夫卡不是从内心的平静中构思了萨姆沙①，博尔赫斯故事中情感丰富的母亲不是一个温和而顺从的基督教徒，卡拉马佐夫兄弟也不是源自陀思妥耶夫斯基对父亲的崇拜。在这个时刻，我要扩大视野赌一把，我肯定秉持最基本的诚信，为我们的世界增加某种邪恶的可信度：即便邪恶再小，即便它对世界标杆上的价值观几乎没有任何影响，或是由甘地或若望·保禄二世②这样杰出的逝者所犯。现在说一个处于道德之巅的人，比如加尔各答的特蕾莎修女，当她有一腔不可控制的怒火时就只能用刻毒的咒骂向自己亲密的合作者们发泄。如果我们能了解这一切，就能成为更好的自己。

总之，要给我贫瘠的"官方传记"添加一个真实的信息，无论哪一个都可以，但要真挚，那么就不得不再增加一个进行修饰，然后它还需要一个，一个又需要另一个。无论如何，在我慷慨或团结的行为旁就是我认为曾经存在过的英雄事迹，或那些重申过我是一个"好人"的事实，用这些勾勒出我不能或不想消除的卑劣行径，以及在我的身体或始终喧嚣的内在庞杂宇宙中寄居、忍耐已久的邪恶行为，还有我和所有人一样每天都可能展现的最小的残暴是可以做到的。我的黑暗，我卑微的黑暗，微小、本质和炽热的黑暗，那种独一无二的内部世界以及河流、狂风与深渊写出了我书里最好的段落。

我从不勇敢无畏，也未英雄盖世。甚至连背包旅行都没

---

① 萨姆沙，卡夫卡小说《变形记》中的主人公格里高尔·萨姆沙。

② 若望·保禄二世（1920—2005），历史上出行最多的教宗。他于2014年4月27日和若望二十三世共同被封为圣人。

有过，哪怕是年轻的时候。不过有一次我确实在极为有利的条件下帮人搭起了一顶野外帐篷，附近有共享的淋浴设备、人工草坪和每隔六百米就出现的自动取款机，正如感人的海报指出的那样。我的英勇事迹，我的勇敢无畏或我可能的自我牺牲精神存在，在我的幻想边界繁殖，在我的幻想里这些英勇都是真实的，它们主宰，飞越世界一次又一次胜利，在无法避免的陶醉中跳动，在去往与龙打斗和拯救贵妇的半路上。有一次，是真的，我钻入地球深处两千米。凡尔纳在那样的经历下就为他的十本小说做了笔记。但是我，广告拍摄组的一个普通成员，来到一个矿石勘探平台，我所希望的仅限于尽早回到地面。这趟路程持续了不安的十五分钟，在此期间，团队所有成员虽然都是优秀的电影爱好者，但却是胆小的专业人士，我们为了掩盖焦虑不停出汗，脸被脖子上挂的照明灯反射出哥特式光亮。我们下去的路被一堵环形没有尽头的墙包围，是纯黑色的石头，除了纯粹的黑石头什么都没有。据陪同我们的工程师说，黑石是活的，会自我闭合。这无疑让人印象深刻，但值得在一份传记中突出吗？另一次，我驾驶一架轻型飞机。如果这件事有某种非凡的意义，应当是因为我不会开汽车，也不会骑非静力学的自行车，在静止的自行车上，当我踩踏板的时候可以阅读或看经典电影。所有的起因都是我为了下一部小说设定合适的背景，于是租了一架轻型飞机，飞行员允许我在几分钟里玩一下控制装置。我确实驾驶了，但他没有一刻放弃控制局势，此外我开飞机的经历不超过象征性的六十秒。强调这段趣事会很悲伤。如果这样做，结果就是认为在我的传记中“没有其他事情”是值得纪念的。但是与此同时，我再次提醒，我会承认自己的黑暗……承认自己的黑暗是一个人能够做的最英雄的行为之一，是现代冒险者最大的道德壮举,每天早上解除武装,孤单地深入看不见的城市丛莽之中。

也许诚实地深入自己回忆的领土是一个更大的冒险,为什么不呢?归根结底,我永远是一个冒险者。

我现在也是。

“树”。

当帕加萨里的回忆变成这本书的开头时，我记忆中的第一个灵光出现，这是一个英勇的事件，而儿时的我是见证人。

虽然我可能已经多次和父亲一起爬山，但这段经历还是成为我童年的主要回忆。在现实领域发生的事日常可见又微不足道，但我的回忆和我情感的回忆却在争论那份确信，然后反驳。半个世纪之后，一件保留在我回忆中的清晰之事不可能日常可见，也不可能微不足道，何况它还引起了恐惧与激动。

汗流浃背、筋疲力尽之后，我和父亲到达了同一块开阔地，即便现在也可以从那里眺望脚下的毕尔巴鄂。在攀登如此属于我们的世界之巅时，我们会相互试探，希望能更多一些彼此的了解。那时候彼此恐惧横亘我们中间，它的双手倚靠在我们各自的胸前，阻挡开始融解疑虑的亲密。

我们享受了一会儿城市风景，因为那就是我们一直专注的简单目标。正当我们转身准备回程的时候，我们发现这里不止两人。

我童年的恐惧是这样感受的：在《正午》[1]里，一棵树旁有三个阴险卑鄙的刺客，渴望报复加里·库珀[2]。现在的我很清楚那只是三个男孩，可能是青少年，甚至是只比我大一点的孩子，他们跟我们一样上山。虽然不太记得，但是我猜测自己曾经在学校的天井里与年龄稍大的男孩子们发生冲突，所以当我碰到这样的组合时就会焦虑不安保持警惕。某种恐惧在我的身体里颤抖，不知该如何解释，也许这个现实世界与激情而色彩丰富的银幕世界就因此相互对照。银幕世界值得仔细浏览，同时它最大的好处在于遍布危险，除了因为明显原因无害的危险以外，我突然想到，面对在阴沉而真实的毕尔巴鄂窥探我的人产生的危险会更有趣。所有幻想中的主人公总是我自己，想象力还根据一些电影人物对我自己进行改良，比如《真实的荣誉》中的加里·库珀，《所罗门王宝藏》中的斯图尔特·格兰杰[3]，《男子汉大丈夫》中的柯克·道格拉斯[4]，或者《正午》中另一个的加里·库珀：我们中的太多都是脆弱的主角，因为恐惧、犹豫与弱点被铭记。每个影迷在单纯的癫狂中都曾是被所有人抛弃的小镇警长，但他仍旧用尊严武装自己，在城市荒凉的街道上站出来面对恶棍。

我们准备开始下山时，父亲观察到三个男孩子离我们十

---

① 《正午》，1952年上映的美国西部片，弗雷德·金尼曼执导，加里·库珀主演。

② 加里·库珀（1901—1961），美国演员，曾五次获得奥斯卡最佳男主角提名，两次获奖，其中一次就是凭借电影《正午》获得。他也参演了1939年上映的美国战争片《真实的荣誉》。

③ 斯图尔特·格兰杰（1913—1993），英国电影演员，主演了1950年上映的美国冒险片《所罗门王宝藏》。

④ 柯克·道格拉斯（1916—　），美国演员，1996年获得奥斯卡终身成就奖，主演了1955年的美国西部片《男子汉大丈夫》。

五或二十米远,他们带着虐待的表情,用各自的折刀砍一棵树的树皮。

“我要去跟他们说点什么。”父亲毫不犹豫地说。

他朝他们走去。

我感到一阵恐惧。父亲将要独自一人面对三个带着武器的罪犯。我想,那时我认为带着刀的人却不是罪犯是不可思议的。这次是三个这样的人,一个完整的帮派。而我的父亲没有看到他们即将犯下的疯狂之罪。他想对他们说什么?不管怎样,他们这些喜欢滋事的人习惯了争吵,他们会挑衅,而三对一,我们只有可能输,我也会牵涉其中,因为如果打起来,那些罪犯用刀砍死父亲后,为了不留下证人就会杀了我。我准备逃下山,但我又不能丢下他一个人面对敌人。如果我能够在他还没到达树的位置前就追上他,我就会劝他不要行动……说服他,但要怎么做?另外,已经晚了。他已经到了罪犯身边。我们是将死之人。为什么他要卷进那场麻烦?那棵树对我们一点也不重要。我的心跳到了嗓子眼,看着他很平静地跟他们交谈,然后我惊奇地看见他们如何倾听,过了几秒后折起他们的刀收好,然后离开了。他们走了!我的父亲看着他们离开,重新转向我,然后我们开始下山。

在我们已经下山之后的好一会儿,我才问他发生了什么。

“我对他们说这棵树是大家的,也是我的,我不喜欢有人做那样的事。这棵树在受苦,而他们从破坏中也得不到任何好处。”

“他们听你的了?”

“你看到了。”

那棵树的痛苦……我对一位水手说出自然主义者的奇思异想感到茫然。他年轻的时候曾是拳击手,参加过战争,而此刻，我几乎确定他在旅程中从事走私或间谍活动；尤其是这样的道理对于三个持刀人来说很难有说服力。我认为他对他们说了某些更加强有力的话，某种秘密人员的最后通牒，而他为了不要表明心迹，就选择不在我面前解释。当时，我相当确信地认为在他们的相遇中有一种强烈的紧张感，但是现在，我只是问自己，为什么那件微不足道的小事能在我的记忆中保存如此良久，仿佛随时准备好在第一个信号之后就跳出来。我得出结论——那是我看到的第一场成人间的冲突。而父亲在信念的驱使下，只身一人面对危险毫不犹疑，这是我直到那时只在电影主人公身上看到的某种气质。

当我们在下坡的最后一段时，路过一家中途的小酒吧，我们看到“三人帮”小伙子们正在喝冰饮。父亲完全自然地挥动手臂跟他们打招呼。我依然感到一阵不安的颤抖，但让我吃惊的是，他们同样回应了。在很长的时间里我自问为什么那场亲切的告别会是决斗的补充。

那棵树呢？

有时我想到那棵在帕加萨里的真实老树，就是“树”这个术语的含义。也许，暴风雨或是我不知道的某场火灾把它摧毁；也许，某个有龌龊投机梦想的杀手把它砍了。或许它还在原地，鲜活而强壮。但是，当我终于再次回到山顶，隐藏在这个无疑是记忆印象中的有效伪装许久后的我怎样才能辨别它，辨明你？我如何在几十棵树之间认出你就是“树”？除非那些父亲不能阻止的坏人把你毁坏，不然你应当待在那里，一直根深蒂固强壮有力，不管是在我出生之前，还是将来我死后。关于树的书上是这么说的：树比一个人甚至是几代人都活得久。

我自问，如果在父亲出生之前那棵真实的树就平静沉默地待在那里,会不会当我死去时它还在。也许它记得,在我儿时遥远的那天我们拯救它幸免于折刀之苦。或许,那些我们用手触摸过的树保存着我们奇妙的记忆,我们做的好事和坏事。

如果在我们的最后时刻,良心的检察官召集的指控证人是它们,如果是那些树,将会让人多么惊吓、多么惊恐、多么打寒战、多么害怕啊!

有一部伟大的海洋小说，原文是1952年的英语版本，1990年塞依斯巴拉尔出版社出版了西班牙语版。书名是《封闭的港湾》，由埃尔莎·玛特奥翻译成我们的语言，取名《封闭港》。

它的作者是詹姆斯·汉利①。

在时空的一个角落里，一位作家写了一本书。

在另一个完全不同的角落，一位读者阅读了这本书，感觉这本书就是为他而写，除了他没有别人会看。那时，面对生活、文学和那位他从不认识也不会认识的作家赐予他的这份礼物，他如此感动几乎感到不安，不过他很快理解到，这份不安事实上是一种能够恰好赶走不安的魔法的征兆。他决定永远带着那本书旅行。

在我出生的六年前，詹姆斯·汉利写下《封闭的港湾》，我看到这本书时他已经去世。我在毕尔巴鄂的一些百货商店书架旁安置的甩卖大抽屉里发现了它——一位不同寻常、在一大堆杂乱的自助图书和过气的历史小说中的孤独而阴郁的流浪者。没有其他新品了，只有我手上拿的那本，它现在就在

① 詹姆斯·汉利（1897—1985），英国小说家、剧作家。

我旁边。封底文字似乎也是为我而写，而编辑是这个魔法过程的主角。尽管我有所怀疑，但不论《封闭的港湾》的编辑是谁，他决定了翻译和出版这本自己已经确定的非商业图书，撰写或审阅几行字，内容包括那个无名但光辉的汉利，他正从书的封皮这边看着我，带着疑问和激动，很像非常年轻和表情阴郁的约翰·吉尔古德①。还有汉利创造的人物介绍：没有船的水手，不出海的水手，一个仍在战斗之人的逐渐崩溃，一种面对失败的绝望，这种绝望勾勒得几近完美，以至于能让我想到在甩卖大抽屉旁读到这段文字时自己的绝望。最后就是幻觉的场景，那里一切消逝，马赛港可能是我恐惧的毕尔巴鄂和我遇难的马德里。我知道这本书是我的，是为我而作的。我把它带回家，感觉不是买了它而是救回了它，我读它，然后把它保存在我心爱的书中间。我会在那里想象，这本书就像小锡兵②那样终会康复，最后苏醒复原。直到现在也没有人能够证明我们如此钟爱的书缺乏灵魂。

在父亲死后的日子里，家庭的分裂是不可避免的过程之一。一天，我的母亲搬到我妹妹家了，那里就是最后的边界。房子也有灵魂，这比心爱的书有灵魂更难否认。我正靠着那个天天在我脑袋上扣除分钟和天数的钟写作，而这座房子的灵魂一直是我的母亲。她在这里出生，在这里生活，没有搬过家，生命中的一切都在这里。当她离开时，家里的墙壁、地板、家具和灯泡开始垂危，灯丝熔化这一如此突然的决定展现了衰败。木头带着无尽的厌倦，以细微的速度衰老。然而，一个

① 约翰·吉尔古德(1904—2000)，英国著名演员、导演和制片人，擅长表演莎士比亚戏剧。他是少有的演艺圈大满贯获得者。

② 小锡兵，这里指安徒生童话《坚定的锡兵》中的主人公。

灯泡突然来到了自己的结局，它死去时就像心肌梗塞或中枪倒地。当家里的最后一个人，就是我，因为弃用那盏灯比换灯泡更实际而做出了决定之后，一切垂危的画面更加具体：所有的墙壁、地板、家具和每公分的木头都在悄然消亡，成为慢性死亡的受害者，一层灰盖过另一层灰，比灯泡幸运的爆裂更悲伤。舍弃那些包含记忆的日常物件会带来更加无边无际的伤感，特别是书。怀念的图书馆与高雅文学毫无关系，因为那里的书总是主观的，可议论的，不管是否够格都是著名作家的作品，或符合任何一种形式的文学准则。我在儿童和最年轻的时候爱看糟糕透顶的书，我把卑劣的作家奉为神话，他们没有到那个程度，不应该登上如此的圣坛；此外我把我所有的羡慕给了那些主人公，结果他们只是被枯萎的光磨掉的面具。但是，所有的书都为我打开了梦想之门，只有因此，我才认为把那些被记忆标注的书收在抽屉里然后带到公共图书馆之前，献给每一本一分钟的时间是自然而然的公平之举，尽管依旧充满令人愉快的忧伤。

《封闭的港湾》就在其中。它同我在一起，现在就在这里。

这本书是我的镜子，我猜想它以后也会是我的镜子，因为它，或者说多亏了它，甚至可能是为了它，为了这本作者创作时根本不知道我的存在却救赎了我的书，我突然决定把与父亲一起冒险的老朋友称为汉利，那个保存在记忆中、拥有类似发音的名字，无外乎就是Ha、He或Ho。

当有人被命名，就可以说他在生活中已经没法回头。

我已经成功构建了这样的开头：因为一群在逃的墨西哥虐待狂在《荒野大镖客》①中给克林特·伊斯特伍德一顿粗野的棒击，我有了汉利的第一个消息。

童年时期，我们在莱克蒂奥度过夏天，那时它还写作“莱克伊蒂奥②”。西班牙皇家语言学院③的成员们在修饰和给我们的语言增光添彩的时候小心谨慎，在所有跟巴斯克语相关的词语里否定字母 K。“阿肯色州④”“卡拉什尼科夫⑤”“卡伦”或“3K 党”能够逍遥法外，甚至泰然自若地说或写，但“格尔尼卡⑥”不可以。

---

① 《荒野大镖客》，意大利导演赛尔乔·莱翁内于 1966 年制作的“镖客三部曲”中的第一部，主演是克林特·伊斯特伍德。

② 当时该地区写作“Lequeitio”，现在则是“Lekeitio”，莱克蒂奥位于西班牙巴斯克自治区比斯开省。

③ 西班牙皇家语言学院，西班牙王室设立的机构，责任是规范西班牙语使用，它最著名的出版物是《西班牙皇家语言学院大词典》。

④ 阿肯色州，位于美国南部密西西比河中下游。

⑤ 卡拉什尼科夫，即米哈伊尔·卡拉什尼科夫（1919—2013），苏联军人、工程师，AK-47 步枪的设计者。

⑥ 原文为巴斯克语。格尔尼卡位于西班牙巴斯克自治区毕尔巴鄂东北部。作者童年时代的西班牙在佛朗哥治下，当时的文化政策之一是推行语言标准化，即全国都必须使用西班牙语。因为传统西班牙语中没有字母“K”，因此当时的皇家语言学院将巴斯克语中的“K”换成发音相同的“QU”。上面的几个词因为代表非西班牙的地区、人名或专有名词，所以没有被替换掉。

在毕尔巴鄂,随着学校课程的变化,电影每一年都越来越成为我唯一和真正的信仰,而在那个名字被查封、遥远的"莱克伊蒂奥",电影获得了天堂奇迹般的地位,它是不可见的交响乐队,时间与触手可及且真实的惊讶的一台机器。在电影里能够打破世界的铁律,证明了一切皆有可能。

在二十世纪六十年代末七十年代初,莱克蒂奥有三个如今都已不见的电影院:"贝蒂亚""指挥"和"社会"①,它们允许孩子们进去看成年人的电影。尽管可以完全肯定,那种幸运的异常不是对审查制度的象征性反抗,而是为了增加可能经过售票窗口的观众数量。多亏了这种规定,我能够看到许多当时仅仅距离几公里的城市禁止我看的电影。

星期一到星期五人们几乎不去电影院,而下午七点和晚上十点的场次通常只会放一部电影,一般是商业第二级,轮流在不同的厅里放映。但周末就有三个厅共同竞争,放映一年中在毕尔巴鄂初次上映的最卖座的片子。没有推销也没有任何广告,最终自相矛盾地成为我所有生活中最大的幸福源泉,至今我仍会怀念。每个星期六早晨,我从床上跳起来,主动请求去买面包,多亏了这可信的借口,我比任何人都早出门。我的目的带着秘密而单纯的激励,只是去一家接着一家的电影院,在各自的通告板上,看周末放映电影的海报。在转完那三个拐角之前,海报上的每个紧迫就是宇宙之门,我的无马达飞行幻想的钥匙,而且我能够绝无恐惧地确信神经科医生和精神分析学家会反驳我:电影是我在冬天里最渴望的东西之一,因为它我遭受着快乐的幸运瘫痪,大脑极度兴奋,头发竖起到如此紧绷,以至于头晕的我必须靠在墙上恢复生命的节奏。

---

① 前两者的原文为巴斯克语,最后一个为西班牙语。

啊,命运、爱情和生命之神!啊,电影之神,你指明了内心快乐的道路!曾经的心墙如今已被推翻,我看着期待我能永远爱它们的海报,在那些电影的奉献下我成为了现在的自己:《日落黄沙》的海报、《牛郎血泪美人恩》①的海报、《西部往事》②的海报。有时,发现电影海报的时刻比发现电影更美好,就像糟糕透顶的《小巨人》③;假如我当时已经明白这一点,那么这就成为成年人生活中最重要的课程之一:许多时候,几乎每次,愿望比满足愿望更让人高兴。当然有的时候,当电影是惯常所见的西班牙轻喜剧,里面有穿比基尼的瑞典女人和汗流浃背的乡下人,或是爱情剧,不管它是好还是差,我一点都不感兴趣,此时我会被失望打击,然后焦虑或愤怒,因为这样就浪费了一次我渴望看到的电影的机会。一个星期六,天亮时我有点感冒,是路易斯去买的面包,尽管他比我小五岁,却也有着与我相同的对电影的痴狂。我不安地守候他的归来,影迷疯狂的热度几乎胜过真正发烧的热度,当我看着他垂头丧气地回来,我知道可怕的事发生了。

"三部爱情片。"这是他的判决。我们两人都沉浸在愤怒的沉默之中。

为什么要这样骗我!我们宁愿是西部片,只要西部片,除了它其他都不要。幸好意大利面西部片④在当时很时髦,虽

---

① 《牛郎血泪美人恩》,1970年上映,萨姆·佩金帕执导的美国西部片。

② 《西部往事》,1968年上映,赛尔乔·莱翁内执导的西部剧情片。

③ 《小巨人》,1970年上映的美国西部冒险片,达斯汀·霍夫曼主演。

④ 意大利面西部片,二十世纪六十年代由意大利人导演的西部片,他们选择风景与美国西部相似但成本较低的西班牙安达卢西亚和意大利撒丁岛等地进行拍摄。因为很多临时演员说西班牙语,所以电影主题经常与墨西哥革命相关。代表人物是赛尔乔·莱翁内、克林特·伊斯特伍德和他们的"镖客三部曲"。

然它们不是最好的，也不是我最想要的，却可以平息我们愤怒的渴望。

那些电影描述了与银幕上的冒险不同的真实历史事件，只有当我成年之后才明白权衡。举个例子，“指挥影院”的引座员有时会照顾他的侄子侄女，那是一个很小的男孩和女孩，他没有其他看管的方法，就让他们坐在大厅里观看给成年人的电影。引座员用亲昵而非镇压的小心翼翼控制那些最小的性苗头场景的到来，甚至是主人公之间朴素的接吻。当这些发生时，他就把小孩抱离大厅，要求他们在走廊等待，直到新的画面出来。从街上可以清楚地看到观众在排队，还出现了长时间等待的自然反应：当他们理解到可能正在错过激情的场面时，便迫不及待地要求售票员给票。我问自己，如果孩子们知道自己在非自愿的情况下成了莱克蒂奥电影院的色情温度计，他们的情感会如何变化。也许不会有任何变化，因为这种事归根结底是无害的；或者，只有研究这些行为的心理学家才能断言，已经成年的孩子们现在会感到无法遏制的淫荡之口在沸腾，它一直都在，无论是坐着还是站着，在任何一个酒店前厅、火车站或税务局门口，当纳税人在办公窗口前的焦躁越喧闹，他们的欲望就越跳动。“社会影院”有个门卫，现如今的莱克蒂奥还记得他。那是一个多汗毛又臭脾气的巨人，缺了一个手臂。他不穿制服，总是穿着短袖白衬衫，毫无顾忌地展示手肘的残肢。他的牙齿里总是叼着一个雪茄屁股，我从小就觉得他叼的雪茄一直是同一个，因为每天他到达岗位时就会叼上，正如其他人会穿上一件石榴色的上衣。缺少一条手臂没有妨碍他检票，他用唯一的手拿着票，当观众拉着一边，他就朝相反的方向拉。这是一个在许多场合被莱克蒂奥的所有居民模仿的舞蹈动作，人们对他没有任何同情心，甚至因为他的粗鲁,我们这些孩子都觉得他只是个半人类。当电影开始放映时,他会提着一盏刺眼的灯,孜孜不倦地在放映厅侧面和中央的走道巡逻。如果有个观众犯了错,比如用太大的声音评论,那个耳朵很尖的独臂人会异常迅速地将他定位,跑向他,用提灯照他,开始在喧闹者的周围描画控告的光圈,直到羞愧让他安静。虽然没人能证实,但据说有一次,他用提灯平息了镇上八个年轻男孩的一次叛乱。我弟弟还在确认那个场景是真是假:一个眼花的引座员在黑暗中棍击了买了票并且仅仅只是想看电影的观众,这值得跻身世界超现实主义全集。然而,我在回忆独臂人的时候带着好感,因为那天,还是少年的我第一次去看《日落黄沙》,是他给我剪的票。在电影激起我的震动之后,我决定无论付出多少代价都要投入生命去叙述故事。很多年之后,母亲告诉了我一个真实的故事:很多年前莱克蒂奥的节日庆典上,那个独臂人,年轻的男孩当时已经只有一条手臂了,他邀请那时还很年轻的母亲在镇上的广场跳舞,她接受了。好像因为没有人愿意跟他跳舞,因而那个独臂的男孩对母亲非常感激,我母亲说他和蔼又腼腆,只是因为缺失的手臂而有心结。我不知道生活是怎样让他变成那个臭脾气的提灯引座员的,但是有时候,尽管不可能,我还是觉得一种魔力将母亲与被所有人拒绝的独臂人跳舞时的表情与他为那场改变我生活的电影检票时的表情联系在一起。

另一方面,一个非常特别的任性之地对我心爱的自由电影的天堂起到了非常重要的影响。提及莱克蒂奥时不可能不立刻联想到圣尼古拉斯岛。它离海岸线短短数米,面对一片被水量丰沛的海湾一分为二的美丽双海滩。当海水涨潮时,尽管能够游到小岛上,可岛屿还是变得孤立;不过在退潮时,人工制成的石头堤坝浮现,人们可以踩着它们登上小岛。从几个世纪之前开始，岛上就有了一个麻风病医院，奋不顾身的修士们在那里照顾病人，而它也让我的脑海里泛滥起关于夜里跛行幽灵的幻想，在漆黑的房间栅栏之后是折磨、诅咒与抱怨，还毫无逻辑地通往在阴影之间转悠的窥伺的吸血鬼和受折磨的狼人。我想毋庸置疑，弗兰肯斯坦的怪物①已经到那里寻找庇护，可是因为他令人恐惧的外表，守卫将他送回到黑暗而遥远的平静命运之中。环绕在岛屿端点上的是一段政府建造的又短又矮的石墙，为了参观者的安全着想不得入内；但对我而言，那石头就是架着大炮保卫着港口免遭海盗侵扰的城墙。我想象着某个没有被编年史收录的英勇而不幸的一天，那些炮的操纵员们面对来袭舰队的船坚炮利纷纷倒下，而麻风病人们在回到他们禁闭的孤独之前就担负起保卫和拯救城市的责任。这个岛只有一个缺点，那就是在这么多年里我无法用现实主义联想起一部西部片，最多只是设想躲在树后的两三个塞米诺尔人②。但是有一天，我在莱克蒂奥的一家影院观看了《军鼓》③，加里·库珀和那名恰好是阴险的塞米诺尔人的首领就在一条狭窄的河流里进行最后的决战，那河与涨潮时的小岛入口非常像。从那时起我就想象，当我们从一边走向海岸线的另一边，走向海滩或从海滩上回来时，不同的印第安人就轮流监视着我们，阿帕奇族、苏族或科曼奇族④，他们都是在涨潮时来到这里，手持温彻斯特步枪驻扎在海滩上。另一个阳光明媚的早晨，我在山巅那堵墙的旁边，突

① 出自《弗兰肯斯坦》，又译作《科学怪人》，英国诗人雪莱之妻玛丽·雪莱于1818年创作的小说，被认为是科幻小说或恐怖小说的鼻祖。

② 塞米诺尔人，美国原住民的一支，与美国人发生过三次塞米诺尔战争。

③ 《军鼓》，1951年上映的美国西部片。

④ 三者均是北美原住民部落。

然一群巨大的海鸥进犯，它们破坏了原来的和平，还在扑向莱克蒂奥之前绕着我们尖叫，营造紧张的氛围。它们振翅飞翔在港口和鸟巢之间，仿佛一片宽银幕的伟大全景镜头；时间流逝，当我看了希区柯克的电影《群鸟》①之后，我理解到英国的电影人在比我早几年时已经登上了圣尼古拉斯岛，它将不可能变为可能。我自问在路易斯为他的电影构思的场景中，会有多少来自于秘密之源圣尼古拉斯岛。岛屿成为我们童年幻想的摄影棚，一个有石头有树木的独一无二的好莱坞，它们中的一些因为闪电而倒下，而只有成年后我们才能欣赏岩石岛那无法估量的价值。梦想之门在海中为我们竖起，离岸边如此近，随着潮落我们可以走着前去欣赏。

一天，"贝蒂亚影院"放映了赛尔乔·莱翁内 1964 年拍摄的《荒野大镖客》。他的成就斐然，于是一个夏天接着一个夏天进行有规律的拍摄，如同一个有保障的商业万金油，我现在所指的这部电影应该是其中一部，估计是 1968 年或 1969 年，大概在我十岁的时候完成了这个系列。那个夏天，父亲与我们一起度过假期。我推断那是一个工作日，星期二或星期三，因为当我得知放映的时候是傍晚回家，大概是八点半，已经太晚所以没法进入放映厅，七点场的甚至可能已经结束。我想象有的时候，影院的老板会在最后时刻决定不管怎么样，要提前第二天的放映计划，拷贝坐着最近的一趟公交车而来，而影院的负责人在胶卷进入放映室之前可不愿意冒险通知它的来临。就这样，我面对着海报，内心奔涌着海啸般的挫败颤动。海报的内容我记忆犹新，远景是一个持枪的强盗准备要

① 《群鸟》，1963 年上映的美国悬疑片，导演阿尔弗雷德·希区柯克的代表作。

向另一个人射击，这个人受伤而死，在特写镜头里跌向观众。天堂就在手边，但被流逝的很少而愚蠢的几分钟阻挠。我想必流露出悲痛欲绝的神情，因为父亲几乎是立刻问我是否想跟他一起看十点的场次，他总是像丝绸一般柔和，因为彼此恐惧的余烬而谨小慎微。那仅仅一刻爆发的“革命”在当时多么重要啊！现在，当我召集它、捕获它和思考它的时候，尽管几十年匆匆，但却让我想起如此多的真实和情感。如果我应该挑选一个词来定义它，那将会是“颤抖”：首先，我从未在晚上去过电影院。人生头一次这么做是一种开始和一个边界，失去了几乎没有人致敬或喜爱的贞洁，比如我自己只有现在写作的时候才意识到，那么这样的小事会有多少宏伟可言呢？

夜晚的门向我敞开。我与父亲一起。多亏了电影院和彼此恐惧。

与此同时，其他人准备吃晚饭，我们俩像往常一样站着，为了不迟到就只吃了几口饭菜。我体验了某种英勇或成就的感觉，厨房的面包之间那块被吞噬的奶酪块里有一种史无前例的表情。我们吃完并且离开时它还在：黑暗，未知在展现的过程中也有渴望。

黑夜比钟的另一边更丰富，是这世上一个不同的地方：另一个国度，另一座星球，一个有着独特法则的宇宙。莱克蒂奥的街道还是没变，但到那时为止我只在电影里看过、从未高悬在我头顶的黑色天空，让我看到不同而纷繁的街道，它们无法预测，还能够接纳在白昼的光芒下很难被看到的生灵：残忍羞辱的复仇者、完全变身的狼人、带着令人无法想象目的的登山爱好者、不知哪场战役的失败者、凶猛的罪犯和他们不倦的追捕者、机智的聪明女人……小时候我的脑海中从没有多愁善感的小鹿，也没有面色红润、心地善良的小矮人。我父亲边走边与安静交谈，而我跟着他的交谈，一直注视着看不见的角落、发出微弱光线的窗户、我们背后的声音。我们穿过电影院的门，进入几乎空而寂静的放映厅，正如最初的庙宇。这是夜晚的心脏，我第一次在夜晚的心脏里。

灯关了。放映开始了。

事实上，所有影迷，那些在生活中已经有看电影爱好的所有人都有自己独一无二而不可转让的个人电影史。这与官方历史不同：它明确了格里菲斯①和爱森斯坦②改革了电影表达方式；为了重新找回被电视绑架的观众，出现了宽银幕电影；还有，为了让我们留在原地不动，赛尔乔·莱翁内发明出一种西部片的新方法，慢慢腾腾又充满虐待和肮脏的电影彻底改变了这个电影种类的常规和结构。这份官方历史的重要部分在于电影艺术的评论者和研究者，他们用或大或小的灵活性发表意见，提出哪些演员和电影是好的，哪些是不好的，由此直接闯入每个还没有观看电影的观众那天真的目光。我们每个人的个人电影史有别于所有官方的历史，因为我们并不关注睿智博学的理由，个人史的产生多是因为纯粹的偶然。官方历史认为最大的色情象征是玛丽莲·梦露、艾娃·加德纳或莎朗·斯通，但我的一个好友具有很强的分析力，他确定这个象征是多丽丝·黛③，因为他非常自然而公正地表示是用统治着他整个世界的性欲标准来看待的，因而她是他的第

① 大卫·格里菲斯（1875—1948），美国电影导演，代表作为《一个国家的诞生》。

② 谢尔盖·米哈伊洛维奇·爱森斯坦（1898—1948），苏联电影导演、电影艺术理论家、教育家。他是“蒙太奇”理论的奠基人之一，代表作为《战舰波将金号》。

③ 多丽丝·黛（1924—　），美国演员、歌手。她在二十世纪五十至六十年代有“票房皇后”之称。

一个个人电影史的女演员。那些改变了我们生活的电影才是重要的。其他的那些只是存在罢了。

《荒野大镖客》里的棍击淫秽而残忍,我之前从未看过,但是它就这样跳到了我的感情之上,如同一个疯狂而饥饿的洗劫者。影像是咬痕。在此之前,我只在银幕上看过常胜英雄、绅士风度的决斗和梳洗打扮的平民,所有色彩和形式的善终胜恶,但这次,如此之多的常规设置全面崩塌,我彻底混乱了,却被深深吸引。那个被棍击至毁灭的主角,他的血让我感觉先前从未有人在银幕上流血似的,还放射出某种与催眠、性欲和伟大相关之物。现在,如果我集中注意力回忆那晚,就像昨天我看《荒野大镖客》,努力想让自己找回孩子的眼睛,并试图找回记忆中的感觉,想象着不可能的事在我身边帮助我,多亏了它,父亲可以与我一起坐着欣赏电影,两个那一天的画面一直与我同行:第一个,银幕上特有棍击的催眠。第二个也是主要的,在之后发生,回家之后,我和父亲坐在厨房里。

现在我纯靠想象:母亲故意在桌上留了一块让人无法抗拒的土豆饼,我和父亲面对面坐下来吃着。棍击在我的脑海中盘旋,直到它想打开话匣子的时候,父亲抢先了。

"所有电影的主人公都是有点喜剧感的。"他说。

我生气了,不过没有表露出来,甚至可能有点恼羞成怒。喜剧?我殉难的英雄?我要求他解释明白。

"绝大部分电影是喜剧,"他继续说,"它们并不想反映现实,只是娱乐。在影院里娱乐大家是非常好的,就比如我们刚刚看的那部电影。善总能获胜,能够与恶对抗,杀死所有人。这不真实,所有不真实的东西都带点喜剧色彩。"

"但棍击的场景……"

"只有他会受伤,因为好几个人用棍子打他。一对一,力量就平衡,或者可以均衡;但多对一就不行。如果你我一起对抗几人,他们就会胜过我们。”

这句话在我心里有着奇迹般的影响。父亲和我,我们一起对抗数量更多的敌人,这突然的想法漾开了一股与他联合、亲密而坚固的热潮。厨房是一个宇宙中新的未知之都。午夜已过,所有的钟好像都很安静。我们单独相处,放松而漫无目的地闲聊,任由充沛的语言流淌。这是第一次对彼此恐惧的胜利,投入那场战役可以胜利的证明。我自问父亲是否也有相似的感受,我想是的。那是在我小小世界中的一个宏伟时刻,我渴望延长时间,与我、我们一起留存,让它持续,恒久。那次围绕着母亲奇思妙想准备的土豆饼、在莱克蒂奥厨房里的交谈现在就在这里。如果我讲述它,是因为我永远也忘不掉。有谁知道,一年之中我有多少次在夜晚动荡的小巷里,它会静静地在我身旁。

就是那时,为了那个魔法时刻不会结束,我问:

“你知道‘坏血病’是什么吗?”

“‘坏血病’?”他错乱地重复道。

看到他一脸的惊愕,一脸由我引发的好奇,我立刻跑回房间,寻找那本放在床头柜上的书——布鲁格拉出版社出版的可敬而神话般的《故事精选》。想要找到一个更生硬冷酷、不那么引人联想的题目,一个比《故事精选》更糟糕的题目好像很难,现在好像还是这样难;然而,布鲁格拉出版社编辑们的才华为这个当时破旧而暗无天日的国度成功培养了爱书之人。他们可以永远以之为荣。那本合集包括文本和不少于两百五十张插图,据封面所注,里面有一系列少儿经典读物、伟大的冒险、小女孩、传说和故事、历史与传记、民族与国家、茜茜公主以及作为向历史上最伟大的探险小说家之一坚决致敬的儒勒·凡尔纳系列。我从床头柜上拿来的那本书就属于这个系列。

书名为《寒冰里的冬天》，由原著《哈特拉斯船长历险记》①翻译而来，译者是华金·里珀尔·卡萨尔斯，插图由佩德罗·阿尔费雷斯·冈萨雷斯所绘。几年以后，多亏我的一个朋友割爱，从她的旧书里找到这本书拿给我，让我可以创作《父亲岛》，我才能从它的版权页里看到它出版于1968年。它的书脊就像这套合集的所有书一样，出现那些被插画家重新从原著文本出发创作的脸庞，这次是四个主要人物：哈特拉斯、达克狗、克劳伯尼和阿尔塔蒙。小说是一曲史诗，讲述了神秘的英国船长哈特拉斯坚持乘“前进”号到达北极。如今重新翻阅，这个面向青少年读者的版本因为它的单纯天真让人倍感真挚。比如，在如此少的两幅插画中直截了当地展示了那几乎不可能做到的五头凶猛白熊的攻击，或者，只需要一幅插画就可以展示在冰雪中建立一个碉堡，还有在雪中丢失的船体遗骸，以及一艘可以继续航行的新船。面对那行对话我不可能不笑，也许这是个被译者放进瓶子里扔向未来海洋的笑话：一个探险人被冰席卷，然后他迷路了，因为饥饿昏倒在地上，他大叫：“啊！我多么想尝一尝麝香味的阉牛啊！”所有不可能的冒险在这本书里变得可能，但在一切之上，“坏血病”这个词语对我而言如此突出，如此难以理解和神秘就像所有我不认识的词一样，更有甚者，它的发音还如此有威胁，当我用低沉的声音分音节读“坏血病，坏——血——病，坏——血——病”时，这个词的不祥意味越来越重，在插图中还被三次引用：第一次，当一名酗酒的水手在

① 《哈特拉斯船长历险记》，法国作家儒勒·凡尔纳的作品，发表于1864年至1865年。

远海中急需一口烈酒，他的一名同伴提醒他："医生说，为了避免得坏血病我们不能喝酒。"再后面一些，当探险队员几乎已经在冰海中迷失的时候，叙述者从漫画上面的方格指出："更糟糕的是，坏血病出现了。"最后一次是再次以叙述者的声音描述探险队在陆地上的绝望："前进继续，但辛普森已经是坏血病的受害者。"辛普森开始说话："把我丢在这里吧，我想平静地死去。"哈特拉斯自言自语："可怜的人，怎么会这么受苦。"如果我是现在的男孩，就会直接在手机里查"坏血病"的意思，但最近的字典在我们毕尔巴鄂的家里，这就是决定性的，所以我抛出了这个问题。

"我当然知道。"父亲快速回答，让我理屈词穷同时又很钦佩，"坏血病是一种病。"

他一边说话的时候，一边翻着《寒冰里的冬天》。父亲对我的一本探险书兴趣盎然。一本他不了解的书，是我展示给他看的。

"啊，你看！看到了吗？"他边说边指着漫画。

"什么？"我兴奋地凑近。那是一幅画，"前进"号在远海里破冰前行。

"他们走向北极点，在这段很长的探险里他们没有了口粮，因此患上了坏血病。缺少维生素 C。"

"橙汁？"

"有可能，或者柠檬汁。任何一种含有维生素 C 的水果都能预防这种病。当然，坏血病可能在远航途中患上，因为如果没有粮食了，就只有干肉、熏肉或罐头食品吃，这样去北极的旅程也是。"

"你患过这种病吗？"我变得不安。

"没有，我在现代船只上航行，装备齐全。但我的一个朋友得过，有一次我差点得了，在南海，几年前。”

噢，南海。天堂般荒无人烟的群岛，岛上小股装备不齐的探险者，比如三四个人在一个勇敢无畏的走私贩的带领下，很难抵御海上来的海盗或陆地上来的食人族的袭击，哪怕他们中的一半确实拥有走私贩精准的枪法，能够阻止袭击者。与此同时，其他人造好木筏，依靠它逃离小岛，它躲避礁石直到开阔的海洋，到鲨鱼泛滥成灾的水域。南海就是这样的。

“他得了坏血病？他是走私贩吗？”

“他是从事海上贸易的水手，跟我一样。他没有得病，但他的第一次航行是驾驶一艘小帆船，它在飓风后随波逐流几乎遇险，经过一段时间后获救。那时候似乎船上已经有了坏血病。从那时起，他就知道了这个病的原因和如何与它抗争，在登上下一艘类似的船时他总是带着柠檬。所以看到他站在船头，手里有半个柠檬平静地吮吸很正常，就像其他人点着他们的烟斗或抽一根烟一样。”

我想象着《荒野大镖客》里严肃而沉默的主人公站在某个传说中掠过热带海域的帆船船头，穿着蓝色上衣，戴着水手的鸭舌帽而不是斗篷和牛仔宽檐帽，全神贯注看着黄昏那红色寂寞的地平线。与此同时，作为他深不可测思想的外在表现，他将一个切好的柠檬举起放到嘴边，用极端的轻微吮吸着它果肉的汁水。

就是这样，我第一次了解了汉利船长。

我的直觉将那晚的他变成船长。事实上，我的父亲从未说过他的朋友是船长。但他也没说不是。

那晚，当我们去睡觉时，他向我借儒勒·凡尔纳的书，我借给了他。

就是这样，坏血病开始治愈我们的彼此恐惧。

当我在毕尔巴鄂写作时，我所用的是家里那张陈旧可折叠的桌子，它恰好是我青春期准备考试的地方。我似乎记得这类桌子被称为“写字台”，这个词来到我的脑海中，虽然我可能已经有四十年没有发出这个音了，甚至我敢说，我从未听过任何人发过这个音，除了我的母亲和我的弟弟妹妹，除了这个家过去的住户。

一种突然而坚定的动力把我带到这张可折叠的桌子前，同时忽视了其他任何留在家里更宽、更舒适的桌子：很久之前，在它们中的某几张，具体来说是其中一张上面，我写了一部几乎完整的小说。

写字台是我十五岁时梦想着成为一个伟大电影导演之地。坐在这张桌子旁，当我在脑海里重新勾勒已经不复存在的场景时，感伤的泪水涌出，我曾在此准备物理和数学考试，那时候我明白了被迫记忆一些你厌恶之物的感觉。如果今天我抬高视线，就会看到自己四十年前在这里留下的痕迹，当然那时没有想象到我会在很久之后忧伤地拜访它们。我从未停下来重新观察它们，因为写字台和它包含的所有家具都变成了档案柜，父亲在那里保存了与我弟弟的电影或我的小说相关的剪报，然而，当我重新坐下，就立刻震惊地在这个动作里证实了已沉没的青春期的旧踪迹。1975年6月的一天,我用圆珠笔在一个不引人注目的角落写下一行数字,现在得要稍微弯曲脖子才能看清。我敢说出如此精确的日期是因为我记得我是如何写下它们以及为什么会写的。它们倒序排列,从11到0,最后四个被划掉了,就像经历了长期服刑后来到结局的囚犯标志。我这样数着剩下的天数,直到课程结束,那会是在7月中旬,之后就是暑假,假期之后是环游世界,去马德里学习电影,那是我探险的目的地。我清晰地看到自己划掉最后四个数字,从8到11,包括8和11,但我不知道为什么不划掉其他的数字。可能是因为在划掉的最后一个数字8和第一个没有划掉的7之间空隙很小,而当我知道和感觉到将要出发走向渴望的未来时,那空隙可能是分隔我被神父那暗无天日的教育摆布的感觉和全力深呼吸干净空气之间的界限。可能是1975年6月7日,因为灵光一现的时候应该就是那个我在自己的履历中从未写过的父亲第一次上船,他这样记录:"1954年11月17日,我在毕尔巴鄂港上船。"……我还可以在桌子表面看到两条很长的交叉小路,它们相交于一点,一条在另一条之上,形成一个"X",恰好在我的右手旁。我记得很清楚是自己磨的,那时候我一边研究自己讨厌的课程,一边磨桌子。我有一把旧的拆信刀,拿它作为武器,一次又一次敲打木头,自我斗争,与此同时还试图回忆理解不了的物理或数学原理,那是为了得到及格,然后我就获得了去马德里的通行证。"数学及格"是由镇长签字盖章的自由证明。当最终获得了它的时候,我翻开书,然后开始划,没有宽恕也没有节制,划着在我眼前的等腰三角形、方程式以及自然对数,直到平息了我复仇的渴望,那股微不足道的憎恶开始以自然的方式走向自我遗忘。我的视线只要抬起几乎几厘米就可以看到书架，以前那里排列着课本和几卷数年间收集起来的零散的百科全书，它们中的一些是萨尔瓦特出版社出版的。现在书柜里是我的小说，那些是我在漫长的二十年写作中慢慢出版的，我突发奇想，如果1975年6月0至11日中的任何一天，一种奇迹的魔力允许我观看将来会成为我的书的标题和封面，我将会经历一个人从未想过的最大陶醉，或最大的眩晕，或最大的急切，特别是最大的急切。

我现在闭上眼睛幻想……如果在这一刻，同一种魔力让我有机会看自己接下来书的封面和标题……我敢看吗？我无法鼓起勇气回答的这个问题也许因此向我泄露了什么作为赠礼。突然，我决定以另一种方式诠释现在的画面，正好现在我在敲击文字"我在敲击文字"：费尔南多，五十六岁，在他十五岁写字的桌上写作。但唯一重要的是，我是这个家最后的居住者，从1912年起，当我的外祖父母租下它时，我们的家族就在这里生活了。四代人在这些墙壁之间生活，每一个幽灵都已经很多次、不计其数次地走遍中央的长廊，他们所有人和我们所有人都曾经转动门把，或将手肘支撑在伸向城市的大露台栏杆上。我们眺望远山的时候害怕或渴望未来。我的父母曾经是家中最后的居住者。当父亲去世后，他的步子迈向黑色的熔化；当母亲搬到我妹妹家时，她走了下一步，更密集，更接近终点。从那时起房子就空了。已经孤独的它召唤我，希望我在这里写作。是它引导我穿过走廊来到我现在正在写作的过去的桌子。是它让我看到，现在我是最后一个在这里居住的人。不过只有在写作的时候。随后，当我刚完成本书的时候，房子就香消玉殒。但最后一次把折叠写字台合起来时，我将会关上其他许多道门。所有的门,曾转动一次的钥匙将向相反方向转,锁上门,在一百零二年以后。

讲述就是锁上。

尽管,有谁能避免呢,讲述也是生活。

电影与爱情关系密切。

在过去的那个世纪中叶，佛朗哥主义的思想家为了美化电影审查制度发明了一个方案，产生了一种假开放的幻景，这样有点像在棺材脚边给尸体的嘴唇涂口红。它是让之前的标准略微自由化，规范未成年人进入放映厅的情况。直到那时，电影的分级是一个双重壁垒：一重来自教会，对生活充满敌意的神父带着命中注定的性偏差，决定我们小孩和大人能看什么音乐剧和西部片；另一重来自世俗权力机关，本质上就是佛朗哥主义具有黏性的触须，总是监视着有没有东西会威胁它已经腐烂的权力永恒。为了将奸诈的障碍之路，即允许孩子走进电影院简化到最基础的程度，已有的电影分级包括了“公众级”“十四岁以上”和“十八岁以上”。辅级则是“成人修改版”，换言之，如果神父和他们的助手意识到成年人的道德价值观会被银幕上的堕落所伤，那么虽然他们允许成年人观看电影，但要符合他们的标准。尸体嘴巴上的口红在于从他们的斗篷里拿出一种名为“十八岁以上，十四岁需陪同观看”的方案。所有的一切都是不停地将螺母拧回审查官的道德标杆，因为可以逃离“十八岁以上”严格规定的电影几乎没有，而它们也混入了这扇新开的门里。然而，恰好因为那些日子我们已满十四岁，于是我们就如久旱逢甘霖一般地庆贺那些虐待成性的哨兵放任雨水落到我们干瘪的嘴唇上。

这些都发生在毕尔巴鄂那未成年人最坚不可摧的“神殿①影院”开始放映拉尔夫·纳尔逊②导演的西部片《蓝衣骑兵队》之时。我听别人谈过这部电影，所以我更热切渴望地等待它，因为我的一个同学不知通过何种源头听到了流言，说它将会是“十八岁和十四岁”。但真实的分级具有残忍的破坏性，最终是“十八岁以上”。我的父亲意识到我对看这部电影的兴趣，过了几天以后向我提议：

“别担心，如果你想，我们星期一晚上去看这部电影。”

“我们是谁？”我在茫然与希望中问道。

“你和我。”

“星期一什么都没有啊。”我反驳他。

根据我的经验，试图在星期六下午“神殿影院”的观众大军中插队几乎是不可能的事，因为票总是在队伍最前端就被抢光：队列里的人仿佛受了滑稽而令人羞赧的重伤，在前进的路上败于守门的售票员之手。如果在工作日晚上尝试买票，那时没有其他观众，而在赤手空拳突袭的过程中隐藏自己就等于自杀。星期一晚上！我们还没有靠近门卫之前就被扫除了！

但我的父亲坚持道：

“放心。你跟着我走。没有问题。星期一晚上我们一起看《蓝衣骑兵队》。”

---

① 原文为巴斯克语。

② 拉尔夫·纳尔逊(1916—1987)，美国导演、制片人、编剧。1970年上映的西部片《蓝衣骑兵队》是他的代表作。

行动之前，星期一下午三四点，我在“神殿影院”门前晃悠，伪装成无害的路人。也许那个身材巨大、黑头发向后梳、经常暴脾气的门卫，会因为任何一个意外就请病假……但没有，他就在那里，与其他同伴一起抽烟，无忧无虑甚至面带微笑，与他对我生命造成的永久伤害格格不入。所有我这一代的毕尔巴鄂未成年影迷都跟他有未了结的恩怨：他阻止其中一些人看1966年的《黄金三镖客》①，阻止另一些人看1969年的《日落黄沙》。对我而言，他曾三次战胜我，最后一次时我内心发誓，为了报复，在我成年之后永远不会踏进这个电影院。我的估算是，从售票窗口到门卫大约四米，确实是咫尺之距，但没有藏身之处。我自己计划了一个方案，并决定不和父亲分享，怕他拒绝。我低声下气地在他面前显示焦虑，确定这种情绪就能带来成功。这是一个简单的计划，分为两个阶段，为了不忘记我一直低声重复：一、在我父亲几乎还没拿出票的时候，我走向门，躲在他的右侧，这样他的身体就将我挡在门卫视线之外。二、在那一刻我从大衣里伸出脑袋，同时假装突然咳嗽，我有双重目的，先用手遮住没有胡子、可能出卖我的下巴，再通过咳嗽为一定会涌上脸颊的红色开脱。我完全确定一定不会被识破。

一切都经过深思熟虑了，如果够幸运，门卫那天有其他事，那也许就能成。我始料未及的是，竟然是我的父亲毁了这个计划。

夜晚来临，我们边聊天边走向电影院，他放松，我假装放松。我记得我谈了学校和新的物理化学老师，我记得为了紧

① 《黄金三镖客》，1966年上映的西部片，意大利导演赛尔乔·莱翁内导演的“镖客三部曲”完结篇，主演是克林特·伊斯特伍德。

迫的计划我把头摆好，随着我们越来越走近电影院，我也越发激动，紧张的神经没法回头或掩饰，在街角转弯后，我们来到正门前。我担心与父亲在一起可能会失败，因为跟他站在一起时，我是小孩的身份十分突出，而那是我最希望克服之处。此外，第一眼看去，行动的条件因为场地而变得更糟糕：在前厅和入口处为了夜场亮起灯光，很亮的灯光，这一点我先前没有预料到。如果那天我是单独走，那么一定会立刻放弃，但父亲已经在售票窗口买好了两张票，没有退路了。我排练了一下清嗓子咳嗽，因为难以遏制的毒性而脸红，然后再一次清嗓子。当他完全镇定地走向门卫，我就像预计的那样藏起来，让他的身体把我遮住。

那时，我们来到那个脾气暴躁的大个子跟前，然后灾难发生了。父亲在把票交给他之前，让开道路，让我在他前面过。当我突然间毫无防护地出现在大个子身前与他面对面时，我想父亲可能被突然的疯癫所害，投靠了敌人。如何想象大人们能够签署秘密协定呢？我没法有任何反应。一切都太快了。结束了……但那个巨人，在深入调查我难以理解的一秒之后，他剪掉了票，让我们通过，没有出现战斗。他就这样让我们通过了，完结。我们在几乎空无一人的电影院坐下，然后父亲给我讲了他的版本：

“只有逻辑没问题。如果他问我你是否满十八岁，我会告诉他没有；不过我是你的父亲，我认为你能够看这部电影。我知道他不会问。为什么要将自己陷入与另一个成年人的争执中呢？对他而言，你看不看电影都一样。”

我听着他讲混入电影院的疯狂之法：一个父亲看着门卫的眼睛说我的儿子能够看这部电影，因为他这样认为。这无疑是所有疯狂之最。然而，尽管那天我不止一次问自己，如果门卫问了我的年龄会发生什么，不过那个晚上最值得纪念的地方稍后会出现，从银幕上带着一种我已经读过和听说过的力量，但它真实的强度却超乎我的想象。

我恋爱了。

那个星期一的晚上，在毕尔巴鄂“神殿影院”，爱情第一次来到我身边。

《蓝衣骑兵队》是一部俗气而平庸的西部片，那个时代老套的嬉皮士、尽管初级却引他人羞愧的和平主义和通过第七骑兵团①屠杀印第安人隐喻美军在越南的暴行等混成了一杯鸡尾酒，一切都用充满大剂量暴力的慢镜头展现，这行为可以被归为机会主义者。然而，这一切都不重要。

因为她就在那里。

坎迪斯·伯根②。

坎迪斯。

电影内容乏味温暾，但她古铜色的肌肤和金黄色的头发统治着《蓝衣骑兵队》……当电影开始时，我还不知道她是谁，只是此前在海报上看过她的名字。但当放映结束后，如果没有她我就无法存活。疯狂而无法控制的恋爱火山在那天夜晚和所有的晚上都让我无法入眠，因为陌生预感的描述总是不够。坎迪斯饰演了一位被印第安人绑架的白人女性，银幕上的性格狠毒而恼人，鲜活的女孩带着故作活泼的表情，现在不会被接受，但在那个时候，我绝望而永恒地爱着她。如果存在一种无边的爱情，那就是我对坎迪斯·伯根的爱。在如此

① 第七骑兵团，即美国第一骑兵师第七骑兵团，建于1886年的美国陆军骑兵团，曾参加过印第安战争、第二次世界大战和越南战争等。

② 坎迪斯·伯根（1946— ），美国电影女演员。

的放肆中有某些真实，因为现在，当我仅仅是偶然，而非如此前那样狂热寻觅地看这个我从不认识，也从未饰演过一个值得纪念角色的女人近七十岁的照片时，我能想起以某种方式至今仍让我感动的东西，那就是她，不是其他任何在宇宙中居住的女人，在我十四岁的时候，在灯光温柔的深渊里为我指引方向。

是的，坎迪斯，虽然你从未听说过我，但我爱你，我会永远爱你，就是如此，陶醉的垂死挣扎。我在那些日子一次又一次发誓，多亏了你，我战胜了毕尔巴鄂和全世界。

但在写所有这些时，我突然发现还有另一个故事，是这段故事中的一个故事。也许是真实的，在它用来伪装自己的虚假和不完整的故事面纱落下后，它才出现。

那晚坎迪斯·伯根吸引我的其中之一是她的声音，那独特的声线通过粗暴言行激怒了片名中提到的胆小蓝衣骑兵。她的声音，那个声音……很多年以后，当我重新观看这部原版电影，回忆那个旧爱的时光时，我意外发现坎迪斯真实的声音没有让我特别喜欢。就这样，我得出了结论，我疯狂恋爱的其中一个本质是因为译制片的西班牙语配音。

因此，如今我知道了自己生命中的第一份爱情并不是坎迪斯·伯根，不仅仅是坎迪斯·伯根，而是混合了坎迪斯·伯根的脸、她的身体配着那个值得记住的声音。归根结底，这个故事真正的胜者是一个几十年前的西班牙语配音，我不知道这个陌生女人的名字和相貌，但却对她亏欠良多，我对她太不公平了。我从未意识到，也是因为她我才知道了什么是初恋的魔力。可能一个女人的身体里藏着这样的声音，而我完全不怀疑这些年来的某一次，自己在地铁，在马德里的街道，在某一个餐馆，在超市的队伍中与她相遇过，也许与她的偶遇是在某个电影放映厅,我们这两位观众都不知道在后面的队伍中有这个已经被说出的爱情故事的另一位主角。四十二年之后我来说,但我将说出来:

“我爱你,声音。我在你的有生之年都爱你。”

没有电影,多少梦想就会烟消云散……不难算出1976年6月13日我年满十八周岁。那时我已经在马德里生活,而我记得那天自己一直在庆祝和狂欢之间思索关于长期以来一直渴望的通往成年的道路。那晚我与系里的几个同学一起去位于马德里塔①的电影院,它现在就如同那个时代的所有电影院一样已经不复存在,而电影可能以某种适当的方式穿越国界,《无因的反叛》②不可思议地竟然位列“十八岁以上”的分级中。当我志得意满和笃定地握着票经过时,我希望门卫问我的年龄,这仅仅是为了自己开心,在队伍面前展示证件,宣布我已经成年了。但他连看都没看我一眼,对他而言,我只是一个无名的观众,与其他任何人一样。我终于对从未有人在电影院问我是否成年了感到理解。突然一阵头晕袭来,随后是持续了几秒的忧伤,与此同时,我们舒舒服服地坐下,电影开始了,而这种感觉一点一点消散直到完全消失。《无因的反叛》在1976年6月13日半夜十二点过几分钟后结束。我离开电影院时已经是14日了。我所有的成年生活就在前方。

与此同时,那个受罪、受折磨、筹划并且在混入成年人电影时脸红的男孩永远定格在那里,在已经不存在的那个电影院的某张座椅上。

---

① 马德里塔,1954年到1960年间建造于西班牙广场的一座大楼。

② 《无因的反叛》,1955年上映的美国喜剧爱情片,由尼古拉斯·雷执导。

1917 年 11 月 7 日，从战船上扔下的一个榴弹炮穿过圣彼得堡的夜晚。

而它的威力，在 1972 年或 1973 年某个阳光明媚的春天周日的上午时分冲击了帕加萨里的山坡。

战船名为“阿芙乐尔”号，它的炮击为俄国革命拉开序幕，改变了世界。

此外，彼此恐惧也永远地爆发了。

“那艘船从几年前就在圣彼得堡港停泊，”当我们正散步走向山顶时，我的父亲解释道，“那是一艘漂浮的博物馆。我从未去过俄罗斯，但我知道它在那里。”

“似乎难以置信。”我惊叹，“就一声炮击改变了历史。就一声炮击，这样，就没有了……”

“历史已经准备好变革了，它将会以一种或另一种方式发生变化。不是射出了那枚炮革命就开始了，而是因为革命已经势不可挡，没有任何东西能够阻止它。当一切就这样发生时，通常有一个小细节来推动，那是‘阿芙乐尔’号的炮击。事实上这是布尔什维克人开始袭击冬宫的指令。船上的船员参与其中。”

“嗯。”我因为如此引人入胜的信息屈从地嘟囔着。我还在试图领会那个令人着迷的概念，即一个炮击改变了世界时，突然间，几乎是出其不意地闯入了我最爱的话题，一个被包围的堡垒。进攻冬宫，沙皇的军队对抗布尔什维克人。

“但‘阿芙乐尔’号是什么？”我试图一点点理清顺序，“一艘大战舰还是小的？沙皇海军的明星战舰？”

“我觉得是一艘巡洋舰。一艘旧船，在1905年的日俄战争中战斗过。”

噢！1905年的日俄战争！多亏俄国革命仿佛一个永不枯竭、激动人心的事件和画面供应者，我的父亲正在透露更多内容。

我对俄国革命突发的兴趣再一次因为电影爆发，它的源头就像那么多其他事情一样，是彼此恐惧粗暴生硬的一击。

几个月之后在毕尔巴鄂上映了威廉·弗莱德金①的神话电影《法国贩毒网》，大致这么说吧，虽然在我国此片被重新命名为《对抗毒品帝国》，但我认为这是第一部让我们开始提及原名的电影。它在那年获得了奥斯卡奖，而它的上映带着一个巨大的期望。所有人都在谈论那个著名的在纽约街头开车追捕的画面。我迫不及待地想去看这部电影。因为某个很小，但随后影响深远的偶然，我在几天前听过一场交谈，更确切的说法是几句话的交锋，那是我的父母在厨房里进行的。不是因为我监视他们，而是因为我在客厅里看书，离他们只有几步之遥，他们对话的开始不可能不唤起我的注意。

命运想让我听到他们的交谈。命运想让我在四十年后讲述这件事。

---

① 威廉·弗莱德金（1935— ），美国导演，代表作是1971年的警匪片《法国贩毒网》，他还凭借此片获得奥斯卡最佳影片和最佳导演奖。

“这部关于毒品的电影，”我母亲说，“奥斯卡的获奖片，你可以告诉费尔南多，你会和他一起看。”

这句话让我提高警惕。母亲的话证实了她和父亲依然感觉到了那个障碍，虽然因为年岁而慢慢减轻了一些，但却依然存在。从彼此恐惧到彼此怀疑。我意识到所有这些，也意识到《法国贩毒网》提供了一个合适的机会，因为我的母亲已经和她的朋友一起去看过，她们时不时地一起去电影院。似乎符合逻辑而自然：我的父亲和我，我们一起去。现在，我真的充满兴趣和预谋地听着，等待着他的答复。

回答简洁、果断而有摧毁力：

“不，特蕾[1]，醒醒吧。他更愿意跟他的朋友一起去。”

我突然感到不安。如果他是和蔼而泰然自若地说出，我不会感到如此不安，但那句“醒醒吧”指出问题继续在他内心中坚定地存在，此外还拖着气馁的漫长旅程，那种从我们不幸的初次相遇起逝去的漫漫十年时光。我从未表达过想和我的朋友们一起看那部电影。是他自己这样理解，他害怕是这样，是他确定情况就是这样。

那个星期六的午后，我确实和一群朋友一起去看了电影。接下来的星期一，父亲一个人去看了它，我对那个悲伤的午后感到愧疚。但同时，我问自己是否想与他一同去看，事实上答案是肯定的。所以，我感觉如果可能修以那个悲伤，试图放下一点我的部分是公平的。

电影已经被证明可以解决这个问题，它提供了一条解决之道。

在《法国贩毒网》获胜的奥斯卡颁奖典礼上，同时获得提名

① 特蕾，特蕾莎的昵称。

的是《俄宫秘史》,那是大导演富兰克林·沙夫纳[①]的超级电视大片,他还是两部重要的大师级电影《巴顿将军》,特别是《战神》的创作者。不过这次,他仅仅用一个自动驾驶仪导演了沙皇倒下而谋杀的乏味场景以及俄国革命的开始,没有为人物注入生命和兴致,同时没有政治分析,也没有人物的深度刻画和对抗。不过屏幕上的这瓶不温不火的汽水对我个人有很大的影响。我把电影的匮乏转变为永不枯竭的问题,在那几个月到山上散步的时候一个接一个地转移给我的父亲。

革命是如何开始的?为什么?谁是主角?我带着更多的信任和兴趣提问,因为我看到他舒适而快乐地回答着,就这样,我还顺便渐渐理解了批判眼光看待历史事件的重要性,一个严肃的人不能对调查与分析置身事外。此外,主导那些散步的是一个神秘而颇有吸引力的问题——父亲的政治立场。二十世纪七十年代初是佛朗哥独裁的最后时期,在当时的西班牙,没有人敢坦白自己是左派,尽管许多人看起来就是。比如他无疑。内战结束后,他沦为佛朗哥阵营的阶下囚,但他一直是自愿为共和派而战,这让我觉得意义重大。他自然地谈论他曾经看过的我国的禁书和禁片。他告诉过我,在一次漫长的旅行中,他读过《资本论》,我觉得只要是拥有这本书就有危险,而他在到达西班牙的水域之前将它抛向大海。我感到他是当时的文化形势、思想与自由的强力对手,尤其是,我了解到他是一个有特权的人,因为他是我认识的唯一可以出入禁地之人。我的父亲到更远方旅行,回来带给我此地根本

① 富兰克林·沙夫纳(1920—1989),美国导演,在1965、1970和1971年分别执导了历史片《战神》《巴顿将军》和《俄宫秘史》,他还凭借《巴顿将军》获得了奥斯卡最佳影片和最佳导演奖。

不存在的奇迹。我们关于俄国革命的聊天发生在佛朗哥的西班牙土地上，也发生在无边界的天空下，自由之山无尽的空间里。我不敢公开地问他是否是一位左翼人士，他也没有进一步的明确表示，但我怀疑，他的这种行为不是因为无法证实的独裁间谍的监视，而是因为担心走错一步，我们终于感觉到减轻了的彼此恐惧又会重新发芽。此外，我很好奇他对布尔什维克人胜利后所采取的措施的苦涩失望。“又一个美好的梦想被人类破坏。”他经常说。他与我谈论独裁、种族灭绝、被践踏的自由和死亡，然而，他依然认为那个历史时刻是宏伟的，那个民族反抗沙皇，改变了世界格局，传递出梦想可能实现的感觉。

父亲知道很多关于俄国革命的内容，而且我惊奇地觉得每个帕加萨里的星期天，他知道得更多，仿佛是那座山魔法般地教给了他。但生命中的一切都包含了一些我们不会怀疑的角落，这份知识也不例外，就像我在一些年之后的某天偶然发现的一样。我不记得是为什么，这也不重要，那时候自己需要某个关于革命的信息，因为没有网络，所以我查阅了家里的百科全书。

百科全书在父亲的那个时代是家庭宝贵的财富，因为因特网的出现和本身版次的原因，从很早起它们已经过时。这一知识的源泉在审查者和佛朗哥主义神父的监督之下写成：洛尔迦在他村子附近的战争行动中丧生；熙德是所有西班牙人心里慷慨的基督教英雄；米格尔·埃尔南德斯①从不存在。但除了重新编造我们的历史以及拒绝几乎所有形式的理智以

① 米格尔·埃尔南德斯（1910—1942），西班牙诗人、剧作家，“二七代”重要成员之一，代表作品为诗集《人民的风》等。

外,这二十一卷书里包含了无尽的不值得被操控的数据:比如,奥利弗·克伦威尔或哥斯达黎加独立运动的大事年表,或滑铁卢的军事命令,就是那堆丰富的信息决定了父亲在毕尔巴鄂度假的某一天分期买下了二十一卷,在一个运输工人的协助下随身带回来。一开始我觉得这些书很无聊,每页两列很小的字,黑白的插图再现了那些严肃的白胡子陌生人的脸。然后当我开始查阅我在电影里看到的事件或人物的词条时,我发现它有点用处,比如阿拉莫之战①或戈登将军的喀土穆之死②。但是,大约在1972年、我十四岁左右的时候,我将它从生命中移开:当时我对于电影人卢奇诺·维斯孔蒂③的词条很好奇,结果却惊讶地发现我对于他电影的了解比百科全书还要多。

然而,这次我需要做调查。当我打开字母R卷,发现在讲"俄国革命"的那页右上角有折痕,就好像有人将它折起来以便查询。这最小的标记也许之后会随时间被忘记,但现在,我的脑海中出现了每次上山探险前父亲查阅信息的身影。他很清楚地知道革命的本质和含义,但我想他想要获得所有可能的数据,为了延长那段对话,信息越多越好,而那对话也意外地成为我们彼此靠近的关键元素。

某种程度上说,我们两人的关系是俄国革命的成果。

几年之后,这段故事还有一个结语,关于它的记忆永远让我感动。

---

① 阿拉莫之战,得克萨斯独立战争期间(1835—1836)发生的著名战役。

② 戈登将军,即查理·乔治·戈登(1833—1885),英国军官,曾经协助李鸿章与太平天国作战;任苏丹总督期间,被马赫迪起义军杀死在喀土穆。

③ 卢奇诺·维斯孔蒂(1906—1976),意大利电影与舞台剧导演。

那是1991年的圣诞节，午餐时，我们所有人都聚在熟悉的家里，因为分别出生于1989年和1990年的伊蕾娜和埃琳娜，家里开始弥漫特别强烈的活力，有喧闹、欢乐、灯光和聊天。电视机因为到了新闻报道的时间而被打开，里面是关于今天和之后几天的许多报道。那个12月25日，戈尔巴乔夫宣布辞职，苏联瓦解，屏幕上播放着红旗在克里姆林宫最后一次降落的时刻。没有人在关注新闻，但是听力已经有问题的父亲却起身，为了听得更清楚而靠近电视机。

然而，当我看到他安静地站在屏幕前，带着某种程度上的庄严时，我想，也许他正在将那最后的尊重神情献给后来让他如此失望的梦想。曾经在欧洲常胜的幽灵已死，美丽理想遭遇悲伤的失败，人类的黑暗让它不可能实现。不管怎样，在他遥远的青年时代已经树立了一个梦想：自愿参加一场战斗。

“把我衣柜里的画家帽带给我，头上有点冷。”2009年的手术之后，他曾在病床上茫然地如此说道。我妹妹和我已经被医生提醒过，因为麻药的后遗症，父亲可能会胡言乱语。我们相互看了看，然后明白了这个奇怪要求的原因。

“他们不让你戴，因为你头上会出汗。”安娜向他解释，试图给她的回答带上一丝逻辑的气息，但其实跟父亲的提问差不多奇怪。

他同意了，假装屈服，但过了一会儿又坚持道：

“那么，如果不能是画家帽，就给我带士兵帽。”

我们重新面面相觑，面对那个他记忆中的意外闪光哑口无言。我想象十七岁的父亲第一次穿上船员的制服。在他戴上士兵帽或他们给他的那顶帽子之后，我猜测他会遇到一面镜子，然后在镜子里看自己：一个将学校变成战场的男孩。他放下书本拿起武器，因为身背武器的敌人前来侵犯你的城市，对抗你。那个镜子的画面为了七十三年后随着麻药后遗症重新回到他的脑海，该是多么深地扎入了他的心中啊！

在电视机里，降落的红旗是那天新闻的结尾。随后继续关于节日的节目。

我的父亲回到桌前，他沉默不语，与客厅狂欢的气氛格格不入。然后，他选择了一个果盘里的橙子当作他的时代，为了静静地放入口中，他用了更长的时间将它一瓤一瓤地剥开。当他吃完橙子后，共产主义的梦想也随之结束，不复存在。他把果皮放在一边，向他的外孙女们挤了挤眼，开始跟她们一起玩。

突然，正如裁纸机的提前一击，这里就是这本书的结语，更有甚者，我从未预见到自己会写它。在离结尾还很远的地方加入了这一章。这是一个暴动的结语，恐怖主义的结语，敌对的结语。

一个结语也是我不能避免的。

如果存在“预结语”这个概念，那么这里就是“预结语”；如果它不存在，那我就在这里造出这个术语。

今天它到来，现在，一刻之前，毕尔巴鄂的半夜。我感觉有一股推力让我从床上跃起，某种力量促使我去写下来。

众所周知的是，一篇常规的结语出现在一本书的最后，某种程度上是论文主体部分之外的内容；如果是一本小说，那它就是不同于主体的故事情节，总体而言，就是从一个暂时晚于叙述的角度向读者讲述。

我的入侵结语，除了撞见毫无防备的作家，还撼动着我的精神状态，改变我，让我感到被监视或被追问，这是违背自然而不寻常的事，但是结语会为从现在开始撰写的文字那隐秘的氛围赋予新的含义。

我现在的解释可以让人们更好地理解我：就是今天，今天下午的几小时前，我的弟弟妹妹和我已经接收了有买主会来买这个房子的信号。这是一个世纪以来我们熟悉的房子，我们的母亲和我们都在这里度过童年时光。我在这个家里写作，感觉入侵的不是后记，而是我。

我们已经一致同意，当我结束这本书的时候把钥匙交给买主。

这些或者其他很相似的话组成了简洁而不可抗拒的结语。一个钟靠在我的后颈上，从现在起数秒。它从我的肩膀后面看我所写的内容，窃窃私语道：

"如果在指定的日期之前你没有写完，你就不会再写了。"

在压力之下，我只剩几周的写作时间，或者说只剩永远在我心中经久不衰的生活阅历，在这段时间里，记忆胜利地飞翔在遗忘和死亡之上。

现在是正在走向天亮和最终结局的今天半夜，我想家就是船。

家就是船，小说就是大海。

我驾驶着破旧的船掠过这本书，这艘船是我的家人自1912年就生活于斯的房子。

我是船上的最后一个水手，码头在陆地上，还差一点就能到达的船没有方向地前进，从不回头。我不会愿意目睹如此强劲而数量众多的拆卸机器开始攻击我那么喜爱却孤立无援的船体的。

突然，雨开始为我书写。

就是字面上的意思，几乎就是。

雨声意外而强劲，从我的右侧——我家位于城市上方的大露台入口的玻璃门另一侧闯了进来。

我看了看时间：清晨六点。大概是近三点的时候，结语把我从床上拉起来,强迫我写作。

我站起来靠近玻璃,看到了雨在已经结束的蓝色之夜下着。清晨六点。孤独的街道似乎任由凛冽而恶劣的空气摆布。雨水发出指令,或至少诉说,我听着并且服从。当然,虽然不是雨,但却是我被雨召唤的记忆在诉说。

它的指令要求我受其摆布,把左手手指靠在玻璃上。现在,虽然没有意识到自己的召唤,但我能惊奇地发现第一股忧伤浪潮在我身上突然苏醒,那是小时候的我体验过的感觉。一个无法确定日期的星期天下午,我猜想可能是秋冬时节,大约是二十世纪七十年代中期。关于那天的其他任何事情我都不记得了,但是我猜,那天就像所有周日一样,有家庭午餐,之后是某部在电视上放映的电影,或与我的弟弟妹妹玩一小会儿。那些午后,电视里播放着一部神奇的连续剧,名叫《伯南扎的牛仔》①,它大约从下午三点半开始,一个小时后结束。每集结尾的演职员表让我陷入恐惧不能自拔,尤其是在冬季:周末即将结束,我想逃离的学习周开始明朗起来。那是周日的下午……我不能肯定上面这些,因为所有的日常细节都已模糊不清;即便如此,我还是清楚地看到那个小孩,那是我,当午后降临或已经降临之后,他的手指放在玻璃上,那是我现在站起来靠向的同一块,我想重复当时的动作,多年以后的雨鼓励我去模仿的动作。从那个忧郁的突袭开始,也许已经过了半个世纪,然而,我几乎可以看到,甚至感觉到自己屏住的呼吸,因为我很害怕有人知道在那场黄昏的黑雨之下,我直觉感受到的悲痛或预兆。我知道,当时自己从走廊跑向餐厅里的

① 《伯南扎的牛仔》,美国第一部西部题材彩色连续剧,1959 年首播,共 430 集。

正常生活，我的母亲和外婆已经在那里准备好了晚餐，与此同时，我的弟弟妹妹玩着某个游戏，我直接加入他们，寻觅外在的黑暗庇护所。我还知道，现在的雨已经让这些我想要记录下来的记忆复活。如何撰写一些书页很是奇怪，并充满魔力。如果预结语不曾让我震撼，那么雷阵雨会让在床上的我惊讶不已，也许是另一种情感来启发我的灵感，或什么也没有。但是，命运的尾巴想要联合起来，而这一页由半个世纪之前和今天的雨写就。它们在让我记起那段往事之后就准备离开，让我独自与它们未完成的段落待在一起。之前，我仅仅是用键盘敲击它们的话语，那两场雨的话语，同时陶醉于这种五十年后再次产生的感觉：它能够在我集中想象“家就是船”的时候闯入我的思绪，唤醒、闪耀、书写。

小说是海，没错。

父亲知道这一点，甚至当他的思想在迷失中游荡而无法回头的时候，他也有相同的感觉。

在他最后关头之前几个月的一个夜晚，我见证了一次他的不安跋涉。那是冬天阴沉的夜，我在自己孩提时代的房间睡觉，它在露台旁，与我现在写作的是同一个房间。如果我将手离开键盘伸向左边，我会碰到自己的头曾经靠着的枕头的角落。作为成年人，睡在你小时候的房间里是一种自相矛盾的犹疑和安宁的状态。你曾经是孩子的幻觉从角落里询问你：你与我一起做过什么？你对我想做的全部事情做了什么？那我的梦想呢？你带来了吗？它们在哪里？然而，这个小孩爱你，他不会生气，因为他从心灵深处知道，关于你做不到的那些他也有责任。我通过睡觉平息着自己曾经的灵魂，却听到父亲在墙的另一边无法平静。因为他日益增长的习惯性紊乱，为了母亲能够安稳地睡觉，我们就为他准备了独立的房间。我听见他在动,站起来说话。如果有人听见他的声音,并不会注意他的语无伦次,因为他的声音热情而令人信服,是一个正常人的声音,如剥玉米般地讲述一个有趣的故事。因此,在夜晚的安静里他有时候会开始诉说,我就会全神贯注地破译他说的话,直到证实那是另一个没有逻辑的啰唆,有点像在梦中突然发表长篇大论的某人分音节读出的单词。这一次又是几乎听不清的窃窃私语,不过同时是安静的话,没有慌乱或焦虑的样子,偶尔我理解了"皮带"这个词,有几次是它的复数形式"皮带们"。我开始轻柔地开关衣柜的抽屉,就像有人在尝试不发出声音,怕打扰到其他人。"皮带""皮带""皮带们""皮带"。我问自己那是什么故事,他在对谁讲述这个我的理智无法进入的故事。如果我们说在他这种情形下的人不知道自己在说什么,这不公平。我觉得正确的说法是,他们在讲述一些对我们没有意义,但是对他们意味重大的事。那根皮带是他混乱思绪的一个故事主角,但他的大脑依旧活着,这样就能产生思想。一段也许是疯癫的故事。但确实是一段故事。因为我不可能通过仅有的一个词"皮带"或"皮带们"理解他,于是我努力竖起耳朵听,多亏了这样,在我完美的监听中,我听到了他离开自己的房间来到我这里。我想象着他突然开始向我讲述他的生命或他与我一起的生命中的某件重要的事,这其中包含了希望与恐惧:希望的是一件我从未听过的事;恐惧的则是这又一次证明了他的老年痴呆。我不得不假意而忧伤地与这个失去清醒的肉体交谈,这个父亲一度生活和掌控的肉体,他曾经是如此多次航行的船长啊!但他只是穿过房间,径直走向窗户。

"皮带。"他在不可译的动词、形容词和冠词之间重复,似乎掺杂着对一个隐形人的催促。

外面下着雨。“雨是我们的舞台，比太阳的次数多得多。”有一次我听父亲的一位老友这样说过。西班牙的天气各有不同：北方的舞台是雨水，南方的则是太阳。“我的可不是。”父亲补充道，没有其他的话。所有人都猜测他会提到大海，但他从未说过。可能他提及了另一样事物，某样我已经继承的事物。

但这次不是。这次，站在他老年和我幼年被雨水敲击的玻璃前，舞台确实是大海。毕尔巴鄂中心处远海的夜间风暴。而我的父亲，这位迷失自我的老船长站在指挥桥上研究雨情，指挥桥就在我们生活了那么多年的房子的露台边。我用更强有力的好奇，而不是被他的胡言乱语引起的悲伤观察着，怀疑他是在与某人交谈。是的，有人在桥上，在他的身旁。他们交谈着，通过父亲的手势我明白了，他在脑海里与一个暴风雨中站在他身边的人交谈。我几乎无法控制地想起了汉利，那个在第一次远海风暴中减轻我父亲恐惧的人。可能是父亲正在玻璃另一边无害的雨中看到了那股巨大的浪，里面承载着所有宗教的神明的愤怒，想要让他们的船沉没；或者仅仅是回忆起那天看到的向他袭来的风暴，除了恐惧，他还回忆起了自己的青春，巨浪的那天他的生命处于极盛期，充满梦想和对未来的渴望。当磨损的记忆指挥着，大脑里已经没有秩序支配，任何事都能发生在被战胜的可怜思想里，所以，最无法预知的情感能够将一切查封。尽管他还是看了几分钟的雨，但是他的茫然正慢慢地消解，突然他发出一声长叹，也许是被恐惧侵入，他用意想不到的仓促返回他的房间。灯光反射在走廊里，我从我的床上看到灯还亮了一会儿，在这期间，父亲继续用与先前一样平静的语调发表长篇大论。最终他关了灯，我还是充满期待而很平静地保持不动，以防自己床上的动作引起最小的声响，这会让我错过某个关于难辨之谜踪迹的词语，黑暗中他的声音依然延续了一小会儿：

“皮带……皮带……”

我想，父亲认为自己在雨中看到的那个信息与我小时候那个周日下午的一样：当一个没有名字也无与伦比的悲伤带着被世界吓得不轻的我跑上走廊，跑向母亲准备晚餐之处的安全，我的弟弟妹妹在那里玩耍，我的外婆打开电视机，生活提供了庇护、安慰和温暖。

也许夜晚所有的恐惧都是同一个唯一的恐惧。

在父亲登上的所有船的名字、他停靠的所有港口的名字、他去过的所有城市的名字以及他穿过的所有海洋的名字中间，履历里只出现了一个词，只有一个大写的词：

“事故”。

1978年3月，父亲五十九岁，作为船上的机工他已经二十五年久经沙场，其中十五年是总机工。在这样的职位下，他履历上的记录已经传递出某种日常事务的感觉，而那些更传奇的港口也屈服于他的回忆能力之下。甚至，最大的冒险者也在一些时候必须遵守某些协议，必须填写某些重复的表格，这样的疲乏能够在他1978年开头的几个记录中察觉到。

“1月：伦敦、斯基科达①、新奥尔良、莱克查尔斯②、斯基科达。”

“2月：费城，七岛。”

但就在那时，一行之后，出现了一个大写的可怕单词：

“3月：意大利。1日下船调换船员。在船上的‘事故’中受了伤。”

---

① 斯基科达，阿尔及利亚东北部港口城市。

② 莱克查尔斯，位于美国路易斯安那州西南部。

“事故”就这样在履历中被记录，这是一个具有核破坏力的词语，是一颗会在我们所有人之间爆炸的原子弹。1978年的那分钟里，母亲的生命在那一刻之后就处于危险之中，那是另一个生命，与我现在讲述的、我弟弟妹妹的、我的甚至是这本还没有生存愿望的书的生命都不同。这本书是七岛和意大利之间“没有任何事故”的孩子……“事故”，命运以风暴的形式吹一口气，大洋轻轻地清了清嗓子，然后就将毁灭现在的生命和存在。

当然，首先的重中之重是，它能杀死我的父亲。

远海中的风暴是他工作的一部分。他不怕它们，也从不敬重它们。

“我见过许多风暴，是的，尽管比任何一位在甲板上工作的水手或水兵见过的要小得多。”他经常解释，“我与机器打交道。”

1978年2月不确定的一天，在七岛和意大利之间同样不确定的一个地方爆发了风暴。履历上提到的目的地带着同样而罕见的不确定性，而风暴中力量足够大的那个将所有船里的人都引到了甲板上。我有时问自己，那个是否就是当时地球上独一无二的风暴，还是有更多的风暴同时发生；水手死去的原因是否是那时从天而降裹挟沙尘的风暴在海里卷起了彼此远离、小却强有力的旋涡呢？他们会得救吗？有人像我父亲那样，在触碰了已经把他们带走的死神的手指后得救的吗？随后我们知道运输的货物已经威胁到了排水量，这可能对船是致命的，为了帮忙固定，父亲登上了甲板。原因无所谓，重要的是他上去了。

“一个海浪，”母亲打电话到我在马德里的学生公寓来告诉我这件事，“它拖着他，将他扔向船头。他能奇迹般地抓住栏杆,只是在嘴上受到了可怕的一击。但如果从船舷上落下来……他会告诉你从意大利来,在回家的路上经过马德里,他已经告诉我会给你打电话。”

我挂了电话,告诉我公寓的同伴发生的事。我的叙述颇有戏剧性,在这里或者那里加一个英勇的细节,就好像证实了父亲的安全后,我就可以把一张白纸完全变成一段可以讲述的故事,丝毫不考虑在那惊魂一刻父亲是怎么样的,他的脑海和心里想的是什么。除了有关他死去的纯粹情感感受外,我甚至没有想过这个不幸可能会对我的马德里计划产生什么后果。我感觉自己有权把这件事变成探险故事,除了我是主人公水手的儿子外,还有某种英雄史诗的格调为我装点间接的光辉。因此,我感觉兴奋的贪婪填满了我在马德里的生活,吞噬了我自己的存在和全世界。对于我冒险青春的饥饿而言一切都是美味的肉,甚至做一名最底层的探险者也一样。一切都是野蛮的快乐。甚至连我的父亲都快要从船舷上摔下来。

从船舷上摔下来。落入大海。

这是水手最害怕的事情之一。“有人落水了!”在探险小说和彩色的海盗电影中会有人大喊。这些作品中没有一部解释过这句话几乎确定地表示了那个不幸之人的惨烈死亡。从童年影迷或是史蒂文森读者的理解来看,那个突然冒出的小问题有简单的解决方法,只要把船停下,将一艘小艇扔向大海拯救落水者就行了。

“那是不可能的。”有一天我的父亲解释道,那时他还在航海,会给我们讲述关于大海的生动故事,“船快速行驶,刹车回头的时候,那人已经在好几公里以外了。只有一件事是可以做的。虽然几乎从未有用,但可以试试。在那人快要落下的时候,船掉头并开始打转航行,他有很小的希望可以落在那个慢慢变小的圆圈中间。前提是大海必须平静，必须是白天，那人还没淹死，而且他必须能注意到这样的操作，摇动手臂让我们看见他，那么在这样的情况下，我们能够看见他并救下他。但这几乎不可能。那个不幸的人留在海里等待死亡，知道自己将死。这是一种可怕的死亡，想象一下那是多么恐怖的不安啊！日日夜夜的绝望，直到你不能再坚持的时候，大海就将你吞没。”

父亲和我都不会怀疑，他正在讲述的是他自己可能会有的死亡。

我们约在马德里格兰大道①的一家咖啡店门口见面，它在西班牙广场旁，时间大约是上午十点。我在十二点时要回系里，他第一时间从意大利飞过来着陆，晚些时候再飞向毕尔巴鄂，或者坐火车回去。

他用惯常的敏捷下了出租车，那个永远的箱子里装着很少的行李，这让我平静下来。已经显而易见的是，一切都定格在一个比我在朋友面前讲述的更多的故事里。但当我亲吻他时，我看到他的脸被看不见的一击弄得通红，鼻子上的皮也被弄破，尤其是扭曲的嘴唇压向右边的嘴角，又肿又大，身体上的证据证明了死神曾经亲吻过他。我记得我是这样想的：死神吻了他。

“我出故障了。”

这是他一字不差、带着抱歉口吻的原话。我什么都没说，只是听着。面对他破碎的脸和那些话，母亲关于那次事故的描述是不够的，而因为自己的轻浮叙述，我萌生了羞耻感。

“一股浪抓住了我，将我扔出船外。”

---

① 格兰大道，西班牙马德里市中心的一条华丽购物街。

船外？我震惊了。这个信息是全新的。

“我很幸运能够抓住栏杆。如果没抓住的话，我就已经落入大海。随后，另一阵突袭的海浪又把我向里扔去。这一击将我撞向了栏杆，但我能够跳进船里，同伴们救了我。一切都是几秒钟的事。”

我认为这完全是一个故事，但我永远忘不了接下来发生的事。

“一根缆绳挣脱了我的手。是我的错……”

他停顿了一下，突然低下头，一手掩面啜泣了片刻，只有片刻，这让我惊呆了。我不知所措。我从没见过我的父亲哭泣，从未有能力想象他哭。我猜想这样他能表达和释放所有感受到的恐惧。但并不是这样。

“大海卷走了我们两人。因为我的错。还有另一个人，幸好他及时固定。但他有可能落入大海。因为我的错，如果他落入……”

那个时候他的目光一动不动地聚焦在桌上。我看到了他的眼睛是如何湿润的。我抓住他的手。父亲的眼睛更湿润了一些，他用另一只手掩面，重新抽泣起来，时间比之前短，但对我而言却难以忘却。

我们就这样待了一会儿，沉默不语。我带着激动，也带着惊愕，理解了对于父亲而言，真正的悲剧将会是另一人的死亡。他哭泣的原因应该更可能是那场幸亏没有发生的悲剧，而不是自己死亡的可能性。如果父亲死了，他会失去多少！母亲、弟弟妹妹和我，我们会失去多少！然而，根据在我眼前的证明，我想如果他必须选择，他会选择救另一个人。

我们离开了。他叫了一辆出租车，我们拥抱了一下后，他上车离开了。

我在从公主街走向系里之前，在西班牙广场附近的格兰大道上停了一会儿。

那次以后，我只在另一个情况下抓了父亲的手。那是三十五年后，在他死去的床上。

在父亲生命尾声的某一天，他用已经损坏的大脑说了一句话，这句话永远有无穷无尽吸引人的能力。

包括他死前两年的整个大脑衰退期是痛苦而悲伤的，但能丰富这本书。因为，虽然当秘密隐藏在主人努力的沉默中时我们确实不可能进入，同时也正好证明了如此坚不可摧的装甲也会在突然之间被打开，就像瓜熟蒂落一般，当思维慢慢地减弱，结果就是，他那些无关紧要或顽强的意志会一个一个死去。

我的母亲、父亲和我一起坐在毕尔巴鄂房子的餐桌旁，那同一个装饰一新而明亮的餐桌见证了大量客人到来的家庭庆祝或所有兄弟姐妹的生日聚会；而在这几个月，当我写作时，餐桌将我当作唯一和最后的夜晚之客招待，将我当作一个沉默的人，在一张小茶几昏暗的灯光下，每晚急急忙忙地结束晚餐，好像害怕拖延会给我童年、少年和青年时代待过的房子里的幽灵出现的时间。顺着这个思绪，我突然有欲望让我自己安静下来，关上灯，舒服地坐在沙发上，等待着那些幽灵的到来。我问自己他们是否会改变或变老，时间是否也会从幽灵身上流逝，我能否认出他们，或他们能否认出我……突然，我感觉自己的果敢就是为了做试验。但不是今天，不是现在。

现在我不会逃避父亲异常的坦白。

“我们在布宜诺斯艾利斯怎么会没有公寓?”他用惊愕而真诚的表情提问。

母亲和我用习以为常的顺从相互看了看,有时是平静的,其他时候就没有那么平静。她面对这样的胡话,经常采取亲切、带点幽默的责备,就仿佛这样能给悲伤减少些戏剧性。

“好了好了,别说胡话了,吃饭吧。”

“如果我们在布宜诺斯艾利斯有公寓,我们就能租掉它。”他坚持道,带着天真的恒心。如果是一个中立的观察者就会立刻想到这是一个痴呆之人,事实上他有或曾经在布宜诺斯艾利斯拥有公寓,“不是吗?租掉它们收钱。我们为什么不在布宜诺斯艾利斯有公寓呢?”

这次,当他看到母亲用耳聋保护自己,只用讽刺的表情回答他时,就把问题抛向了我。

“我们在布宜诺斯艾利斯没有公寓。为什么?”

“你去过布宜诺斯艾利斯很多次。”我模糊地说,口吻在肯定和提问之间,其实我很确定地知道如何回答。这不仅仅是因为那份履历收集了大量他的船到达布宜诺斯艾利斯港的信息,而且因为父亲在多年中陆续给我讲述的故事。

“布宜诺斯艾利斯是让我感觉最孤单的城市。”几年前他这样说过一次。我记得自己那时已经梦想成为电影人,我在我的想法笔记本上记录了那句话,因为我觉得这能够成为一部电影或一首诗或其他更多事物的标题。然后,过了几年,我问自己为什么父亲多次在布宜诺斯艾利斯感到如此孤单。

“我在布宜诺斯艾利斯生活过。”他坚定地说,反驳自己的胡言乱语。

“什么时候?你记得是哪年吗?你知道我要在几年后去

布宜诺斯艾利斯工作吗……”

我很小心地询问他那些问题，带着真实的兴趣和坚决的严肃，跟他一样的严肃，我慢慢地说自己会去短暂拜访那里。我之前已经跟他说过我的旅行，但我重复了一次，想着他再次听到后能唤醒头脑中的某件事。

“我不记得了。那是很久以前……大约是四十或五十岁……我记得我漫步……”

他的句子并不是断断续续或犹豫不决的，而是带着回忆所需的恰当而缓慢的节奏。

“你记得你曾经生活在哪儿吗？”

“在一个房子里，一个家庭接纳了我。”

他茫然不知所措的回答与一个青少年在学习过程中说出来的几乎一模一样，这位老练的水手背后是几万英里的航行。

“你记得他们吗？你知道那个家在哪儿吗？”

当我问那个问题的时候，一种突然的激动向我袭来。那一刻我想象着因为大脑的偶然性，一切都变得可能，父亲现在能够给我一个准确的方向和这个家庭的确切名字。

“不记得了。”

“但你确实记得你在那个家里做了什么吧？”

“我的事情。那些我总是做的事情。我坐在那个家的一扇大窗户旁，一扇大窗户，我致力于我的事情。”

“什么事情？”

“我总是做的事情。我在那里坐着，面对大窗户，致力于写作。我的小说、我的诗歌、我的杂文、我的书。写作。”

我哑口无言，真真正正无话可说。

我看了看母亲，因为耳聋她并没有听见什么，但看到我的茫然，她想到他在继续谈论公寓，于是继续开玩笑说：

“还有纽约的公寓。如果我们在纽约有公寓就会更好。”

他看了我几分钟,就像我严肃地看着他一样。然而,他又转向我的母亲。

“是的,在纽约也很好。但在布宜诺斯艾利斯呢?我们在布宜诺斯艾利斯怎么会没有公寓呢?”

没有一个人类大脑的活动应该被轻视,连胡言乱语也不能,如果胡言乱语出自一个亲爱之人就更不能被轻视。人的大脑是神圣的,直到死亡,因为直到死亡之前都包含了生命。我父亲的大脑在老年衰落下迷失,照亮了一个未知源头的故事,可能这个故事的全部或一部分是不准确的,但对他而言,那一刻是真实、真正、无法否决和不能改变的。面对一扇布宜诺斯艾利斯的大窗户专心写作:对于我的父亲,这就是事实,所有的事实,仅仅是事实。

过了一会儿之后,母亲坚持独自将父亲舒服地放在床上,直到自己没了力气。而我从临近的房间里听他们重新讨论,对话的连贯性有可能在两个耳聋的人之间等待,其中一位还已经住进了他消失记忆的未知小湖中。在这个没有交谈的交谈中,我的父亲突然宣判:

“我生命中最好的时光就是当我在布宜诺斯艾利斯为所欲为的时候。”

我没有忘记也永远不会忘记那句话,我耳聋的母亲没有听到它。

在布宜诺斯艾利斯为所欲为。

他生命中最好的。

我突然感觉到自己幸运地拥有了闻所未闻的遗产。一句也许荒唐的话却包含了一个作家能够梦想的所有故事。

我无法想象他想要说什么。但无论如何,那天我的父亲赠予我的布宜诺斯艾利斯的窗户是多么开阔啊！

也许，当我计划着很快将去布宜诺斯艾利斯的时候挖出这样的话题是命运使然；或者他将这个话题挖出，因为在他脑海里停泊着我要去拜访世界之城的想法，那个他感觉最孤独的地方。

现在那个已经失去的可怜大脑没有可以给我的资源了，那胡言乱语的交谈是否是它的一种尝试呢？

我决定，几个星期之后当我身处布宜诺斯艾利斯时，我会用某些小时或一些天去感受或凭直觉理解那扇大窗户，因为我不会知道他在胡言乱语中确切说明的、致力于写作的那扇窗究竟在哪里，还有他曾经开心地为所欲为的街道。

“我将会去闻一闻你遗忘的空气，漫步在你踏过的窄街陋巷。”一首老歌这样娓娓道来。这将成为这场旅行的主题曲。

对于传记来说，没有什么比完全不了解更有吸引力。那些当时无穷无尽又总是无限延伸的问题来自想要了解的真实愿望，而所有的回答无从查证，天马行空，是一扇通往新猜想的门。

汉利：面纱之后的面纱之后的面纱，没有脸也没有声音。

现在我坚持要从遗忘中解救他，我证明自己不知道关于他的任何事，除了那些被我的记忆变成幻想的片段，那是父亲告诉我或我认为他告诉我的事情。

我记得，因为他令人好奇的想法对我而言是一部直到那时都没人制作出来的冒险电影的源头：发现人类的第八感。

起初，当父亲开始向我讲述去帕加萨里的路时，我没理解他想要说什么。那天就像一直以来的登山过程一样：一个艳阳天，炎热而光线充足。那个时候我们在一份逐渐增长的平静中漫步并且谈论广袤的世界，就好像只有路、自由的空气和我们两人是存在的。

第八感？

"对于查尔斯·达尔文来说，"他继续说道，"人类的脸可以表达七种情感。只有七种。"

"只有？确定？应该有更多?!"

“这一点我的朋友也想过到，七种太少了。但看样子没有别的了。虽然他坚持要寻找另外的。”

“那是哪七种呢？”

“我不记得是哪些了。我认为惧是一种；喜是另一种……当我们到家的时候，可以在百科全书里找一下……”

现在，当我叙述这段插曲的时候，我承认是时候查阅一下在那本佛朗哥时期的过时的百科全书里达尔文关于情感问题说了什么。但是，当我正在一边完成写作一边摧毁的过程中，在我把房子的钥匙交给它的新主人之前，我已经处理掉了这二十一卷。我尝试送人，但没人想要。书上关于达尔文的部分就像他在千千万万页上的同伴一样，都躺在一个纸箱子里。

但在过去的那天，具有欺骗性的百科全书对我和父亲追踪七种情感的信息是有用的，我们就像为共同目标奋斗的亲密无间的同谋。七种情感的列表将被重新定义，而现在，我通过因特网的帮助重新获得。

喜悦、悲伤、惊讶、轻蔑、厌恶、愤怒和恐惧。

只有这七种！当我在一张笔记本空白页上写下这七个词的时候惊讶不已，那本子上曾记录了我们调查的经过。在那段时期，我致力于长时间在镜子面前训练自己，甚至上街，或有时在某个数学课堂的课间练习喜悦、悲伤、惊讶、轻蔑、厌恶、愤怒和恐惧的表情，寻找某种其他的表情，有些是因为顽固，另一些是因为，那将会是只有十二三岁的我具有超过达尔文的才能的决定性证据。但我没能离开那七个圈，我只是自我安慰地想起父亲的朋友花了很长时间做了跟我一样的事情——发现第八种人类的情感。

看起来，似乎是有人告诉过汉利，某些住在森林深处的居民有能力表达一种未知的情感。他们生活在中美洲或者亚洲，我记不太清楚，不过这种与科学如此格格不入的地理位置对我的大脑而言一点也不重要。在某个神秘国度的未知区域，这样就足够了，对于我在眼前勾勒出汉利的形象而言，在哪里都是一样的：他戴着草帽，左轮手枪别在腰间，在浓密的植物中前进；森林里，带着钻石般尖牙的老虎在暗中窥伺携带最少装备的步兵团和搬运工队，无法液化或固化的白犀牛角，或沉默寡言的屠夫帮大肆崇拜一个不耐烦的疼痛之神。我描绘了某部使用了这些素材的电影概况，在接下来的版本中我代表汉利，带着斯图尔特·格兰杰在《所罗门王宝藏》中、伯特·兰卡斯特①在《黄金篷车大冒险》②中或理查德·哈里斯在《邓迪少校》③中的面孔。模仿在青少年叙述者身上是可以被原谅的。然而，现在讲述所有这些的时候，我又构思了另一部电影，没有彩色画面也没有管弦乐，与我刚才通过如此多虽死不朽的电影演员想象出来的面孔也不同。一部关于极有可能还活着的汉利老人的纪录片将会是怎么样的呢？那些老人让我着迷，他们曾是英雄和冒险者，因为岁月变成迟缓的耄耋之人；已经在年轻时实现英雄壮举的那些人，人们几乎已经忘了他们，或轻视他们，或认为那些行为不过是青涩时代的错误，对局外人而言甚至可能是灾难。承认我们过去的行为可能会伤及他人是一种受人仰慕的英雄气概。如果汉利还活着，这是有可能的，也许他在某间老年公寓里打发时光，已经变成了一个被自己的记忆遗弃的冒险者，一个双手颤抖的英雄，睡觉前一直默默地看着电视上的舞蹈比赛；也许他发现了

① 伯特·兰卡斯特（1913—1994），美国演员、导演，曾获得奥斯卡最佳男主角奖。
② 《黄金篷车大冒险》，又名《龙虎干戈》，1954年上映的西部枪战动作片。
③ 《邓迪少校》，1965年上映，萨姆·佩金帕执导的美国西部片。

森林中的居民有第八种情感，现在与他们在一起生活，与曾经那么多次走遍的外部世界的钟格格不入；或者两者皆是。汉利，人类的侦察者，发现了第八种感情的部落，接受了他们的热情好客，与他们待在一起，在那里生活了许多年，始终记得自己是谁；也许足够快乐，于是选择不回到城市和港口，一直到他的记忆开始枯萎，一天醒来后，关于他曾经环游世界成千上万次的最微小的记忆也荡然无存。他着魔般地寻找人类的一种情感，最后他找到了，然后忘却了。我作为这部电影的导演，闭幕时的近景是汉利苍老而失忆的脸庞，他望着镜头，没有表达与普通人不同的任何情感：既没有那七种人们归纳出来的表情，也没有第八种传说的表情，一个都没有。然而，为了最后的演职员表，我会复原一张他的一生里强有力的画面：

我的父亲年轻时是业余拳击手，有一天他加入一艘船，汉利也在那里服务，他对这次重逢感到高兴，他给父亲看了在船舱里建起来的迷你健身房——锻炼椅，哑铃与杠铃，尤其是一个挂在房间钩子上的拳击袋。那是汉利从一个芝加哥的老俱乐部里买的二手货，有了这个沙袋，他在结束了漫长的工作之后，夜晚在这里独自训练。

我看到船舱里的场景被健身房微弱的光点亮。船带着不能平息的迟缓穿过大洋，当其他人沉睡时，汉利击打沙袋，似乎想用某个关节的力量为巡洋舰加速，仿佛带着热情和执念或癫狂和固执的他才是船真正的马达，他的心在大海寂静的夜晚里跳动，面向遥远、陌生和几乎能完全确定不存在的地平线方向。

然而最重要的是，汉利将会向我父亲揭开水手岛的秘密。

我总是想象着揭秘发生时，两人正在日暮中漫步于特立尼达的查瓜拉马斯港或西班牙港，约瑟夫·康拉德、柯尔多·

马尔特斯或约翰·休斯顿①也在此地散步过。或者可能在利蒙港或蒙得维的亚港,或在新奥尔良的港口。“港口是一个概念,任何情况下就如它在大洋地图上的位置一般有自己的名字,那是一个简单的细节。”也许在远海航行时,他预感到地平线的风暴,或在眺望之后发现一座神秘而高傲的石山被愤怒的泡沫环绕,然后他就跟父亲说了这些话。

“据传说,”汉利这样说道,“大海施展魔法,给每个应当获此荣誉的水手分配了一座岛屿,成为他休息或在汪洋大海中无尽的迷惘下平静的庇护所。大部分水手从未发现过它,连靠近它都没有,因为大海比所有人类所有生命航行的总和更广阔,其他人,尽管成千上万次地遥望它,或有规律地在沙滩上停留,却从未去了解它,因为也有许多瞎子水手。”

“为了看你的岛,”汉利结束道,“必须有这样的欲望。如果真正想要看到它,岛也会看到你。”

“那么,”传说继续,“如果你们确实穿过小路,你的船经过一动不动凝结成堆的石头和沙土面前,熔化它仅仅需要一个眼神如丝绸般的流畅和一颗被劝说的心不回归的诺言:水手,最终,面对他的岛屿。水手与岛屿彼此认同的真实感与如此下流而令人反感的殖民者的隆重礼节丝毫无关。装备火枪的发现者在沙子里,以某些无可争议的神明的名义,埋了某个遥远国王的旗帜,这样的场面被画家、诗人和一味妥协的电影人多次颂扬,但其实它包含了明显的隐喻:对无辜岛屿的绑架和亵渎,他们来到那片有一天能证明历史的可怜的、拥有快乐不幸的土地。”

---

① 约翰·休斯顿(1906—1987),美国编剧、导演、演员,代表作有《马耳他之鹰》和《碧血金沙》等。

“任何暴力形式都否定了与这座岛屿关系的合法性。”我父亲强调了汉利演说里的重点，“瓜达尔卡纳尔①因为1942年的战役变得血腥，它从不属于战胜者美国人或失败者日本人，而属于一名十七世纪初将渔网扔向所罗门群岛水域的渔夫。”

一段时期内，在上下帕加萨里山的时候，父亲和我曾多次谈论过岛屿。那个水手之岛的想法在我面前打开了非凡之门：当我还小的时候，那扇门通向冒险和光明；然后随着我步入青春期，门渐渐地向我展示了阴暗或深不可测的风景，有时因为肮脏的现实，风景甚至是丑陋的，但也使人着迷而不能放弃。我问自己该如何将伟大的岛屿征服者或者遇难者塞进门里，那些岛屿是否该被赐予一批又一批前往那里的人呢：先驱者为了一举成名，化为传奇；后续者为了活下来或为了被凶残的食人族吞食，年复一年吃小鱼，喝岩石缝里的雨水。

“那些可怜的遇难者，”他解释给我听，“那些岛屿不是他们应得的，而真正属于他们的岛也没有变。是命运带着他们来到这里的。但这些与我们说的寻找无关。提到那些岛屿的发现者要看情况。如果他们只是为钱为权，那与我们说的也不会有任何关系。”

“为了配得上岛屿，”我父亲总结道，“水手应该首先尊敬它，哪怕还从未登上，哪怕终其一生都是一个无法企及的梦想，几乎总是以经过而告终。”

那你的岛屿呢，你发现它了吗？我梦想着能问他。但我感觉这是一件很严肃或内心的事，也许他已经发现，但这是不

① 瓜达尔卡纳尔，所罗门群岛中部的一个省。第二次世界大战期间，同盟国部队曾在此与日军发生激烈的战斗，最后以美国军队获胜告终。

能分享的秘密，或许他不想分享。我很害怕：他不愿这么做，然后我的各种提问就会被突然中断。于是，我一直在他“应得的岛屿”这个概念上打转，在所有真实或虚构的岛屿周围，在那个唯一而无法想象的想象岛周围打更多的转。然而一直以来想问的那些问题，因为我一直没有下定决心问他，因此就在其他问题的伪装下提出：海盗能配得上有一座他的岛吗？一名奉命而行的劫掠者呢？即便是在长达几个世纪的时间里，一座唯一的岛屿可以被多个水手分享吗？或者一位水手可以有许多岛屿吗？发现你的岛屿会带来幸福吗？或带来或可能带来不幸吗？如果你死了，你的岛屿属于谁？如果你的岛屿在一场海啸中沉没，你的下一座岛屿呢？

他用一直以来讲故事的温柔声音编造答案，他的言语延伸到帕加萨里山顶或山脚，仿佛害怕说话停止。现在我突然意识到，那是因为他想到，如果不再这么做，我就会失去对岛屿的兴趣。在那时，我从来没有提出那个如此渴望的问题，那个永远未提出的问题，我现在要说出来，如此简单：

“你的岛呢？爸爸。你发现它了吗？”

我是小说家，因为在我出生前二十一年零六个月时，在一个我从未去过的地方，一发从旧步枪里发射出的子弹杀死了一个人。

当西班牙内战爆发的时候，毕尔巴鄂有三个非常年轻的兄弟：路易斯、许多年后成为我父亲的莱奥纳多和费尔南多。前两个，路易斯已经年满十八，莱奥纳多还有几个月就满十六岁，他们自愿为了共和而战；还很小的费尔南多留在家中。战争的命运突然做了下面的安排：巴斯克地区的比斯开省和吉普斯夸省保持对合法共和派的忠诚；与此同时，叛军在阿拉瓦省取得了胜利。我写下“命运”，因为我在思考，它的干预能多少次决定这个故事，或许多包含这个故事的故事的走向，无论是另一个或另外许多……1936 年 12 月 1 日巴斯克第一政府成立，与共和派结盟。很久以后，在我家熟悉的餐厅里有过好几次交谈，现在的我带着如此的忧伤，突然对它们非常怀念。有一次，我的父亲以一种我之前从未听过的方式回忆了那个历史时刻：

“我的哥哥和我是社会主义者，所以第一天就自告奋勇了。我们想为共和而战。但巴斯克的国民军派是极端天主教徒和极右分子，他们用了很久才集合在一起。我们所有人都在问为什么，而我想他们自己也想知道法西斯分子到底给了他们什么。只有当法西斯什么都没给的时候，他们才会下决心站在共和派这边。他们一点也不想记得这些事，但是相信共和的我们却非常清楚地记得他们的犹豫不决以及这意味着什么。有了法西斯主义就很简单了：你要么反对，要么和它一起，没有别的。到今天也是一样。”

新上任政府最初的决定是收复阿拉瓦省，以期统一巴斯克领土，于是就向维多利亚[①]派出了一支由一万五千名悲剧主角般血气方刚的年轻人即兴组成的远征队，我的伯父路易斯就在其中。他们过分激动，断言能获得一场轻松的胜利，但大部分人缺乏正确的军事训练，甚至有些人带的弹药与他们所持的步枪不符。他们不知道自己出发时没有医疗保障，面对数量少得多却与他们相反的职业军人，他们唯一的盾牌就是狂热。巴斯克军队的溃败现在已经众所周知，那是在一小撮历史学家的努力之下实现的。他们坚持打破那种面对如此灾难时也许事先已经考虑过的遗忘，比如比利亚雷亚尔战役：从1936年11月20日一直延伸到那年的圣诞节当天。在这三十六天中确切的某一秒，路易斯死去，那个年轻人曾是我的伯父，由于混乱主宰了那段大量伤亡的时间，因此他的尸体被匆忙地埋在了一个公墓中。与死者相比，这样悲伤的埋葬对那些幸存者和伤者影响更深。人们统计出的数字是一千六百名死者，五千五百名伤者，但对于这个故事，重要的是他们中的每一个。他的尸体就像其他许多人的那样，从未被解救出来并被送回他的家里。家人们只收到了一封通知死讯的信件，上面没有给出死亡的确切原因或当时的情形描述，而这些

① 维多利亚，西班牙巴斯克自治区阿拉瓦省的省会。

细节也许能让死者的父母稍感安慰；信上也没有提到某个类似坟墓的位置，仿佛这封通知是执意抢夺信息，而非提供信息，哪怕一个确切的死亡日期也没有。我们从来都不知道路易斯是被榴弹炮立刻炸死的呢，还是肚子或头上受伤，临死前几天还忍受着惊恐的疼痛，或是在最终的肉搏战中被刺刀砍得遍体鳞伤。我在之后基于事实的文学创作中，立刻选择了子弹精准地射在他的头上，因为那份准确使得我确定了自己小说家生命的开始。

除了死亡，路易斯注定得到更残忍的遗忘：亲人们的遗忘。当我的弟弟妹妹和我还是孩子时，父亲从未讨论过战争，也没有谈到过他死去的哥哥，只有当我们渐渐长大，他开始小心翼翼地吐露，就像长期缺席的被放逐之人的脚步回到了家里。故事以一滴滴的规定剂量在我们眼前显现，不会以不恰当的方式让我们发抖或茫然不知所措。没有人确定孩子们会不会把故事再现出来。此外，外面还是一片黑暗。佛朗哥时期的西班牙，人们闭起家门谈论的政治回声会出现在学校中，据说有伪装成老师或神父的间谍监视着。

“我的一个哥哥在战争中死掉了。”一天，我的父亲大胆地说了出来。

“他叫路易斯。”这句话出现在一段时间以后。

“他在维多利亚附近一场灾难性的战役中死去。”再过了一段时间以后，他完成了这个句子，特别小心地避免做任何政治评判。

对当时还很小的我们来说，那场战争中没有派别。不过在其他战争里是有的：多亏了电影，我们知道了美国南北战争中的坏人是南方派，他们想继续奴役黑人；第二次世界大战中的坏人是纳粹分子，他们想奴役全世界。但疑虑突然开始出现:如果纳粹分子是坏人,为什么他们会是佛朗哥的同盟?而坏人的同盟不就是坏人吗?那时候的佛朗哥也是纳粹分子吗?我看到电影里的纳粹党人,高大、金发、帅气,穿着党卫军的制服,对一个小孩而言如此具有吸引力;然后我看到了佛朗哥,矮小肥胖,黄色的牙齿,搞笑的声音。于是我推断他不是,这样的外观不会让他成为纳粹分子。我喜欢穿着灰色制服和承受着不可逆转而永恒失败的南方派,他们的失败在我的世界感知中不可改变,就像地图上的非洲大陆或我们城郊的帕加萨里山:正如我无法想象毕尔巴鄂会没有帕加萨里一样,我也无法想象南方派取得战争胜利。我喜欢那些不管发生什么都注定失败的人。

关于我伯父的问题也出现了,具体的问题,越来越危险。

"没有。"归来的父亲回答了我们关于他哥哥是否有坟墓的问题,"人们把所有死人扔进公墓里。为了避免疾病。"

"你的哥哥在输的那一派里。他是坏人吗?"我提问,并不可避免地想象着他们两兄弟都穿着南方派的制服,比共和派的制服漂亮而浪漫许多,其实共和派的衣服不像是制服。

"他不是坏人。战争带走了他。就像现在的兵役。"我的父亲用模棱两可解释道,小心隐藏自己曾自告奋勇为了共和而战的隐密。

自我强加的痛苦精神分裂,这就是我的父亲:被迫向他的儿子隐藏意识形态和信仰,因为这个信仰他曾举起枪。他选择隐藏,因为不知道之后我是否会带着童真四处宣扬,或被那个时期的环境影响而去唾弃他的信仰,甚至认为他才是坏人之一。然而,因为那些原因中的某一个,我立刻以他为傲。我感觉到了。拿起武器与法西斯主义斗争。书上说,很多人像他一样行动。但他是我认识的唯一这么做的人。在他的葬礼上，有人提到，也许父亲是比斯开最后一个活着的战士。不久前我去参加一个纪念阿楚里旧火车站周年的摄影展，今天这车站只有近郊火车，但它的背后却有毕尔巴鄂许多年的历史。展览上有许多原景重现：老照片带着赭红的色调，显示屏上展现着各种各样的主题，我发现了一张内战的照片，一群带着装备的共和派士兵走过站台，走向将他们带上前线的车厢。他们之中的一个是细高个儿，一条毯子从肩膀到腰间系着，背着步枪，很像我的父亲。可能就是他。也许是他。

“人们把你带向战争，就像带走你的哥哥一样吗？”

“是的，但在那场令他丧命的战役中，我不在。我在做间谍。我混入敌方做卧底。”

“你应该要伪装一下吧？”

“有时要的，装成敌方的上校或将军。”

“你们为谁侦察？”

“为法国军队。”在选择了极端谨慎的回答之后，他撒了谎。那时的我知道法国人在第二次世界大战中是好人一边的。

“他们不会因为声音而认出你？”

我话锋一转。

“怎么呢？”

“我在喉咙里放了一些树胶。”

树胶的解释让我怀疑，那是我左思右想的疑虑，那次的询问结束后，立刻继续其他的问题。有时我们问母亲一些我们不敢问他的事情。

“为什么爸爸不去做弥撒？”这是妹妹出其不意的一击，因为我们察觉到，当他休假在家时，每个周末父亲都待在床上从不早起。他不去弥撒。这是显而易见的。他是我们的世界,也就是整个世界中唯一不去做弥撒的。我们想知道他是怎么做到的,为什么他会这样而其他人不会。

“因为他早上五点起床,然后去做在这个时间点的弥撒,这样,他之后就能继续安静地睡觉。”我的母亲尝试这样解释。她被我们的问题围困,没有抱太大的希望能说服我们。事实上她也没有做到。

“为什么爸爸不去做弥撒?”安娜再次突袭,精准地重复了她的问题来证明上一个回答不起作用。

“因为,作为水手要长途旅行,而他们获得了特许。他在一年内听一次两个半小时的弥撒就够了。”

“长大了我要做水手。”安娜在那天之后的几周内一直这样坚持。

这样小口地咬开无知,我们渐渐知道了父亲在战争中的行动,以及他关于世界的想法和为什么他会这么想。他在我们的感觉里承担了主角的位置,而他的哥哥路易斯在我们的视野里渐渐从特写镜头中融解。

一个可怜的男孩在一场许多年后被遗忘的战役中死去,而这并不会影响我的命运轨迹。

这个问题看起来与我的未来,其实已经是当下如此格格不入,甚至当我到达马德里寻找新的冒险生活时,也没有跟着我的回忆手提箱共同旅行。当然我不会发觉,再过几个星期,我就到了与路易斯被一枪毙命时相同的年纪,那时候他只比我的父亲大一岁,因为十六岁那份淳朴、盲目而又美丽的信仰,紧握他的枪。我们挥洒黄金青春岁月的方式完全不同:我到达无价的巅峰时刻,他走向前线。

如今,一位十七岁的男孩可能会认为我在四十年前抵达的马德里只是一个大村庄。他说得有理。但对当时的我而言，马德里就是宇宙中心。宇宙可能是隐形而普遍存在的，处于时空任何一个地方，一个年轻人在那里追逐他的梦想。那个大村庄是巴黎、纽约、好莱坞和亚历山大，而我就是居住过所有这些城市的主角。

除了在系里上课，其他时候，我被满载着亮光的宇宙匆忙推动，踏遍了所有街道，似乎生活里装满了奇迹，如果我晚到一秒钟就可能会错过。

就是在这样的情况下，某一次，命运来敲门。

在我的记忆里，那是一个炎热的春天早晨，尽管事实上很可能是一个多云甚至是寒冷的早上。已经被证实的是，时间的流逝会改变我们记忆里的布景、道具和装置。我从蒙特拉街右面的人行道向下走，这个我确实记得，接着就像往常一样，很匆忙地沿格兰大道走向太阳门地铁站。突然我发现了一个衣冠不整、有气无力的男人坐在人行道上，背靠墙叫喊着乞讨，他的右手向上挥舞，就好像这是他在地球上的唯一财产。在他的身旁，地上有一些拐杖，一顶镂空贝雷帽一直遮到额头中间，给他带来一种怪诞的风格，仿佛是来自楚米·楚梅斯①的画或贝尔兰加②的镜头组；一切之中最好的就是一个醉鬼或一个可怜又有些弱智的疯子的画面。这就是我的幸福和伟大炽热之梦的对照，但很少有画面会如此重击我。

那人的脸与我父亲的一样。

过了那么多年，我推测，想必自己只是在几分钟之后，即当我已经在地铁车厢里准备赴约时才意识到那非凡的相像。

① 楚米·楚梅斯（1927—2003），何塞·玛利亚·冈萨雷斯·卡斯特里略的艺名，西班牙电影导演、作家、幽默画画家。

② 路易斯·加西亚-贝尔兰加·马蒂（1921—2010），西班牙电影导演、剧作家。

这是唯一可以解释为什么我没有马上停下来更细致地观察那个神秘乞丐的原因。在我到达下一站的时候，一个可怕而令人着迷的想法开始在我的脑海中形成，渐渐地越来越逼真可信。我离目的地有三站，但入神和忧郁让我全神贯注，这样一来，当我回到现实时心脏已经跳到了嗓子眼，而我也已经到了卡斯蒂利亚广场，远了好几站。

那时，我明白那个乞丐就是路易斯，我父亲的哥哥，他奇迹般地没有在比利亚雷亚尔战役中死去，而是身受重伤或者失忆，或两样都有，他在所有这段时间里得以幸存，游荡着直至跌倒在蒙特拉街的人行道上，我在那里发现了他。

可能发现的真实情况与处理事情必要的小心翼翼相互碰撞。当然，第一步我决定立刻回到蒙特拉街。我登上相反方向的列车，一直站在车门旁边准备离开，为了跳，为了跑，为了救我的伯父路易斯，为了改变家族传记而一直骚动不安，就好像我的不耐烦能增加列车的速度。快速掠过的黑暗在反射着我的玻璃另一边，像是在说：

我们走向的那个地方会将不可能之事变成现实。

但也许我不需要说这些了，最后我走上蒙特拉街的时候，那个乞丐已经不在了。

如果他在那里，我的轨迹将会改变，我的人生也是，但他不在那里，第二天回去，第三天回去都没有用了。我已经再也看不到那个在我的传记中如此关键的乞丐了。再也不能。然而，当带领我前往蒙特拉街蹲守一段时间的力量持续时，我的内心也产生了不舒服的两难。

我问自己，什么才是将会发生的最好和最坏的事。

我想象着那个乞丐出现，坐在同一个地方乞讨。我带着极度的不耐烦监视他，当他结束乞讨并离开时，我会跟踪他。

有些时候，我希望自己的调查能证实他就是我的伯父；但另一些时候我更加不安，因为这预示着已经在我心里萌芽的黑暗出现，我希望他不是我的伯父。因为复活已经是一场痛苦与撕心裂肺的革命，我还胆敢在一个几十年前的死人身上用这个词。我的海啸产生并向我袭来，满载的毁灭与不幸多于快乐与平和。因为我带来的新画面可能将我家人，特别是父亲的现实引向一个非但不浪漫的结局，反而是一扇通向失去稳定的门，最终成为噩梦。那个在我幻想中占主角地位的乞丐不是一个有完全精神能力的人，如果他有健康的大脑，那么四十年后的兄弟重逢可能至少会变得美丽而难忘。他应该是一个可怜的魔鬼带着被毁坏的头脑。

有时候人们会质疑，最好的选择是否总是真相大白。

没有必要回答这个问题，仅仅提出它就打开了焦虑之门，所有人更偏向不要回答。然而，就像我已经说的，乞丐再也没有出现过……我们是幸运的吗？

无论如何，在几年间我会继续问自己，不管他是谁，他在做什么。

而且我完全不知道，如果父亲的哥哥如此戏剧性地回归，当他们相遇时，父亲会做什么。

在我心里，唯一让我确信的是，这个留下的萌芽促使我在十二年后创作了自己的第一部短篇小说，尽管为了让它更具有全球性，我没让父亲那归根结底无名无姓的兄弟在小说中复活，而是选择了内战中死去的最著名的人物①。那个故事奇迹般地带给我很多光鲜与财富，但在这里，重要的是两兄弟

① 这里提到的小说是本书作者于1991年出版的《奇迹之光》，主人公是在西班牙内战中丧生的费德里科·加西亚·洛尔迦。

的故事远没有结束。

蒙特拉街事件之后漫长的三十年里应该一切平静，而这是为了引发真正的结局。这次又是我，或是命运通过思考完就将内容记录下来的我做到的。

2010 年 8 月，比利亚雷亚尔战役七十四年以后，一个与我的另一本书有关的事将我带到了萨拉曼卡的“历史记忆中心”总部，这个机构和蔼的女主席邀请我去了解一下设施，特别是地下室里的大宝藏。

文档。

当那扇门在我面前打开，我的第一感觉就是置身于一个巨大图书馆的前厅，虽然一眼望去没有书。几十个，也许是成百上千个文件夹里装有各自的卡片，排列在房间中央。那些卡片就像我信手打开一个文件夹后所能看到的一样，它们与如此众多的其他图书馆里的卡片非常相似，或者相同：划线的长方形白纸，上面写了名字、党派和死亡、失踪或坐牢的相关情况，而非作者、作品和出版信息等。一张为生命而作的卡片，三百万张卡片，许多都是在战后被抓住并关押的人。此外，这是一份在永恒的演变和革新中的文件，一份鲜活的文件，因为常常有一些家属过来，带来一个新的数据或纠正另一个错误的数据。

这里被一种神圣的庄严主宰，你不能通过动作和呼吸停止这种氛围。

主席鼓励我看看某张具体的卡片，我找到了我们的姓。通过手指的帮助，我慢慢地翻着，仿佛最小的匆忙都会亵渎所有那些灵魂脆弱的平静，一直到父亲的名字，它就在那里，我全神贯注于白色的长方形，而后我的身体感到一阵眩晕。安静的龙卷风之心的一阵昏厥，所有外部的安静在我周围旋转：

这就是我的目光和卡片的相撞。一些数据是我已经熟悉的，比如地点和出生日期；另一些是我能够通过推测得到确认的，比如他加入了社会党。在这些数据旁是这样断言的：

"1937 年 8 月 10 日，在桑坦德前线失踪。"

我为这样的矛盾震惊了：卡片上是真正的冷漠，它让我的父亲死去；而在真实的生命中，他已经活过了那个卡片的日期，不说远的，我就是明显的证据。我哑口无言，茫然不知所措。

看到我惊呆的样子，主席向我解释，卡片的信息不是确定他在那天死去，只不过那是有他消息的最后日期，与其说是他的，不如说是他们营的。8 月 10 日应该是共和派士兵面对敌人进攻的毁灭。

我把这个画面据为己有，现在依然将那个时刻想象成恐怖的边界：最后的官员是共和派垂死的瘦弱象征，他记录并封固了那个无名小卒的失踪，或者他营队的失踪；接下来他撒腿就朝安全之地跑去，从那时起他就被那个爆发的巨大旋涡吞噬。混乱场面无法辩驳的代表就是一份用全部的谨慎小心做的证明，却证实了一个虚假的现实。然而，如果想到那个写下"1937 年 8 月 10 日，在桑坦德前线失踪"这句话的官员，我的思维将立刻继续：父亲和他的同伴仓皇逃窜直至在阿斯图里亚斯被逮捕。我总问自己是哪里，在阿斯图里亚斯具体的何处。但他从来都不知道。

"我们跑啊跑，直到无路可走。"他讲起这件事时这样解释道。

面对他的叙述，我不知为何会一次又一次地想象一座山坡：他从一个山坡逃跑，下坡时所有阿斯图里亚斯的绿色都在蓝天之下，因为我知道那是 1937 年的夏天。他跑下坡，我的父亲，一个十七岁的惊恐少年，像其他十七岁的少年一样，像三十岁的人一样。仅仅数月前，这同一个少年正在和他的朋友踢足球；同一个少年，许多年后已经成了老人，令人惊奇地继续回忆他自己小时候与朋友在毕尔巴鄂的街道上踢足球的场景。他惊恐地跑下那个山坡，然后突然间变成了宽广世界里唯一真实的人。

“你看到巧合了吗？”主席问道。

“什么巧合？”

“日期。今天是8月9日。明天将是失踪的周年纪念，双引号，你父亲的纪念日。”

“我要离开这里去毕尔巴鄂。”我不假思索地说道，“明天早上，我必须给他看这个，必须是明天。你们可以帮我复印一下这张卡片吗？”

“当然可以。”她说，“卡片仅仅是索引，我们可以去取出完整的资料。我马上就去借。”

这女人的做事风格我很喜欢。看起来她似乎因为我的激动而高兴。当她鼓励我去档案里寻找时，我真是怎么感激她都不过分。

“我给你取来了另一份资料。”她在门口晃着第二张卡片激动地说，“你的父亲有个哥哥？这里也有资料。一个名叫路易斯的哥哥？”

命运赠给我一份丰厚的额外大礼，但我决定控制自己激动的剂量。我的所有感觉已准备好打开那份关于我父亲的完整资料，也许里面有一些新的信息。当然，当有人交给我那个一页纸大小的白色信封，而里面有两份资料时，我就想到，如果生命允许的话，那里面的记忆将属于我的伯父路易斯。

虽然父亲在2009年那次艰苦的手术后得到了很好的恢

复,但他还是显示出了一些细微但确凿无疑的衰落信息。这几年里,比如,我的弟弟妹妹和我怀疑他的耳背是华丽而任性的,当他想听的时候就会听得很清楚。但现在已经不是了,那份选择性的耳聋似乎不仅仅是取决于他的意愿了。

我学会了观察,他年老的心智在面对那些以前总是发出坚定判决的话题时选择了回避:总被他以正直的批判眼光来分析的我国政治,或者总能让他热情洋溢的世界史。这些话题在他的感觉里渐渐让出重要的地位,面对真正严肃的话题,那些影响深远的大事件就退缩了,比如了解他的外孙们是否安好。这如同一个由没有偏见和限制的思想和心灵设计的价值刻度:生灵真正的意愿,虽然慢慢侵蚀他的疾病改变了他的一些意愿,但在其他时候,这意愿可能会成功地让我们讶异不已。面对 2011 年最后的大选,我的妹妹稍稍提高了音调,慢慢发音,几乎就像对一个并不在场的小孩说话,因为几天以来父亲一直沉浸在没有缓解的迷离沉默中。她问父亲是否愿意去投票。他带着惯常而意外恢复的温和语调,给出了一个感人又悲伤的回答,因为他意识到了自己大限将至:

"当然。我怎么会不去呢。这将是最后一次。"

因此,面对这个状态不可预知的健壮之人,虽然我还有很多事情要处理,但在 2010 年 8 月 10 日傍晚,在向他解释了里面的内容以后,我把一页纸大小的白色信封放在他面前。

他打开信封慢慢地研究起来,他的专注与我研究他脸上反应的专注是一样的:一个人阅读着关于自己七十五年前在前线失踪的冷漠传记。一小撮句子,官方文件,页脚有对应的印章,纠正着那时他的行为和存在。那一小撮句子在被写下来的时候,也带有我从他嘴里听过许多次的混乱。每次说到逃跑,他都会添加某个细节,可能是随着年岁流逝,我也已经加了其他细节，甚至对它们进行戏剧性的描述。但当我看到父亲阅读那份资料时，我决定，如果有一天我准备着手写他逃跑和被捕的故事——故事的结局带着令人惊奇的命运的峰回路转，多亏了这次转折，我的弟弟妹妹和我才能活着——时，我将会做与我们作家通常所做的相反的功课：我保证去掉，而不是增加虚构成分，放弃那些戏剧性的细节，为他的故事服务。

希望这些话是最可能从他口中说出的：

“我们一直跑，直到无路可跑。我们不是一支军队，连士兵也不是。我们扔掉了步枪和子弹，一切，我们只是跑。这很荒唐，因为就像许多人一样，我们能够跑向加利西亚，虽然那里有佛朗哥的军队，我们知道的，但我们还是要跑。我们炸毁了跨越过的那些桥，然后继续逃直到炸药用尽，那时我们就不炸桥了，只是逃跑。绝望地逃，对了，没有什么比处于逃跑中更能看清人性是如何的了。我记得，当我们除了裤子和靴子外把其他一切都扔掉了只是跑的时候，一辆我们的人的卡车经过。车上装载着了如此多的士兵，以至于几乎看不到卡车，只看得到轮子。一大堆人在几个龟速前进的小轮子上摇晃。显然，没有人能够爬上那里，但当我们看到卡车靠近时，一起逃跑的人里有些开始叫喊，情绪失控，为了爬上去开始组织袭击。两三个人叫喊得那么厉害，跑向卡车时带着这样的兴奋，似乎爬上那辆卡车战争就会结束，甚至是时光倒流，回到战争还没开始的时候。那些在卡车里的人惊恐万分，也开始叫起来，叫司机加速，逃离我们这些逃离的人；但卡车无能为力，车跑得比那些逃跑的绝望者更慢，所以他们追上了车，为了爬上那辆卡车开始了一场战斗。有些人以把其他人扔到地上为代价而成功地上去了，落下来的人试图再次上车，追在卡车后面。没有人能理解那辆车哪儿都不会去,也没有地方可去,因为无论到哪儿,敌人都会再在那里,此外,到达之前燃料将会用尽。我觉得那个场景仿佛出自喜剧电影一般,我开始哈哈大笑,无法控制这个与为上车而努力一样荒谬的笑。看到我笑了,三四个落下来的人以为我在笑他们,于是愤怒地朝我走来,他们如此愤怒,我都害怕他们会杀了我。他们开始摇晃我,但我笑得停不下来,他们要杀了我,但我不可能停下来,我一生都未这么笑过。随后,突然,一切平静下来,那些愤怒的人和我的笑声都没有了,不久后我们再次跑着,不知道去哪儿。另一天,或许是同一天,四名士兵差点为了一个被扔在田野里皱巴巴的苹果相互杀害。我们饿死了,所以为了那个只够吃两小口的苹果展开一场恐怖的打斗。我在阿斯图里亚斯被捕,但之后我才知道那是阿斯图里亚斯。第一刻我所知道的一切就是,我们已经避无可避地到了不能再跑的地方,因为敌人就在那里。我们碰到了一个巡逻队,于是投降了。那时,当他们集中了所有的俘虏时,那个巨大的幸运突降。一个敌军的长官走过来对我说:‘我认识你。’我一阵恐惧,因为他们会把一些囚犯与另一些分开,一些加入他们的军队,另一些被带走枪决,据说是这样。那个长官突然间饶有兴致地问我在内战前去过什么学校,我告诉了他学院的名字;他问我是不是在课间和周日组织的一些比赛中踢球,我告诉他是的;他问我是否认识一个在那所学校球队里踢球的男孩,他向我描述了一下,并且告诉我名字,我对他说是的,我认识那个男孩,他是我的朋友,确实如此。那个长官对我说:‘那个男孩是我的儿子,你站到这边。’然后晚些时候他告诉我,他给我机会加入佛朗哥的军队并且让我活命,他这么做是因为他想到,如果他的儿子处在像我这样的情形下,他会希望有人做跟他现在做的一样的事。我当然接受了。我加入了佛朗哥的军队，还能做什么呢？我没有再见过那位长官，但在我生命中的很多次我都想起他。他怎么样了？他的儿子呢？或许我们某次在毕尔巴鄂相遇过，他和我都不得而知。”

也许父亲在看那份关于自己在桑坦德失踪的文件时想到了那位长官。但看完后，他什么都没说，连一个字都没有。我想他是立刻把文档当作是一本轶事集了，只是一点引人注目的好奇，一个让我有点失望的反应。我希望他思索一番，但他没有。确实，他漫长的生命证明了那张纸是个愚蠢而不重要的东西。他将它放在客厅的桌上，自从不在那里举行家庭聚餐后，那张桌子就总是空的。当我准备回马德里时，我把它从桌子上拿起，保存在我的手提箱里，当然我现在还保存着。

那个时候，我的父亲开口说道：

“那张纸说我的哥哥路易斯死于1936年12月2日。”

我期待他继续说，惊讶于他只字不提关于自己的报告，只提路易斯的：我已经粗略地看过了路易斯的那份，但是却把更多的兴趣放在我父亲的那份数据上，而非那个我一点都不认识的人。我还惊讶于父亲注意到了12月2日，那是我没有发觉的，转头就忘了。

“我这辈子都知道哥哥死在了比利亚雷亚尔，但从不知道确切的日期。他被埋在一个公墓里，这就是我们所知道的一切。我很高兴你带来了这张纸。知道了这个12月2日就像是将他埋葬了一样。这与土地里的坟墓不同，但却比什么都没有强，强得多，你无法想象强了多少。现在我能够在剩下的日子里记得他了。每个12月2日。当我死后，你，如果你愿意，也要记住他。我的哥哥终于有了坟墓。他被埋在了日历里。在12月2日的小格子里。”

我什么都没说，他也没有等我回答。但从那时起，每年12月2日，我都会想起那个荒谬地死于一场被遗忘的战役里的男孩，那个我从不认识的男孩，他永远都无法知道，自己在死后赠给我所有这些我刚刚讲述完的事情。

我想，蒙特拉街上的乞丐之所以没有走进我的生命中帮助我写自己的第一部小说，是为了许多年后，我能够带给父亲这张写着"12月2日"的纸。

我穿过走廊，走向我的房间，再次听到了父亲的声音，一个平静的喃喃细语，比平常的语速还要慢：

"路易斯，哥哥……"

我明白了，他现在不是在跟我交谈了。

那么，父亲的弟弟，因为年幼没有被拖去打仗的那个孩子，他怎么样了？

我想讲述他的故事，因为他是个不幸的人，生活在近乎残酷的孤独里，生活在一个特殊而可怕的悲剧中。我知道，如果现在我没有给他点笔墨的话，就没有人会这么做了。

他从年轻时起就开始显露疯癫的症状，慢慢地疯病变得经常，而且越来越严重。在经历了不同严重程度的各种阶段之后，人们不得不将他送去疯人院。慢性紧张型精神分裂症。这就是诊断。买彩票强迫症，我父亲一直对此保持不安，但他却为了买彩票投入了几乎所有的终身养老金。他有奇特的运气，因而有一天，他中了一笔数量不菲的钱，他拿着这些买了一个普通套房。因为多年用药，他就在其他两个病情比他略轻的病友陪伴下生活。他在那里生活一直到死。他叫费尔南多，与我同名。路易斯和我被冠以父亲那两个不幸兄弟的名字，而安娜的名字来自我们的祖母，我们没人记得起她了，因为我们刚出生不久她就去世了。我们的父亲希望通过这样的方式让死者的记忆永恒：那些真实的死者，他的母亲安娜、哥哥路易斯、弟弟费尔南多，活着的死者。

我记得可怜的叔叔费尔南多，他的生活如此悲伤而空虚。

在我们小时候，他每个星期天过来简单地拜访我们，在家里待上很短的一段时间，事实上他只是为了要钱，我父亲，或当他不在时由我母亲管着叔叔，防止他将钱一次性全部挥霍在彩票里。他大概在上午居中时到来，我的妹妹和我带着自私的急切等着他，因为他总会给我们带各自的连环画，一本女孩子的给安娜，另一本《战争伟绩》①给我。我感觉他仿佛就在当下，今天回想起他的时候，我不知道为什么，在那个直到现在都从未想起过他的画面上停留了一会儿：那个不快乐之人为了买那些连环画走向报刊亭。叔叔装出没有恶意的亲热动作，掩盖自己有目的的拜访。或者他真的想让我们喜欢他。但我们从来没有喜欢过他。

我的父亲在自己的能力范围内负责照顾他。有些星期天，他去套房里看望他，带去母亲给他们准备的食物，与他共度几个小时。在更早之前，父亲去疯人院看望他。在我们还很小的时候，他努力不把自己的担忧、焦虑和痛苦表现出来，但有一次，他垂头丧气地回来，我无法克制自己不去偷听他用忧伤的话语向母亲描述他弟弟的状况：

“沉沦而绝望。”

我那时还很小。记得那晚，我试图想着像叔叔这样，沉沦而绝望地身处疯人院夜晚的漆黑之中，但我没能成功。许多年间，我的弟弟妹妹和我再加上我的母亲一直对他敬而远之，这很容易理解。除了他能带给我们的不安之外，我们还被提醒他无法控制自己使用暴力。当我们小时候，想必也会让母亲和父亲担忧和害怕这一点，尤其是他在船上的漫长的几个月里。我也隐约记得关于那个费尔南多对他哥哥的某些敌

① 《战争伟绩》，1948 年创作的一组西班牙战争题材漫画。

意，因为他哥哥能够组建一个家庭，有一份工作和一个平和的空间。当我们逐渐长大，母亲确信费尔南多叔叔妒忌他的哥哥。“妒忌”一词包含了一系列宽泛的强度等级，但我们的母亲作为话里有话表达方式的永远主宰，为她的发音和停顿赋予让人想到问题和提醒的意味。在“妒忌”之后，一个不可预知的黑暗世界正在窥探，现在我理解到，也许那份妒忌具体表现在我们从不知道的痛苦行为中。

许多年以后，我想陪父亲拜访被驱逐的费尔南多叔叔。那是1995年的圣诞节。我记得日子，因为那天给我留下了可怕的印象，而当时我决定将日期记录下来，为了能在将来找到那次拜访的时间。我也不知道出于什么目的，可能我觉得有一天我将会讲述它。我从未去过的套房就是之前用从未预料到的彩票奖金买的。一座小房子里很少有自然光，被遗弃孤立，就像它的居住者一样。我很久没见过费尔南多叔叔了。凶猛而邪恶的疯癫如同一只大淫虫住在那可怜无助之人的身体里，在他如此长久的沉沦和绝望的年岁里，日日夜夜，每个白昼和每个黑夜的每一秒，所有白天和黑夜，那虫子都在啃咬他的身体，正如现在没有任何掩饰地呈现在我眼前的一样。疯癫在他的每一个细胞里，在他皮肤的颜色里，在他的气味和表情里，疯癫已经让那个人的躯壳筋疲力尽，瘦骨嶙峋，然而，它却继续蚕食。每一秒，所有秒。恐惧，有些那样的恐惧聚集在大脑和生活被吞噬的可怜之人的目光里。我那时就知道疯子的目光是在默默地求救，仿佛害怕疯癫这个虐待成性的狱卒会注意到他试图向自由人求助，而后用新的凶残来惩罚他。没有找到救助或不值得被救的人们只能在一生中感到不幸，而他们自己也仅仅是不幸之人。他们代表了地球上人类最悲伤的表情。叔叔死后不久，我的父亲告诉了我葬礼和火化的细节。他说：

“我借口拒绝参加宗教葬礼，但我确实想看看他的遗体。他衣冠整齐地躺在棺材里。很好。我在他的一生中也从未看过他这么整齐。”

我觉得很惊讶，在走过的七十年的岁月中，一个人的最佳外表居然是他死去时的样子。但自然之力是有逻辑的：也许这是他自存在以来的第一个安宁时刻，因此他的脸上展现出平静和庄严。

我的第一部小说是献给父亲和叔叔费尔南多的，如果说那书并没有献给我死去的伯父路易斯，那是因为我现在已经讲述的一切都是在许多年以后才意识到的。但是生与死、爱、缺失、孤独、沉沦、绝望以及我从那三兄弟的故事中感受到的生命一起滋养着我的第一本书，也如此滋养着我，以至于我无法想象其他可能的献词：因为正如我写的那样，我的父亲是第一个，事实上也是在漫长岁月里唯一相信那本平凡而简短的小说的人，某种程度上，这小说拯救了我的生命。

当它出版时，我带了一本样书回到毕尔巴鄂，这也是我拿到手的第一本样书，我要专门带给父亲，因为这本小说是献给他的。他默默地拿着，坐在他的沙发上仔细端详。我更愿意任他独自这样做。于是我就待在露台旁我和路易斯小时候睡觉的同一个房间里。我紧张地等待他的评论。露台上，我的母亲在给植物浇水。

几分钟过去了，他没有任何要活动的迹象。我设想他正在研究那本书，书里的每一个细节。他之前就是那本书的第一位读者，从一开始他就告诉我他非常喜欢。我知道他是真诚的，因为之后，面对我的每一部新小说，他总说同一句话：

“很好，但不如那本那么好。”

我认为他喜欢那本书的原因是,我为将黑暗的世界抛诸脑后迈出了第一步。

过了一会儿我听见他来到走廊,那条由来已久的路通往露台,他进去的时候手里拿着那本书,没有发觉我就在邻近的房间。因此我感觉有点像童年时代的某种幻想,我听到他对母亲说:

"费尔南多把这本书献给我。"

也许为了那一刻,一切都是值得的。

二十世纪五十年代，某个他遥远青春期的傍晚，在他第一次登船的几个月前，父亲等待着所有同伴离开自己作为机械师工作其中的毕尔巴鄂的修理厂，独自一人时，他点燃喷枪。我想，当他看着火焰的时候，咽了咽口水，然后深呼吸。

接下来，带着几个星期以来果敢而冰冷的残忍，他将火喷向右手，默默地忍受着疼痛。他没有大惊小怪一直数到五，那是火苗烫伤肉体到估算的极限时所需要的精确时间。

那五秒的蓝色之火对我们所有人的生命具有决定意义，尤其是对他的生命。

如果没有那个简短的烈焰，父亲的海或我的这本书将不复存在，当然不会有更多其他的东西，有一些对我们家庭微不足道但另一些影响深远。在这几年里，我多次想象着那个自愿的野蛮举动。有时候带着钦佩，另一些时候是茫然，还有时是恐惧，但总是带着许多我从没能提出的问题。

当然，小时候我并不知道父亲的这件事，向我提及此事的人是我的母亲。想必在我十二、十三或十四岁时，实在记不清具体时间了，总之她认为是时候该让我知道了，于是某一天她对我说：

“你的父亲白天在汽车修理厂工作，晚上研究路线。他想不惜一切代价成为水手，而一切也似乎尽在掌握。但当大考临近的时候，修理厂里突然来了很多意想不到的工作。他不能拒绝干活，因为他需要这份薪水来糊口，但他惊恐地发现自己缺少足够的休息时间来学习。所以为了开到病假证明，他用喷枪烧了自己的手，这样他就能把所有这段时间用到学习上。他不想让你们知道这件事。”

我母亲的叙述就像她的所有叙述一样，基本，极其简单，但同时又充满了弯道和开放的门，一种浓缩小说，比起那个为了追梦而自残的人的故事，它的结局总是更吸引我。如果父亲不希望他的儿女们知道这段凶残的插曲，而实际上他也从未说过，那么我很好奇，如此尊重他人隐私，甚至会批评那些不尊重他人隐私之人的母亲为什么会给我讲述这件事。

那是隐藏在表面故事里的真实故事。那是真正的问题。

顺便提一句，这个问题包含了关于如何叙述故事的有趣教育，母亲在讲故事这方面是个天才：为了神化一件事，为了将它提升到社会、家庭或个人传说的地位，最高效的方法就是为它裹上秘密、谜团或隐秘的光环，与听众或读者心照不宣。如果喷枪的故事出自父亲想要炫耀之口，它就失去了所有崇高，变得粗俗卑劣，虽然充满戏剧性，却不过是一个机会主义的丑事罢了。但他的闭口不谈就产生了一种英雄气概。我带着越来越多的钦佩之意观察他，不仅因为这样的自残需要胆量，还有他不说出来的决定和事实上永远沉默的意愿。此外，我因为自己值得成为这些事情的参与者而骄傲不已，像是被选中的那个人，直到我的妹妹和弟弟先后知道了这件事。

总体来说，一个用语言表达的想法是被语言选中来进行表达的。说出一个重要句子的人在之前有所考虑，包括如何、何时和为何说出来。

“他不想让你们知道这件事。”我们的母亲这样说道。无疑，这恰恰是她很想说的话。

我认为她试图把这段插曲定格在我们和我心里，同时向她伴侣的勇气表达一种钦佩，顺便试图将这种钦佩转移给我们。

这些都是四十年以后的现在，我面对父亲留下的极少的财产提出的问题。当他去世以后，我的直觉引领我来这里保存这些东西。是肩章，我推测它们来自庄重华丽的制服，我只在一张关于他船上的简单接待会的照片上见过一次。两块肩章一模一样，硬塑料质地，泛着金属光泽，形如铲子，金色的扣襟可以将它们固定在肩膀的布料上，那上面应该有过流苏装饰，不过很久以前已经脱落了。虽然随着时间流逝而变得有些模糊，但是依旧可以看到一种花或不确定的星在肩章最宽的部分围成圆形，那应该就是船舶公司或海员学校的标志。但这些没有一点隆重感，还让我不知为何想起小锡兵的旧肩章里藏着一个大故事。我认为，当四十年前母亲与我分享那个秘密的时候，她曾下意识地希望有一天我能讲述它。

今天就是那一天。

这个故事的开端就像几乎所有故事的开端一样有一个主人公，在我父亲的心中，一个伟大的梦想在跳动，现在开始，因为众所周知的理由我要称它为“厄瓜多尔之梦”。从表面上看，那是一个繁华之梦，而生活证明了他从一开始就有一个更加宽广的宏伟蓝图。我的父亲先在马德里度过一段战后时光，然后回到毕尔巴鄂，在我什么都不知道的模糊的几年间，他已经在机修厂找到了一份工作。我猜想他立刻感觉到了，可以期待的命运将是灰暗而别无选择持续一生的：一个没什么钱的左翼工人被判处在佛朗哥统治的西班牙生活。他很清醒地知道只有死亡会将独裁者带走，而且拥有雄心壮志和勇气的他预感到，某些方面会出现一些通向更好生活之路的踪迹。我问自己，当他明白曾经和现在那拯救的想法溅出的火光总是会在他眼前，更确切地说，被他握住之前，他修了多少发动机，拧紧了多少螺钉，换过多少轮子。大约那时，我的母亲出现了。大概是1952年。我的父亲已经有了“厄瓜多尔之梦”，因为它，父亲计划跳出那些将他与修理厂紧紧相连的汽车马达，转向那些船的马达，在它们的帮助下，他能够走遍真实存在和象征意义上的全世界。我确信母亲为“厄瓜多尔之梦”提供了鼓励和信任，这些是决定性的。众所周知，当有人一起承担那不可能的梦想之后，它就变得更可能了。

但是，为了让梦想成真，经常需要一个举动。

这个举动就是简短而可怕的蓝色烈焰。

用灼伤你的手，换取你梦想的实现：这就是那关键的时刻。之前和之后一切事情的震中。

关于创作你所希望讲述的那个故事，其中最激动人心的一个问题是，找到滋养故事主要事件的合理位置。筛选过后，在最终的仔细复查中能够准确地指出那唯一的本质事件。

这个故事的本质就是蓝色的火。那是在我感动地拿着那些代表着梦想实现的旧肩章时做出的决定。母亲在房间里唯一保存的父亲的照片是我从未见过的。也许她像收藏一件特殊珍宝一样地对待它，或者像是两人间的某类秘密协定的证据。照片上的他年轻而有力，身穿白色的制服站在甲板上，肩章闪闪发光，那很可能正是我现在拿在手里的那些，他的头上没有帽子，迎着风，脸上绽放出热情的微笑，他的手插在口袋里，身体放松，对自己充满绝对的安全感……背面有一段用蓝色墨水写成的简短文字：

“厄瓜多尔,1955年。”

小心驶得万年船,我开始将这些新信息与履历相互对照:我在1955年的旅行中找到了它,但在他访问过的长长的港口列表中却没有找到。那是他在瓜亚基尔港的第三年实习,这个港口名倒是出现在很多之前和之后的其他场合,但不是在1955年。那么我的理解是,这句话不是一个地理叙述,而是想象。当父亲在照片背面写下“厄瓜多尔,1955年”时,他是在证明那一刻的情感:迈向一个新生命的步伐,那被迫相反的命运来到了他身边。实现了的“厄瓜多尔之梦”。

我现在认为拥有这些肩章很幸运,我想我将永远保存它们,而且陈旧、破损、生锈而丑陋的肩章包含了一个巨大的意义,因为它们讲述了我的生命和命运,也讲述了我自己基于一次简洁而有力的分析后,亲自踏上厄瓜多尔的脚步。

如果我的父亲在寻找梦想时失败,他将会被迫成为未来修理厂里可怜的工人,也将失去资助我在马德里的学习或我的弟弟妹妹在毕尔巴鄂学习的能力。我们的生活将会是另外的模样,一切不得而知,因为除了真实而鲜活的命运以外就没有其他的了。不过,我的传记将会是我现在的传记吗?我妹妹安娜的呢?我弟弟路易斯的呢?

2013年,在我们的父亲去世后,路易斯开始并结束了新的任务,它对于围绕着我们的可怕而破旧的时光而言特别有价值,他写下剧本,然后制作并执导一部电影,那是他职业生涯中最冒险和困难的一次:通过一段复仇和愧疚的悲剧故事,思考关于巴斯克地区的暴力终结。那是他出生和永远生活的地方,除了在屏幕上向公众展示的内容,他自己仿佛也在寻找从下意识里闭合某种限于家庭故事的象征性的圆。那部电影的名字是《火》。

顺便提一句,电影是在莱克蒂奥拍摄的。在一些画面中能够看到远方的岛屿。

这并非都是偶然。有些事实取决于人类的欲望、意愿、意识和爱情。

我在《西班牙皇家语言学院大词典》里查找词语“maleante①”：

（动词形式为 malear②）

1. 形容词：伤害的，损害的。

2. 形容词：愚弄的，邪恶的。

3. 名词：生活在法律之外的人，从事抢劫和走私。

这三个释义让我有点不安。虽然我为了将它与父亲联系起来而要被迫做出选择，但我会毫不犹豫地排除第一条和第二条。我不是一个语言学专家，而我与语言的关系通过长年的阅读积累。在阅读中我几乎学会了一切成为作家所需的最基本条件，词语“为所欲为”让人感觉比上面指出的含义要少点挑衅的意味。那幅画面总是在我眼前出现：一个人在极细的线上保持平衡向前进，只要吹一口气就将合法和不合法分开，一名行人已经太多次踏入危险的那边，却不停地严格遵守某些法规条例：从不杀人，从不强奸，从不对任何人造成不可逆转的伤害。总之，一个小罪犯，迷人或真挚的流氓，或两者兼有。也许我的观点是错误的，但是对我而言，在《虎豹小霸

①② 原文为西班牙语，以下译成“为所欲为”。

王》或《骗中骗》里的罗伯特·雷德福[①]和保罗·纽曼[②]就是为所欲为的。

另外，它在我们那个时代的口语聊天中很少用到。我不是经常用它，我也从未在任何小于三十岁的人口中听过。当然，父亲从未在我面前说过这个词，所以对我来说，这一点为他那次只是不寻常的胡言乱语提供了重要的证明。我感到奇怪的是，一个已经错乱的大脑为什么会如此强调一个之前从未用过的词。

"我生命中最好的时光就是当我在布宜诺斯艾利斯为所欲为的时候。"

这几周里，我一直为他的坦白吸引而着魔，我甚至想写一本以这句话开头的书，把它复制到一个空白文件上，然后开始敲击从自我的想象中出现的东西。

在布宜诺斯艾利斯的一些文学会谈中，某一个上午，我和我的作家朋友和同事们讨论了一个谎言，我像一个小罪犯、一个为所欲为之人一样逃离，希望在所有白天和一些晚上的时间里，我能用直觉感受或相信感受到了父亲在城市里的回声。一种渴望，显然只是象征性的，当然它从未期待获得具体的结果。他有一次告诉我，很久以前，当他第一天到达布宜诺斯艾利斯并准备开始探索的时候，他就站在方尖碑[③]旁；而我抓着如此小的锚，正站在城市的那个点。

---

① 罗伯特·雷德福（1936— ），美国导演、演员，曾获奥斯卡最佳导演奖，代表作有1969年上映的美国西部片《虎豹小霸王》和1973年上映的美国犯罪片《骗中骗》。

② 保罗·纽曼（1925—2008），美国演员、赛车选手、慈善家，曾获奥斯卡影帝殊荣。

③ 方尖碑，布宜诺斯艾利斯的地标，位于共和国广场，1936年为纪念建国四百周年而建。

我不可能知道那扇巨大的窗户朝着什么方向，在它后面被一个不确定的家庭收容的他一边致力于写作，一边观察着我现在身处的同一座城市。那个可怜的遇难者或不伤人的傻瓜，我觉得他就在周围转悠，表情严肃沉思，有时跟自己说话，时间是2013年8月在方尖碑周围，具体是8月5日：就像海盗在地图上画圈一样，他通过履历发现了某个方向。现在我随身带着那个本子，小心呵护。布宜诺斯艾利斯就是一个无尽的金银岛。一个看不见的"X"指出了确切的点，父亲在那里埋葬了他记忆的盒子。

"1953年，我登上机动船'胡安·德加雷①'号；1953年12月17日，操作发动机的实践。我在12月到访了拉科鲁尼亚、里斯本和加的斯港口，以及里约热内卢、桑托斯②、蒙得维的亚、布宜诺斯艾利斯。1954年1月，我将它停泊在布宜诺斯艾利斯港口，然后下船。"

因此我可以认为，父亲第一次访问这座城市是在1954年1月，不过知道了这一点没有太大作用。那天在方尖碑周围，走上不论是不是虚幻，但在半个世纪后他亲口坦露的幸福大道的第一步，他决定，或者早已决定好要为所欲为。七十一年半以后，我为了召唤那段过去而停留此地，却也没有任何作用。也许，为了给亲密之人一种不朽的气息而寻找他们在土地上的回声，或是某一天，寻找那些人给予我们的如此天真却值得去做的事是一种既善良又无用的方式。

但是对于我这位侦探小说的长期读者和临时作者而言，

---

① 胡安·德加雷（1528—1583），文艺复兴时期的欧洲探险家，为西班牙在阿根廷开拓殖民地做出贡献。

② 桑托斯，巴西圣保罗的一座港口城市，位于大西洋沿岸。

还有一个重要的焦点,而且它能让我调查和发现。我推断,当父亲表示自己在布宜诺斯艾利斯的所谓“为所欲为”是一生中最好的时刻,他应该是迫不得已弄混了日期或者舞台。因为,虽然布宜诺斯艾利斯对于他可能是一个光荣之地,一个最终回归现实的伟大美丽的梦想之城,但是他在那里有着具体的工作和严格的作息,此外他有很丰厚的薪水,这与为所欲为的想法矛盾的。所以不是,应该是另一件事,或在另一个地方,可能也是他生命的另一个阶段。我想只可能有两个选择:毕尔巴鄂的青春期,当时他带着迷失的生命回到城里,在成为船员的梦想之前,先在机修厂找到一份工作;或是战后的马德里,他在那里勉强度过了几年的时光,关于这段模糊的往事,关于父亲是如何、在哪里、与谁一起生活的,我或其他人都没有什么参考材料。这第二个选择,几乎被简单地提及之后,就要求为自己加上父亲生命中的篇章标题:在马德里为所欲为。

所有在我们的脑海中产生思索过程的想法都是好的,哪怕一开始是荒谬的,或像是某个大脑错乱之人说的话。与“彼此恐惧”是这本书的开始一样,“在马德里为所欲为”代表了向自我调查的转变。这应该是基本的,甚至是唯一的理由促使我们作家进行写作。

因为比我父亲晚了四十年,我走过了与他相同或相似的路。

或者,难道我不是一个在马德里为所欲为的人吗?

“颤抖”。

在马德里为所欲为。

我问自己，从岁月的视角出发，是否可能确切说出我们的梦想被拖向礁石的那一刻。

我一直做不到。当我往后看，就能看到自己身处深渊期，因为时间的大量流逝，我的痕迹与行为已经被仁慈地涂模糊了：航行者独自一人，兴奋而轻率地寻找自杀或谋杀的路线，根本没人会去审判；我坚持不懈地寻找所有的风暴，所有的闪电，所有的海啸；有的情况下是朋友，另一些情况下就是最黑深处出现的怪兽，或哑巴音乐家——残忍的美人鱼的受害者；可怜的考察者没有指南针也没有高空中的星辰指引，自愿且固执地访问野蛮海盗居住的小海湾，我习惯了邪恶港口中的阴森小酒吧，港口浸泡在致幻的有毒烈酒里，一切用无法抵御的光线染色，还向我指明了死亡之地的地平线。

所有这些，我都在 1975 年至 1997 年的马德里街道上看见过，经历过。然而，我幸存了下来。而且，街上也有，特别是有光，洋溢的快乐，以及幸福。

最好的时光就是开始的那几天，我在黎明中感受到，马德里似乎是为我一块石头接一块石头地建造而成。永生不死附着在肉体和器官上，让我充满兴奋，让我变得逍遥法外。上帝和现实根本不存在，或者只是我担纲主角的影片里永恒不变的配角。包裹着我的彩色和宽银幕就像一块合适的皮肤，保护着我免受真实所苦。我为了成为电影导演来到这里，但从未实现梦想。我不知道自己最大的罪孽是否是狂妄自大，虽然只是一种天真的，几乎是如田园生活般原始的狂妄自大，它如此愚蠢，以至于不忍责备，值得亲切的体谅；或者是简单的无知，不明白走向个人目的地的生活应该被秩序和内心的和平统治。我想，作为孩子，事实上那时我已经十六岁了，单单是到达马德里这一成功的跳跃，已经将我放在不可改变的荣耀之路上，这荣耀根本不用我去努力推动就已经自我展示出来。事实上我也没有推，或者往反方向推。

然而，那个旅行的初期，我是多么幸福啊……

我不是在马德里行走，而是在飞，然后想停就停：阳光下，在广场上任何一个宁静的小酒吧里，我坐下喝一杯冰啤酒，每天它都是世界历史上最好的冰啤酒，然后我再次飞向充满光亮的蓝色天空，直到暴风雨来临。狭窄的小街或陌生的大道上充斥着双倍节目单的电影院，甚至在上午也放电影。廉价的餐馆里，我有时独自、有时与人结伴驻足其中，它们的外国烹调技术让我感觉自己是人间的冒险者：在一家希腊餐馆吃饭就是置身于雅典，品尝的特色菜是拜伦在他最后的长途跋涉中曾品尝过的；每个中国餐馆的西式米饭里包含了所有的北京和上海，带着它们千年的奥秘和那想象中的地狱，我猜地狱里满是危险；在马德里第一家神秘的汉堡店，墙上挂满了我热爱的电影海报，所以我仿佛身处好莱坞，在拍摄间隙休息。马德里，那座为我一块石头接一块石头地垒起来的城市，也是世界上所有的城市。因此，我就是宇宙的拥有者和主宰。小时候走遍的我家走廊不是正在这座城市里延伸吗？大学，那个巧克力和糖果的信息科学系……当我第一次进入的时候，已然风烛残年的肮脏老头儿佛朗哥依然活着，但就是那天，我发现了女影迷，她们是天堂的生灵，但是此前我几乎不敢在自己最崇高的梦境里想象她们的真实存在。她们拥有如此美丽而让人喜欢的目光和灵魂，肉体与皮肤无可替代，受人保护，而且她们知道皮埃尔·保罗·帕索里尼①、阿瑟·佩恩②、费·唐纳薇③和罗曼·波兰斯基④是谁，这是从哪里孕育的奇迹啊？她们中的一个女孩，我已经忘了名字，只记得她有着红头发，轻盈敏捷，还让我第一次听到卢·里德⑤。我不需要再解释原因了，我爱她，如今继续爱着曾经那么爱她的回忆。卢的声音和音乐就这样融进了我勇往直前的贴地飞行，穿越我钟情的天堂马德里。1975 年和 1976 年，我记忆的黄金时代：每天都有太阳，我连只有一刻的薄雾、雨、寒冷或不舒适的灰色天空都不记得。从 1975 年 10 月到 1976 年 6 月。如果面对但愿还很遥远的死亡，而我有机会做清醒的选择，首先我要为无礼向家人、朋友和爱人道歉，因为我一定会说，那些短暂的月份，那大约的二百四十天是我生命中最美好的日子。当

---

① 皮埃尔·保罗·帕索里尼（1922—1975），意大利作家、导演，代表作有《甜蜜的生活》和《卡比利亚之夜》等，被萨特、罗兰·巴特等作家尊为“圣-皮埃尔·保罗”。

② 阿瑟·佩恩（1922—2010），美国编剧、导演，代表作有《雌雄大盗》和《战斗列车》等。

③ 费·唐纳薇（1941—　），美国演员，代表作有《雌雄大盗》和为她获得奥斯卡影后的《电视台风云》。

④ 罗曼·波兰斯基（1933—　），波兰犹太裔导演，出生于法国巴黎，代表作有《唐人街》和《钢琴家》等，曾获奥斯卡最佳导演奖、戛纳电影节金棕榈奖和柏林电影节最佳导演银熊奖等。

⑤ 卢·里德（1942—2013），美国摇滚乐歌手和吉他手。

我永远闭上眼睛时，我会最后一次飞向那个1976年春天马德里人行道的狂野一侧。那将是我最后的幸福。我最后的胜利。

但是，现实肯定也在窥探我。

我在马德里生活了近四十年，幸运的是我能够从平静中讲述自己的经历，而不是从我巡逻过如此多次的遇难者之岛。

酒精主导了那段随波逐流，然后独占了它。

酒精不是一个火的蒸馏，而是空气的概念。我在写这本书的时候一次又一次想到它，而且它应该灌醉了在远海中为我的出生而干杯的所有船员，那件事发生在我父亲服务的船上，不过重要的是，根据家人们的叙述，那天唯有父亲是保持清醒的；它还应该是灌醉了那个新水手的罪魁祸首，差点引得两艘船在一个不吉利的黎明相互撞击，而他也因为这事终身受罪。酒精是一个存在之极限的概念，它带着激情自我抛弃，然后带着更大的激情生活，没有中途的任何选择。一种生活方式，结果也是一种死亡方式。你们，高级葡萄酒、周末啤酒和新年庆祝香槟的平庸饮酒者都走开！这段不是为你们而写，永远都不会。不过，欢迎活死人们，欢迎那些为它而死又复活的人们：这里是你们的家园。

在上面的一切发生之前不久，我还是毕尔巴鄂的一个非常快乐的少年。有一天，我在自己童年关系最好的朋友身边，非常奇妙的是半个世纪以后，他依然是已经成熟的我的最好伙伴。那时候在我家露台旁的客厅里，离我现在敲击键盘的角落三到四米远，我们一起愉快地欣赏一张黑白老照片，它非常可能对我们的生活产生了重要的影响，甚至是指引了我们。

在那张照片里可以看到四个人，两男两女围坐在一个巴黎或巴黎风格咖啡馆露台的一张桌子周围，也许就是巴黎，我们只是这样想。他们不是为了镜头而摆拍，相反是摄影师在他们兴奋交谈完全自然的状态下捕捉的。一瓶葡萄酒占据了桌子和照片中心的位置。图片像是一款酒的品牌广告,某种方式上是给我的朋友和我看的:一个概念的广告专门为我们而做,至少是因为一个神秘的宇宙阴谋而为我所做。广告经常借助吸引人的模特,目的是诱惑潜在的消费者,而对我来说,没有什么比留在巴黎或巴黎风露台上的那两个男人更具吸引力了:根据照片下方的提示和可以认出的脸庞,他们是作家,我已经忘记具体是谁了,不过这也不重要:也许是曾经的朋友胡利奥・科塔萨尔和阿道夫・比奥伊・卡萨雷斯[①];也许是还可以和平相见之时的海明威和多斯・帕索斯[②];也许是两个不出名的作家,我的朋友和我都多少看到了我们自己的影子。但我没有忘记这张照片施加在我身上的魔力。还能想出更好的生活吗?巴黎或替代的城市,作家和酒徒,与有魅力的女人共度良宵,共享阳光的街道,喜爱书和描写他们的人,甚至是涅槃中的涅槃,那些女作家。

许多次我想起发现那张照片的露台旁的客厅,它就在我现在写作的房间旁,我知道,就是因为频繁的回忆和念念不忘,这张照片的影响恰好就施加在了我的情感教育上。神父们年复一年地努力想将我变成好孩子,那张照片,只要扫一眼就破坏了他们的苦心经营。有时候我谈论过这张照片,甚至写过关于它的一些文字,有时是诙谐的语调,有时是柔软的语调。但我总是保留了恐怖的版本:某个魔鬼造物主按下相机快门,拍下巴黎遥远的一天,他是为了在几年复杂的周游后,

① 阿道夫・比奥伊・卡萨雷斯(1914—1999),阿根廷记者、小说家,代表作有《莫雷尔的发明》和《英雄梦》等,1990年获得塞万提斯奖。

② 多斯・帕索斯(1896—1970),美国小说家,代表作有《曼哈顿中转站》和《北纬四十二度》等。

等那个如此无助的梦想者、如此焦虑的毕尔巴鄂少年来到手边，用丝一般的表情向他指出天堂和地狱的路线。

我知道那张照片就是其他那么多张照片的象征，牢固地系在我的行李上。1975年10月12日傍晚，当我从马德里的火车上下来时，它就陪伴着我在城市上空的每次飞行，向我建议一些我应该要驻足的地方。一些是好的，另一些是坏的，但歌声就在那里，永恒又无法抵挡。马德里是我放肆的汽笛声。

那些像我一样来到这座城市寻找冒险的人都明白我所说的。马德里依然与那时一样，是我们国家面向全世界的最佳职业发展之门，但也可能是一场旅行的终结。我想起我那些光荣的同伴们，我曾与他们分享了如此多的青春旅行。每个人都有了自己的方向，也有很少一些人已经去世。当很久以后，我偶然间重遇那些活着的人，我感觉他们与我在记忆中保留的他们完全不同。我发现，他们中的一些已经苍老，目光迷茫，没有留下曾经的勇敢印记；另一些，比如渴望成为激进诗人或先锋派摇滚乐歌手的人，则生活在他们安宁的家庭中，远离带着丢失梦想的固执镜子的所有预谋。我问自己他们是如何看待我的。我仍然很爱其中的一个，他与我都知道，我们是，也将会一直是朋友，不论是否发生不可补救的地震。但我们所有人都曾是迷惘的孩子，还充满了能量；没错，我们中的大部分人都曾是好的，我们没有去作恶，也不会知道如何作恶。我们认为自己掌握着游戏的规则和细节，我们的赌注高而美丽，却没有意识到代价可能就是生命本身。没有人对于自己被背叛是完全无辜的，也没有人对于自己的迷失要负全责。更不要说那些孩子们了。

如果我知道这一切，那么我的父亲怎么会不知道被称为“颤抖”的那天呢？

1991年或1992年的圣诞节临近了,我不能确定具体的年份。那个时候,我已经在毕尔巴鄂待了一周,父亲和我决定登帕加萨里山,两人单独在一起,回忆那些年来我们曾在神奇的登山中经历的、对我们的人生而言很重要的时刻。天气寒冷,阳光明媚,12月罕见的明媚一天。我不记得任何的谈话内容,然而,我不可能忘记我们到达了山顶。我们停下脚步,远眺地平线,也许就站在小时候看到他为了捍卫一棵树免受三个无害持刀者攻击的同一个位置。

城市就在我们脚下,像那么多次一样。但是,经过相当长的岁月流逝,我们可以欣赏到城市结构的变化,街区的扩大和我们城市的规划。父亲伸开手臂,向我指出它们中的某个,然后对我解释毕尔巴鄂规划的总体演变方案。我对正在进行中的一个建筑感到好奇,于是我也伸开手臂指着那点问他。

我的手指以几乎感觉不到的方式颤抖。

"你的手指在抖?"他突然发问。他不安的眼神传递出表示惊讶的信号代替了询问。他很确定,不是疑问。

我自己也吃惊于那个很小的颤抖。当然,我知道原因是酒。前些天,当我像往常一样与朋友们相遇时喝的酒;但是当然,我也本能地想方设法掩饰着:

"因为冷。"多亏了那天的低温,我可以装作满不在乎。

"手指不可能发抖。"他下结论道。他的语气已经坚决而肯定,为了说明这点,他伸长了手臂,展开手末端支撑在空气中的如钢一样坚硬的手指。

现在已经没有下面的城市了,也没有圣诞节和世界。只有一个父亲和一个儿子在虚无缥缈之中,只有他和我,太阳下他的手指和我的手指。

我们把这件事留在山顶了。他,当然还有我都没再做纠缠。但回家后我感到不安，因为这件事而看自己不顺眼。那整个星期我都围着他转，试图让自己忘记却没有做到。家庭聚会像往常一样气氛愉快，而父亲也没有用直接或间接的方式提到帕加萨里的那天，但我感觉，那份沉默是我的过错在呼吸。我的手指因为酒精而颤抖，控诉方指着我，在回马德里的路上，在我往返的火车上，那列思绪和思考的火车，这次是一列苦涩清醒的列车。

有时真相在我们心里形成一颗引而不发的弹药，需要时间去爆炸。

当我到达马德里，下了火车，沿着站台向车站的出口前进，我看到了十六年前的自己到达这里时肩上背负着所有的梦和幻想。那是一个黯淡无光、忧伤而急促的回忆，不像一个简单、压抑而放弃自我的迹象般跳动，一直到我想开始平静下来。提问题。索求答案。指责。控告。

我坐在车站前厅的一张长凳上，好像那里，就是那里，不是在任何其他地方，在急忙走向各自目的地的人群中，发现了可以解决我不安的标志。当发现真相时，我的清醒没有怜悯：我已经挥霍了生命中关键的岁月，十五年多，所有的青春岁月都在混乱、被误解的傲慢、目标错误的计划和我自身滑稽的庆祝中耽误。一个不可一世的孩子，虽然善良天真，却继续以不负责任的恒心相信某种荣耀的形式将独自到来。与此同时，我暗自相信那个命运的真实，游手好闲，在一个慢性的失败中染上了偶尔的小成就，无足轻重的幻影，它唯一的功能是支撑我的巨大谎言。我逃避了与现实的严肃较量，因为我害怕承认失败有利于癫狂。失败在不祥地前进，于是我允许酒精变成我的陪伴、顾问、参谋和我最重要的朋友，只有它知道该如何证明和论证所有适合我听的真相，还知道我需要它多少次。

曾经指引我梦想的巴黎老照片已经遭遇了不幸的物是人非。在天真的青春里,我看见两个作家与他们的情人;画面中的瓶子虽然是在桌子中央,却只是组成画面的一个元素。然而,不知不觉过了五年,正如摄影的物镜自己关闭一样,那瓶子变得庞大,抢镜成功,直到遮蔽了所有其他事物。未聚焦的快乐小说家、未聚焦的情人、未聚焦的巴黎,颗粒状的、丑陋而原始的黑白引诱者。

在查马丁火车站①的那一刻是一个复杂入口的边界,是一条未来的河流,它丰沛的冰水必须赤裸着身体游过去。几年后我成功了,一个死亡与鲜血的冒险,个中细节值得写一部完整的书,也不应当取代我现在所写的这本书的主角。但今天,在逾越那段黑暗旅程的很久以后,我告诉自己,我是最卑微的冒险者,两次到达马德里这个充满欺骗性的光明之地,一次是 1975 年 12 月,另一次则是 1991 年或 1992 年的圣诞节之后:当"颤抖"的回声在帕加萨里之巅宣读,它们让我看到,我曾经梦想的命运正处在死亡的边缘。

① 查马丁火车站,位于西班牙马德里北部的重要火车站。

在这次火车站复活之始的很久之前,具体是1983年6月13日,那天我满二十五周岁。我利用一个工作聚会的机会,来到了马德里一个僻静的区域,目的是一旦结束会晤,我就坐在一个回程中偶然碰到的、阳光普照而人迹罕至的广场,带着深思熟虑,独自庆祝我生命的第一个二十五年。

我记得自己总是在被强加了自欺欺人的舒适道路上,然后我问自己,我的未来从这里出发将走向哪里,哪里是我的目的地。我相信命运为我而活,而我打算回到2008年6月13日的同一时间、同一个广场、同一张长凳上,那是我满五十岁的那天,我会回顾、总结,相信过去是积极而耀眼的……

我成功了。在我半百的那天,我像一个与人有约的顽童,赶赴与二十五年前的自己约定的聚会。我的生活有幸已经在那时以惊奇的方式发生了改变,可以说好了很多,但2008年6月13日最让人难以忘怀的是,面对过去的自己我感到困惑:不负责任、没有条理、在道德上自杀。

我顺着一个不让自己停下来的力量分析,今天,当这本书已经走向终点时,我来到了这个1983年和2008年已经存在于此的广场。我看它一样的寂静和安宁,就像拍摄之余的电影舞台布景:石头雕成的海豚跃入同一个中央喷泉,恰好与那时的位置一模一样。绝对的静止是一种关于演变的无可争议的方式。就像前两次一样,整个广场属于我。

我坐到其中一张长凳上,对忘记了第一次的长凳在哪里表示遗憾:应该在之前就做某种程度的标记将它指出,至少刮上简单的日期或某个容易辨识的符号。我什么都不做,只是保持安静和放松,任由这个过去的仪式和其支流获得我的信任,坐在我身旁交谈……

为了这些成就,我们一度付出鲜血和灵魂,那些由空洞形成的所谓生命成就丝毫不是现实。所有人都离开了,所有人都将会被遗忘。我将在2033年坐在这里,猜想如果我没有死去的话,那么2083年,如果那可能的话,但我知道是不可能的。然而此时此刻,存在的奇迹完全是独自与我自己待在一起,而我的清醒和内心的平静回忆着我曾经行走和迈出的脚步,这让我感觉是一个真实的成就,虽然也是匆匆过客,只有消散在空气中这一个结局。1983年,我在那张长凳上;2008年,我在那张长凳上;如今我看着我的手放在膝盖上。一个人经历生命中的三次眨眼,三次对于无情水流的仓促快照。

我幻想。因此我是作家,也为此,也是为了这个原因我写了这本书。

我幻想与父亲在一起。不是因为魔力,而是因为我愿意,我看见他出现在广场的一个角落,迈着安静而利落的脚步向我走来,仿佛他意识到要赶赴一个约定的聚会。但这不是我那苍老和九十岁终点前的父亲,也不是在半百巅峰时期的父亲,而是六十几岁的父亲,可能是"颤抖"那天的父亲。他的穿着是他喜欢的样子,所以现在,我的想象也喜欢他这样穿:牛仔裤,两个口袋的衬衫:他挑选衬衫的唯一准则就是有两个口袋可以装眼镜和圆珠笔,这样手就自由了,可以处理任何意外事件，还有完美无缺的黑色系带鞋，他唯一而奇怪的恶习。在他已经退休了之后，有时他下楼去购物，回来就带了双黑色系带鞋子，质量上乘，价格昂贵，排列在几双又好又贵的黑带鞋旁，也许是三四双有光泽的鞋，它们几乎一样，被保存在衣柜里。

“应该要有双好鞋。”当我们对他的怪癖感到奇怪时，他这样说道。然后他立刻问我们，我的弟弟或者我，问我们是不是喜欢其中一双：“如果你喜欢，我就送给你。”他坚持道。

完美黑带鞋的幽灵坐在我的身边，腿交叉着。

“怎么样？”他说，好像不是来自死亡，而是从买面包处回来。

我没有跟他兜圈子，在无意识的行为中没有铺垫也没有礼貌，无意识不会提到那天很热。

“你从未向我讲述你在马德里的生活是怎样的。连你待了多长时间都没有，也没有如何和以何种方式决定回毕尔巴鄂。”

“你从没问过我。”

“确实。我不明白怎么没有问你这个问题。我感觉不可思议，在那么多年里都没有问过你。现在我让你反复思考所有这些，你在哪里散步，在哪个街区生活，坐在哪里聊天，就像现在，还有你每天做什么。”

“对，我也感到奇怪你居然没有问我。我喜欢你问我。”

“现在，我多次认为你可能进过我进入的地方。我进酒吧喝杯咖啡，而当有人给我端上咖啡时，我问自己，是否在你的马德里岁月中，你也进了某间酒吧。或者街道，我走在公主街、格兰大道或福恩卡拉尔时，我问自己，你是否像我现在一样在这些街上漫步过，你散步的时候在想些什么。”

"这个我确实做过。我不记得了,很久以前的事了。我肯定走过公主街。"

"啊,是吗?"

"是的,当我还是士兵的时候,战争已经结束。我们被允许留在兵营,这是他们给我的第一个许可。那天,我和一个朋友一起出门,仿佛那天是世界上最好的节日。我们买了一公斤杏仁糖,一边在那条街上闲逛一边全部吃完。我记得这事,因为我们问自己那位公主是谁,我们感觉奇怪因为没有放上名字,某个公主或哪个公主的。你知道公主街是哪个公主的吗?"

"不知道,事实上我从未问过自己。有时我想象你在蒂尔索德莫利纳广场上抽烟。我现在住在那里。"

"可能我某次到过那里。我不记得了。抽烟,这个会。"

我发现,当幻想来自我的头脑,我只能得到事先已有的信息。父亲不记得,因为我不知道那些我从未问过他的事情。相反,公主街的趣事他已经讲述过,在某个圣诞节的杏仁糖时间。我无能为力地望着他,同时又是亲切温柔的。

"你记得布宜诺斯艾利斯吗?你曾经在布宜诺斯艾利斯为所欲为。你不久前这么说过。但我确定你指的是马德里。你的那句话一直在我脑中挥之不去,那段时期你往返于这座城市,不知道你的生命将会如何。在马德里为所欲为。与我一样。我也这么做。我们在马德里为所欲为。好的为所欲为。"

"好的为所欲为,年轻人。"他肯定地望着我的眼睛,"当你年轻时,一切都很好。"

他保持沉默看向前方。好几次他都看到远海的海豚,活泼有活力的,海豚和他。

“我也应该问你一些事情的。”他突然对我说道。

我提高警惕，也许是词语“颤抖”的回声。

“比如，哪个？”我问他。

“事情……许多，我不知道，所有类型……”

但他没有提及任何事情，又一次沉默了。我理解，这是因为我的幻想之盒被封印住了。

“有些事让我吃惊。”他说道。我又绷紧了自己。

“什么？”

“在这本书里你只说关于我好的方面，没有说任何坏的方面。”

“那是因为我不了解任何坏的方面。”

确实，虽然我试图去了解，但我没能在记忆中发现关于我父亲的任何负面信息。当然，我知道在他生命中应该有许多阴暗面，就像所有人一样。但我不了解它们。

“对！”他突然说道，就好像听到了我的心声，“正是那样！黑暗。我喜欢我们长久而广泛地谈论这个，虽然只有一次。我的黑暗。顺便，我们能够谈谈你的黑暗。我也不知道你的阴暗面。我能做的一切就是想象你继承了我的一些阴暗面。”

看起来他不再说任何事了，连表情都没有。可能发生在秘密身上最好的事就是不要泄露。突然，我的父亲微笑着，带着一点调皮。

“你喜欢吃煮鱼吗？”他出其不意地问道。

“什么？煮鱼？”

“是煮鱼。一块烹制的大而白的鱼肉，没有刺。因为刺的过错，我从不喜欢鱼。但在我生命的最后一个港口里，我吃了一条没有刺的鱼，我依然记得。我们船上的一些同伴一起去一家港口边的餐馆,然后我们品尝了那种鱼,那里的特色菜。他们不喜欢,说是很普通,粗糙的口感,与我们的醉酒毫无关系。但对我而言是一样的,我没有好的味觉。如果知道没有刺,我就喜欢嚼鱼片,就像吃一大块里脊肉,只不过是鱼肉,我很喜欢。第二天,我船员生活的最后一天,在回家之前,我逃离了同伴,因为他们已经预定了一家好的餐馆,而我独自坐在一张面对港口的大窗户旁的桌子上吃饭。我要了那份鱼,我边吃鱼边望海,想着:那里,正是那里,我的船员生活结束了。大海悲伤而美丽。一个毕尔巴鄂穷孩子,吃着没有刺的鱼,在那个面向蒙巴萨港口的大窗户里。我不知道有没有对你说过那是蒙巴萨港。"

"没有,你现在才说。你最后的港口?"

"蒙巴萨港。"他赞同,"在肯尼亚。一个巨大的港口,那时是非洲最大的港口。它在一座岛上。港口和城市。一座岛通过桥产生分支伸向陆地。一个在大陆上的有分支的岛屿,谁会这么说,就像大海将它带走,而有人铺设了桥形电缆。我在那里坐着,面朝大窗,我自问是否是陆地为了岛屿不离开,或是岛屿自己不愿离开,所以想铺设这些缆绳。然而我吃完了鱼,我走了。蒙巴萨,是的。在我的履历中。似乎是谎言,作为小说家,你如此喜欢那些日期,你没有为了我最后的旅行问它们的巧合之处。你不觉得吗?"

他站起来。

"我走了。"他说道。

我没有起身,我不想告别,也不需要吻或拥抱。归根结底,这没有发生。

"现在你的手指不抖了。"

"不抖了。已经不抖了。"

他又笑了,离开了,与他来的时候一样波澜不惊。一个经过马德里的无名过客,我甚至看到他停在橱窗前。他确实已经去世,但却停下来,看了看几把钳子或一把螺丝刀,或一双鞋。

我的父亲和我:在马德里为所欲为,杰出和漂亮的恶棍。我冒昧地用这些形容词,因为在思绪里一个人可能是极尽无耻之能事的。光辉的恶棍。年轻、帅气、强大、虚弱、不可战胜。梦想者。梦想者而不是年轻人。青春是不可能被避免或被决定的。相反,梦想是意愿的自由行为。

我们生命中最美好的:当我们走在阴暗和梦想的边缘时,我们在马德里为所欲为。

当 2033 年 6 月 13 日,我再一次来坐这张凳子的时候,我会思考这些。

在马德里至毕尔巴鄂火车上的事故。

我们以每小时两百公里的速度完全放松地旅行。我们舒适而安稳，没有感觉到疯狂的速度，它被耳机里的音乐或屏幕里的电影所掩盖，也因为之前实现过的无数次旅行的习惯。然而，被人类驯服的物理学没有阻止一阵气流，命运的恰好一推，能够推倒一列火车。

这次我驶向毕尔巴鄂，忧郁的感觉围绕着我，因为几天后，我们就要去把房子交给新主人了。在几年间，我已经与总有一天是最后一次关门的想法和平共处了，再也不会来了，将会是明天，或后天。因为那个急迫的情况，我决定最后一次登上帕加萨里山，从开始写作时，我就想将它定为这本书的结局，就是我现在正在写的最后几句话。这本书的最后一个词应该是在家里写的。终结的那个词，句号前的最后一个字母，不管它是什么，写下它应该是我们家庭在这个地方的最后行动。我将写这个词，关掉电脑，合上写字台，我将取出门边已经打包好的最少的行李，插进钥匙，关上门。

讲述，关门。

我在思考关于这个结局的乱麻时，一个白发苍苍的人，以丝绸一般的方式在车厢走道里前进，朝向我。我暂停帮助我避世的音乐，取出耳中的小耳机。

“车厢里有医生吗？”他对我说。他来问所有旅客这个问题。

我摇头否认，列车员继续他的路，重复那个问题。我回到我的音乐，那时我发觉车在铁路中间停了下来，与任何一个车站都相距甚远。其他乘客也发现了这点，在自己的座位上变得不安。一些男人和一个女人，他们都不是火车上的工作人员，穿过走道向列车尾部走去。像他们一样，我也开始不安。现在已经没有人再沉浸在一分钟前还牢牢吸住他们的小世界里了。如果发生异常，一个集体警报会自动响起；而我们车厢的警报从几秒钟之前就响了，虽然粗看什么也没有发生。流言开始不胫而走：火车已经跳离了水平面，机器口从侧面撞击，几乎是一个摩擦，我们不能够知道是事故还是自杀，那个时刻的那辆车刚刚穿过铁轨。在我的座位上没有感受到任何奇怪的震动，火车能够轻柔地刹车，因此一切都活着如同一场趣闻，主要的后果就是我们会晚点。但是，除了那个汽车驾驶员可能遭受的伤害以外，也许后来我们会惊讶于他竟然毫发无损，如果那阵风被命运的最小推力改变方向，火车就会发生事故。这件事已经属于我们所有人的生平经历。刚与惊魂一刻如此靠近，我们的目光现在已经如释重负但仍然不安，无言的问题通过表情相互碰撞：如果列车在十分之一秒前穿过铁轨，或者火车已经到达关键点，只要以再高一点的速度，那么会发生什么呢。

我可能已经在一个愚蠢的事故中丧命，这本书在离结尾还有几页时会随我一起死去。在剩下的旅途中，列车立刻恢复了正常，虽然因为延误，等车到站应该已是深夜。我问自己为什么这个想法会让我如此恐惧。对于任何一个未结束的生命,我们不说是不是自己的,以及任何一本未完成的书,这样的恐惧是该更严重还是应该就这样,或似乎该更严重或似乎本应当如此。面对死亡,没有重要的书。事实上虽然残酷,但是面对死亡也没有重要的生命。我分析了焦虑,然后决定阐述一番,我明白,如果死去的时候这本书未完成,我将没法实现我与垂死父亲的约定。我们要一起写这本书。事实上,我在我的身旁感受到他在场,像往常一样遵守诺言。未完成的书,没有人会从我的电脑中把它解救出来,它漂浮着如同一个没有闭合的圈,一个游荡的 word 文档,如一艘时间之夜里的幽灵船。死亡给我和父亲这本书。死亡从我们身上将它带走。

下火车时,我就像所有的旅客一样看到车口上金属薄板中的一块几乎从架子上脱落。许多人用手机拍照,我想第二天其中某张照片将在报纸上看到,但不是这样。死亡隐藏身份飞越我们,没有标题。

夜晚房子的画面也让我焦虑。在这些年里,每次旅行后到达毕尔巴鄂,在我按下大门的门铃并上楼之前,我会在街上耽搁一刻,观察可辨认的露台栅栏,告别并重新出发时我也会以相同的方式。在几十年里,那个无法解释的护身符呈三角形,可以在栏杆上看到,就像一座山一样精确而不可置换,带着同样的漠然迎接我和告别我,与我起伏的精神状态对比鲜明,分别是我最高昂和最低谷的时刻。栏杆总是比我强壮、比我结实。然而,黑暗已经多次将栏杆包围,现在还向它提供了一股疼痛而无依无靠的空气。由于黑暗,那些陈旧的铁画与其说是被看见的,不如说主要是被直觉感受到的,让人联想到一只蜷曲或重伤的动物,在它之后猜出依然由于夜晚而模糊不清的家的外在。它沉默的平静让我觉得像死亡的房间。我打开大门,按了电梯,我知道自己关于没有发生的火车事故的思考是那些感觉的序言,事实上,当我将钥匙插入锁芯并且打开门的时候,我也有了火车上的感觉。密闭空间里木头的气味,那是永远忘不掉的同一个味道,来自遥远的夏天,那时我从莱克蒂奥独自一人回来,在这个城市待上几天。那个欢天喜地的冒险气息在我心里转变为有时会与恐惧相混淆的寒冷。我打开走廊的灯。我没有好转,它也没有给我胆量。我安好了电脑,就好像这是一个医学处方。我将它放在我写作的桌子上。桌子是这巨大的房子里我使用的四样东西之一。其他三样是床、淋浴喷头和咖啡机。除了这些地方,我连灯都不开。“我检验光谱纸。”我对自己说。这应该是我最后一次到家里来了。当结束这本书后,我们将把它交给买家。明天,后天……已经有一只钟在倒计时。

毕尔巴鄂的终结。

我躺在露台中央，这里已完全空了，这是五十六年前我出生之地的露台。

现在是黎明前的分钟，黑暗离去。我看着它离开。

我在这里躺了两个小时。全神贯注，被吸引。地面的僵硬不会让我不舒服，地砖的清凉最终与我的皮肤合并。大约在清晨三点，我踮着脚尖离开，那是谨慎的安静，好像害怕惊扰了黑夜。

不久前我在同一个地方：在露台的旧铁桌旁面对电脑。那是一个安宁的周日早晨，我在写作，我父亲还活着。

那天我写下的话，当时已经被我认定作为这本书的开篇：在旁边的房间里，我的父亲弥留，他的垂死是一切的中心，宇宙挂上了最终呼吸的线。每隔少许时间，我就停止敲击键盘，听一听这个耗尽的呼啸声。它预示着终结，证明生命坚持在延续。父亲和我好像是这个缄默世界的唯一居民，为了对抗他的安静，我们放上了犹豫呼吸的阴影，还有我的手指在键盘上发生虽然很轻的摩擦。每次按键前后我都迟疑。键盘疼痛。每个字母都要用到，好像是从零开始学习字母表。

但现在，夜晚已经带走了那份回忆，唤起了我父亲的灵魂，让它在这里列队，在这些不能看见我的星星下，在幽灵旁。

所有在这个家里生活过的人的幽灵都很重要，他们在世时经过这个露台，带着他们的恐惧、渴望、阴暗和爱情。我重新讲述他们，我幻想着自己在他们中间，虽然我暂时还活着。我召集了那些著名的缺席者。年轻时，在毕尔巴鄂的我的青少年时期，我梦到电影，我觉得能够在这个露台上制作一部完整的电影，只要在露台上，一刻也不用进家里，虽然有可能会拍到从露台上看到的城市的街道和拐角。几年后，我知道埃托雷·斯科拉①制作了一部电影名叫《草坪》，我想策划的可能是同一个：一段家庭生活只用发生在露台上的场景展示。为了不废弃我的幻想，我拒绝看它。我记得我试图不理会它，斯科拉的电影将会很容易地找到一些陌生演员，但不可能出现加斯曼、特兰蒂尼昂或桑德雷莉②。后来我听说这部电影有了另外的策划，于是我想，也许现在可以看看了，我将它写在小说结束后要做的事情清单中。

电影、小说、戏剧或最终被我选择的形式都是为了叙述我的露台，它的开头不曾随着时间而改变。

某个上午，我想象是阳光明媚的一天，1912 年末或 1913 年初，我的外公外婆，那时是二十来岁的伊莎贝尔·戈蒂埃和何塞·阿蒙多，他们生命中第一次来到这个露台，这个家是他们 1912 年 12 月在马赛举行婚礼后租的。我想到，从我外婆到我母亲，她们每次用讲故事的方式不断扩大家庭秘史，而多亏了这份“劫掠”许可，我自己现在能通过重复秘史的内容虚

---

① 埃托雷·斯科拉（1931—2016），意大利导演、编剧，代表作有 1980 年上映的剧情片《草坪》。

② 维托里奥·加斯曼（1922—2000），意大利演员；让·路易·特兰蒂尼昂（1930—　），法国演员；斯蒂芬尼娅·桑德雷莉（1946—　），意大利演员，三人均与埃托雷·斯科拉有过合作。

构一些场景。我的外婆是来自皮埃蒙特①的意大利人,在她很小的时候就举家搬到了法国。当注意到命运已经将她的婚礼定在1912年的12月12日,不折不扣的12-12-12,于是在典礼前几天,她请马赛的牧师为她在中午12点证婚,牧师同意了。12-12-12-12。据我所知,那个醒目而有点强制的巧合并没有给这对年轻的伴侣带来任何奇迹,也许,我现在的叙述就是这组神秘数字在大约三万七千天以后的唯一命运。我的外婆,在她的婚礼后六十年,成为了我看到的第一具遗体,但是她从以前开始就让我产生了一个某天想要实现的幻想。我去皮埃蒙特旅行,去她的母亲、科塔法瓦女士应该住过的村庄,追踪她们家房子的踪迹。如果可能,我会走向那个家,一旦面对大门,我会试图"目睹"戈蒂埃·科塔法瓦家族向法国进发,那是十九世纪末的几年间,可能是1896年或1899年。在回来之前,我停下脚步问自己,小伊莎贝尔是否回去看过那个家,也许是带着忧伤走向到当时为止仍是她家的地方;或者,她是否感到某种对将来的特别不安会降临到自己身上,仿佛即将到来的世纪初叶,对于数百万之众而言都是共同、不确定而悲伤的界线。

当你进入新家时,会以特殊的方式受到启发,你将在这里生活很长一段时间,在这期间你要试图让自己变得快乐,而我,总是想象着外婆探出身到露台,第一次让快乐充满她的肺。我保证在这个星空的夜晚,当时钟完成它的期限,我将做的最后一件事就是从这个连接毕尔巴鄂的露台探出身去,靠在比我还老的旧栏杆上,这里的一切都比我老,而我将关上外婆在1912年开启的循环……我也有了灵感,虽然谁知道有什

① 皮埃蒙特,意大利西北部的大区,首府是都灵。

么感觉;然后,带着我所能做到的一切柔软,我将让肺里的空气离开,以所有在这里目睹自己生命经过的幽灵之名。

然后我离开,不再回来。

但生活曾经在此,而且曾经就是它。

露台,我们的舞台;栏杆,面对大看台,就像一场与我们的表演平行的戏剧表演,几十年里城市的生命流过。

有一个情景从我记事起就一直陪伴我。我记住它是在我听母亲第一次讲述的那天,我被深深吸引,于是,在我成功电影人的必然将来里,当我着手讲述1937年6月毕尔巴鄂在内战中沦陷的史诗时,就会复制那个情景:那时我母亲十五岁,我猜想,战争对于她——一个虽然父亲信仰社会主义,但可能缺乏政治标准的小女孩而言,是一团威胁的星云,会突然引发戏剧化的结果:她的两个哥哥被征召入伍打仗,其中一个严重受伤,但奇迹般地康复了;敌人的飞机出现在山峦上空,听到警报汽笛声之后,她和她的父母以及邻居们不得不从楼梯上跑下去直到附近的防空洞,直到飞机投下炸弹离开后,所有人才能够回家。其中一次从防空洞里回来,他们看到在我们家旁边、墙挨着墙的五层楼房已经消失不见。因为惊恐而无法重来的命运,一颗炸弹飞进屋顶,然后从梯子的空当里落下,带着精确到毫米的干脆在恰好能让房子倒塌的地上爆炸,像是最好的专家在长期准备过后摧毁的那样。我的母亲总问,如果在它开始降落的时候,一阵微风的袭击将炸弹的路线移动一厘米,爆炸就可能摧毁我们的房屋,那么我们所有人将会怎样?也许她就不会认识父亲,也许我和我的弟弟妹妹就不会出生。一定不会。我将不会写这本书,也没有其他书。从庞杂的事件大全中,让我坐下来写作和敲击现在这句话的微风袭击绝对不是无足轻重的,哪怕在1937年的春天或夏天,它最终没有在毕尔巴鄂的天空发生。

1937年6月19日毕尔巴鄂沦陷。佛朗哥的军队占领了被征服的城市，那个十五岁的好记性女孩将手肘支在栏杆上，她记得那个画面：一辆法西斯的坦克上坡，傲慢的红色和金黄色旗被挂在炮台某个临时做成的桅杆上迎风招展；与此同时，在坦克的后部挂着一面如同可怜旧布的共和国国旗，破碎而肮脏的旗子被疼痛地拖着在城市的街道，带着捍卫它的年轻人的鲜血。

我从没有拍摄过刚刚写下的画面，但我总是有中邪般的幻想：就在这个时间，当我的母亲用她十五岁的眼睛目睹这幅画面，我的父亲，共和国士兵，比她大几岁，为了摆脱战胜者逃跑。也许几小时之前，他已经经过了那个门厅，当然，并没有怀疑那里将是几年后他的家；还有某天成了这晚我在星空下召唤的幽灵。而现在，拂晓已经探身，星星一颗一颗消散。

是那时，是现在，我理解到自己不想结束这本书。我只想写这本书。

结束。写作。

在两个动词之间是我经历过的全部生活。

我写的东西听起来很安静，虽然不是任何一个安静，而是四十年前在我的想象中听到的安静：面对与我现在写作的同一张桌子，想象我作为光荣的电影人和享受生活之人的未来。这本书里也有色彩，至少对我来说是这样。所有的书都有色彩，在所有诚意创作的书中，词语和环境的融合就能在每个读者心中产生独一无二的视觉感受，随着页数增加，渐渐结晶为一个颜色，总体上只有一个，某些情况下是两个，颜色或颜色们，在成为现实之前应当在作者的脑中。当有人问我，为了写自己的第一部小说应该做什么。我告诉他，思考这本书的色彩。他们经常绝望地看着我,直至感到被侮辱,因为他们认为这是一个笑话。但这是事实,所有的书在存在之前都有创作之人分配的秘密颜色。对我而言,颜色是否能传递不重要,我认为,这本书是天蓝色的,某个孤单而平静之地纯净的夏季天空。

可能是帕加萨里的山顶。

现在,我在那里,就在那里,全神贯注在蓝色的书里。奇异地远离所有恐惧。

因为我谈到了时间,因为时间已经窥探,所以是时候完成我的承诺了:当这个家的最后时刻来临,讲述那两块要求在书里露脸的手表。

两块都有一段故事要讲述。

两块都有各自的生命。

第一块是,现在依然是世界上最好的手表。

第二块是最坏的。

世界上最好的手表是一块又旧又破的“精工①”:黑色球面玻璃,金属镀银皮带,指针停在十一点四十一分,我不知道是上午还是晚上,也不知道它是哪一天停的,不过无疑是许多年前了;也许它最后的时刻发生在2001年或2002年。它停下,死去。尽管如此,我将它保存在一个密封的盒子里免遭铁锈和触手可及的世界上的其他邪恶。它是,我已经说过,世界上最好的手表。

有一天,父亲的手腕上戴着它出现了,那时我的弟弟妹妹和我还小,看着一块好像注定成为传奇的手表。另一个符合逻辑的想法是,手表是一个国际间谍在贝鲁特所购,根据父亲

① 精工,日本手表品牌。

对我们说的话，就是在一个他隐去不说的危险关头买的。手表可以潜水使用，不需要上发条，因为那是不折不扣的自动表，随着持有者的心跳充电。旁边是一支子弹头笔，是那个出现在电影里的詹姆斯·邦德所带，太愚蠢了。有时他把手表借给我，为了能将它保留在我的手上，甚至在某个场合紧紧系在手腕上，我成为了壮举和英雄行为的作者。

总是在父亲手腕上的那块手表是在贝鲁特买的，目的是走遍半个世界后，在 1971 年的圣诞节，与毕尔巴鄂的世界上最好的手表宿命相遇。

在那个节日之前，我是学校骚扰的受害者，不过我是在许多年以后才知道该如何定义那种行为的。至多应该只是轻微的困扰，可是因为少年时代的不确定和恐惧而让我感到不安。但没有人能够讨论一个受害者，任何一个骚扰的任何受害者，任何暴力的任何受害者，是否有权去分类所有主观上遭受的痛苦程度。

那个时期，面对最小的刺激，我的脸都会以最丑的方式变红，自己皮肤的背叛就像一个持续的威胁和最糟糕的折磨。正好坐在我后面的同学，他的名字和脸没有被时间完全抹去，他观察到了这个问题，幸灾乐祸地不断提醒我，让我产生焦虑、确定的无助和各种各样的恐惧。我不知道自己得罪了什么幽灵，它们粗暴的诅咒以奇怪而冒犯的语气演绎出来，还带着某种我不知道如何识别的性欲本质，但我确实明白的是，它受够了在我背后悄声说话，在我想到涂药膏前，用最轻的方式展示我的弱点，让人觉察到我的脸会如何立刻燃烧。“红”是个可恶的词，不可辨明方式的荒谬之词，它不管周围的环境是宣布还是简单的建议就从内部破坏。敌人的武器如此强有力，于是面对它那让我遭受有罪沉默的任性，我的内心分泌出一种非自愿的屈从。现在,某种程度上要感谢那个名字和脸还没被时间完全抹去的同学,我明白了与我们的亲密之人分享压迫自己的焦虑是开始战胜它们的一种方式。我问自己,如果所有这些在很久以前就成为纯粹的轶事,那么今天,我最爱的颜色就是红,也许因为那是胜利的颜色。但当时,我只知道用顽固的沉默抵抗攻击,内心痛苦不已。我记得那些天察觉到面对突如其来的庞杂而永恒的绝望时我的瘫痪和崩溃;在我想象的祭坛脚边充满痛苦,为我同学的意图增加复杂精密的邪恶本质,其实几乎可以确定,那不过是残忍小发现带来的原始快乐。那种煎熬,除了恐怖,还让我产生剧烈的憎恶,那程度现在让我感觉失控,但在那一刻无疑是真实的。

那个假期就在那样的情况下来临了。巧合的是,这次轮到父亲留在我们都在的家里。他从不来梅来,穿越了大西洋和那个如此遥远的巴拿马海峡;我,从几百米远的残忍而如此近的学校来,是恐惧恶语的永恒奴隶。这次他的假期很短,下次旅行是 1972 年 1 月 10 日去里斯本,再从那里上船至马拉开波。就是那个 1 月 10 日,第二学期的课程开始了,节日之后我到学校任由担心摆布,虽然也相信,两周的假期已经足够让我的原始刽子手转移注意力。不是这样的。相反,他觉得圣诞节期间正好可以为了与我重逢而训练一番。恐怖与更新的实力一同出现,而我明白,这一切中最糟糕的是,他的统治意志里含有针对我的绝对下流。因此,那个焦虑的第一天我在饭点回家,屈从于带着恒心的绝望。现在在讲述的时候,我感觉很有幽默感,但那时,纯粹而真实的紧迫感能够将我摧毁。我不记得那个时刻,也不知道我自己是沉默地吃饭或用假装的欢乐交谈,以掩饰我的气馁。我只记得当我重新离开去学校时,我向父亲告别,因为他的飞机在一会儿之后要离开，当我再回去的时候，他就不在了。对于他即将缺席的确认以一种陌生而意外的方式感动我，仿佛这事情之前从未发生过。我因为彼此恐惧，在相遇和告别时给他两个温和的吻，而因为彼此恐惧，他大概感到粗暴的冷淡，我感受到冲动而去拥抱他。我记得，仿佛我希望他不要离开，我记得拥抱就好像是现在有力而跳跃地流动着，一个美丽而真实的拥抱，他应该与我一样，感到同样的纯净。当然，我也历历在目，当我们分开后，他望着我，带着某种惊愕，或者可能是质疑。那秒的眼神持续了很久，哪怕说现在依然在持续也不为过。我不知道那时他内心的情感发生了什么波动，但他带着往常的坚定声线说：

"拿着。"

他从手腕上摘下手表，递给我。我一直记得几年之前他摘下手表交给我的表情，但在我们的拥抱后，已经没有空间留给孩子之间的游戏了，已经没了。我默默地看着他，带着轻微的茫然。

"给你的。"他说，"作为我没有在三王节送给你的礼物……"

我不记得自己的回答，也不记得之后发生了什么。这些也不是特别重要。我想多亏了那个黑色球面的盔甲，为了保护我以意外的方式出现，我重新回到学校时充满勇气，而刽子手的攻击将渐渐变弱失去动力，如同他自己一般，变成一个仅仅是我能选择不去点名的名字。重要的是手表，多亏了 1972 年 1 月偶然的意外旋涡，那是我们第一次共同对抗彼此恐惧并取得胜利，突然，在电影和俄国革命的帮助下，在其他越来越多的盟友之间，我们将开始相互依存。

我们那个作用甚大的拥抱发生在同一个地方，就是同一个，字面上的意思，在电话的托座旁：在那里，当时我看见父亲在门槛旁站着，我作为一个小孩子，为了想象另外一种属于自己的恐惧而太过惊恐，也因为年纪太小而正在爆发关于海啸的想法，于是提问，那个站在门旁的人是谁。同一个人在同一扇门旁边，几乎正好是十二年以后，他送给我他的手表。从那刻起直至现在，它一直是世上最好的手表。

我不知道第二块世上最坏的手表，是否能被认为比第一块表更重要，确定的是，这块更疼痛。

它的到来与第一块手表相同，尽管从一开始就代表了完全不同的世界。父亲从他的一次旅行中带来，大约在二十世纪七十年代中期，但不是在一个港口买的。请允许我的脑海编织故事，我认为来自某个机场的免税店。父亲买下它作为投资，以防某天不得不面对一个不好的时代。手表总是放在他的床头柜里，显得强大而耀眼，一个黄色而美丽的金球向北延伸，向南通过宽而重的金表带系紧在手腕上。我的父亲丝毫不铺张，从不炫耀它，从来不戴到街上。它就在那里，靠近他睡觉的地方，像一名看守一样坚定而警觉，或是一份生活的保险。那块手表代表了不管好坏的钱，钱的权力。我们的生命过了很久才明白，成为富人仅仅在于不要一直想着钱，总体而言，直到那样的理解出现之前，我们会在不可挽回的情况下莽撞行事。不说远的，我就这么做了。

那些年，我从来没有毕尔巴鄂家的钥匙。每次到家后按下大门的门铃，上楼放下书包，然后立刻去我父亲的床头柜，从那里拿那串备用钥匙。金表就在那里，我认为甚至恰好是同一个位置，好像它不可能被移动，或没有人胆敢触碰它。

其中一次与第一块手表的情形一样，在某个圣诞假期，我在漫长的离家之后到达毕尔巴鄂，按响大门的门铃，上楼放下行李，走向我父亲的床头柜取备用钥匙。

手表不在了。

那段时期我正经历着更严重的问题，这也自然意味着，就像几乎所有问题都会涉及的一样，一个巨大的经济困扰。我坐在床头柜旁父母的床上，在父亲这一侧，看着空荡荡的抽屉，我想象着为了帮助我，手表已经被卖掉。那就是我生命中最困难时期的一次写照，我的脚步没有方向地游荡直到留下尖尖的痕迹，高风险而已经失败的马德里之梦。如果那件事发生过，我今天将会自然地问起那块手表。但当时我不能这么做。我走到桌子旁，与父母边吃边聊，为了避免痛苦的真实总是彬彬有礼地掩饰自己，比如那些月是如何度过的，我如何经历风霜……在那天和接下来的日子里，我试图在父亲或他的话语中发现最细微的对他手表命运的责备信号。并没有。我从未问他，他也从来没说。

我不知道哪块手表更重要，只是它们都与我在一起。

第一块，指针停在十一点四十一分，我不知道是许多年前的哪个白昼或哪个黑夜，就这样永远留在我的床头柜里。第二块，自由生活在我迷茫的深处。

我终于成功登上了帕加萨里。

今天上午，片刻之前。

但我不是一个人。

我觉得应该接受外甥女伊蕾娜的提议，她自告奋勇来陪我。我告诉自己已经有某种星体的正义和看不见的秩序。当父亲还在被2009年的手术所困时，他在医院里告诉我他几乎康复了，并且想和我一起去爬帕加萨里，我用那句话作为这本书的开头，甚至给出线索，提示了关于他的自然结局，当时只有伊蕾娜在我身边。如果有人能够来，那就是她。

她很了解山，对我而言她的陪伴非常有利。独自上山的话，关于道路偶然的分支将会阻碍我任凭记忆拖拽的目的。事实上，真实和我的记忆里有不同的帕加萨里。

我几乎完全不熟悉所有的拐角，而最终到达的山顶也反驳了几乎所有回忆中那么多次提到的它。山巅不是我的山巅，那里有为了行人休息或恢复体力的桌子和长凳，草被照顾得很好，呈现出快乐的绿色，我们上山时见到一匹单独的马，也有两三头吃草的牛。我荒谬地想，看到一头牛疯狂地吃草会让人不安。在一边平坦宽阔的空间里，有个一直存在的露天茶座，我的童年时那里卖冷饮，面对突如其来的阵雨是休息点或庇护所。我不记得那个露天茶座在那个地方了,更不要说它是否存在过。但我的推测,以及伊蕾娜向我证实了这点,可能是以前的那个古老建筑随着时间焕然一新,无疑是由不同的人管理的。我的父母在六十年前相识于此。

我的母亲以她的方式讲述两人结婚五十周年的纪念日。之前她从未这样做过:

“1952 年的一个下午,我和朋友们去登山,我们走进了露天茶座。两群男孩在不同的桌子上,一些在进门的左手边,另一些在右边,我要求一个朋友选她最喜欢的一群人。她选了左边的桌子。那里有你们的父亲。我们说……直到今天。”

她用这样的省略版本压缩了半个世纪的婚姻外加五年多的恋爱关系。

“如果我的朋友,”她补充道,因为完全诚实而带有一些抽象的恐怖,“选择了右边的桌子,你和你的弟弟妹妹就不存在了。而我的生活……会是怎样的呢?”

我的弟弟妹妹和我从不知道那个关键的同谋女人的名字和命运,就是她通过一次选择,改变了我们的存在。当然,现在没有她的痕迹,也没有她的幽灵。但是,整部家庭传说以及伊蕾娜和我,还有与我们任何人相比不那么重要的这本书就可能在那么多年内荡然无存,或者还未经历,单是这样的想法就一次又一次地抓住我:在这个朴素的屋顶下,一个父母之间的眼神交汇。最后,总是命运的微风。

但此外,我的弟弟妹妹和我也仅仅是带着问号的孩子。在他们第一次单独的正式约会前夕,父亲已经在朋友的陪伴下出来闲逛了几周或几个月,那天,他问母亲,是否可以在第二天经过她家时接她一起散步,大概在下午七点。

“他带着询问的口吻。”她提到这件事时说得很详细,“他说他尊重我的想法，应该说是关于单独与他待在一起的想法。如果他带着肯定的语气，以高傲的方式企图将他的意愿强加于我，我会跟他说不。在那个情况下你们三个中的任何一个都不会存在。但因为我看他如此温柔和腼腆，在这里的楼下，在房子的大门口向我提问，害怕我对他说不，此外我也很喜欢他……”

不管是沿着陡峭的上坡还是我试图以最快速度冲下的下坡，我都没有什么突出的成就，也没发现过去的信息。那个处在最直路段中间的小酒吧还在，虽然金属百叶窗紧闭；一个装着面包棒的袋子被人存放在入口旁的椅子上，意味着很快会开门。我也辨认出了那个旧的石头喷泉，水大约在上升途中，像那时一样干涸。我从未喝过这口泉水，也许水不能很好地流过岩石上的小沟渠，或者，就算流过来了，但液体的痕迹太轻，以至于我总是更想喝解渴的清凉饮料，那就是在回程下山的时候在那个小酒吧里喝的。然而，当我处在所有弯道中最宽的那个时，我认出来了，因为从那个点可以更好地看到远处的毕尔巴鄂。而突然间，如同一记耳光，父亲和我在“黎明”的很长时间里走那个弯道的画面出现了，那时候俄国革命第二次发生在这座山上。虽然我依旧不能明白为什么以及为何记忆能如此清晰，我看到我自己问走在身旁的父亲谁是克伦斯基①，他在革命过程中扮演了什么角色。

我与伊蕾娜的交谈中提到了回忆，在攀登这座山时她的和我的回忆。那一刻，当我们与一对年轻情侣相遇时，我们开玩笑，想象着因为某种设想的时间错乱，那个男孩和那个女孩

---

① 亚历山大·弗多洛维奇·克伦斯基(1881—1970)，俄罗斯社会革命党人，“二月革命”的主要领导之一。

是否就是恋爱时期的我的父母,他们最不可能怀疑的就是,我们是他们还未出生的外孙女和儿子,然而,伊蕾娜和我却从家庭的老照片中认出了他们。一张照片展示了他们坐着,带着微笑和放松的表情在道路的一个拐弯处;父亲的手臂揽住母亲的肩膀,同时另一只手握着一根烟。

"没有人,"我在向伊蕾娜评论那张老照片,"在摆姿势的时候想着将来他们的后代会带着忧伤、暂时的深渊和为了之后远离此地飘向虚无的即将关闭的循环看他们。"

"因为那时,"她指出,"所有人的表情都很严肃,带着惊恐。"

在路上,她向我谈论了她的渴望和面对未来的恐惧,与我和父亲谈论我的渴望时一样,与我父母年轻时相互谈论彼此的渴望也一样。犹疑与道路:坏信号,有一天我们终会失去两个中的一个。

伊蕾娜对我的书很有兴趣,从一开始就在问它,尽管对我而言告诉她细节很困难,因为在当时的情况下,连我都不知道该从哪里继续解释。但在我们的登山过程中,所有路都在前方,书也几乎完成,今天,我已经可以用随心所欲而放松的方式告诉她更多事情,那是一场两个缓缓散步的人之间的交谈。

我最没能想象到的是,她有迫使我改变预知结局的信息。

我们交换了趣闻,分享了她带来的瓶装水,我讲述了在我父亲旁经历的情况;她讲了在她外公旁经历的情况。

父亲与她度过了很长时间,还有另外两个孩子,埃琳娜和洪恩。已经成熟的生活用他与孙子辈的共处,弥补他没有看着儿女们一天天长大的缺失。他是一个新手祖父,也是一个孩子般的祖父,一个幸运的祖父,因为这意外的返老还童让他变得快乐而淘气。从洪恩几乎会说话时,他就秘密地教他唱

《国际歌》,后来被发现了,因为只有他可以躲在一个对于土地上下等人的赞歌还太小不能理解,却展现了闻所未闻激情的孩子后面,洪恩会满腔热情地在走廊里起调。

在玩笑和玩笑之间,伊蕾娜也告诉我,父亲送给安娜、路易斯和我一座岛屿。每个孩子一座。

“一座岛?”我带着某种惊讶问道,刚把那瓶水送到嘴边的手停在空中,“给我和我的弟弟妹妹?”

“是的。事实上是三座,一人一座。看起来在墨西哥附近,叫作马里亚斯群岛。一次他的船经过,然后他就想赠予你们一人一座岛。一座给路易斯,一座给安娜,另一座给你。埃琳娜和我问他为什么我们没有。他告诉我们,已经没了,只有三座。那些是你们的。”

履历上没有说他的船停靠过那些岛屿。虽然伊蕾娜很肯定地说,他只是经过它们附近,或者面对它们,这也是事实。

我们已经下坡,在那时候到达了位于道路直段的小酒吧。尽管它关着门,但我们坐在露台的椅子上等它开门。从我的座位向下一百或两百米,可以看到宽阔的弯道,从弯道起城市十分显眼,那是克伦斯基的弯道。

“在其中一座岛上有一座监狱。”伊蕾娜继续回忆道,“我不知道是他编的还是事实。一座监狱里面不需要守卫,因为无人能够逃跑。鲨鱼就是守卫。”

“这样说来,我是一座有监狱的岛的主人。”我带着戏谑的口气重复道,“如果我小时候他向我讲述这个,那我已经创造出多少电影来了啊……”

但他从未对我讲过。没有对我,据我所知也没有对我的弟弟妹妹说过。不过,所有典型的儿童游戏就是这样,除非用特别的方式,不然我们谁也不会再提及。

“一段时间以前，”伊蕾娜继续说道，“有一天我去家附近的书店。书店现在已经关门了。书商知道我是谁，因为他妻子是我母亲的同事。他问我堂莱奥纳多怎么样，他是这么称呼他的。我告诉他，外公已经去世了，他很伤心。”

“他很了解他？”

“那个书商年轻时是水手，就在那艘船上，外公是总机工。看起来如果有人做了某件坏事，他会很生气，然后愤怒地出拳。”

“拳击？和谁？在船上打拳击？”

这个信息比突然知道我是一座岛屿的主人更让我吃惊。送一座岛给某人是思想上的游戏，即便放上伟大的情感。拳击是一个身体行为，需要意志、努力、准备、力量……

“不与任何人。自己独自拳击。在健身房里有一个拳击沙袋，当船已经步入正轨后，在他闲暇之余，他下舱，有时是晚上，然后击打沙袋。他从没跟你们说过？”

“没有，从未有过。你说那位先生现在在书店？”

“他已经退休了。书店关了，我认为他把书店卖了。但如果你想与他聊聊，或许我妈妈有电话。如果没有，她可以问她的同事。”

“要，当然要。我们一下山就去问他。我今天就要给他打电话。”

不耐烦催促着我。远处，一位父亲和少年的儿子走在克伦斯基弯道上。我观察了他们片刻：两人都扭过头来看对方，父亲一边说话一边用手比画，好像是在画一个看不见的球。他们立刻离开了我的视线，好像从未在那里出现，弯道又独自而平静地待在那里，带着某个飘浮在周围的想法。

我的父亲在海上的半夜击打着一个拳击沙袋。我的父亲用拳击对抗大海。

他,就只有他如此行事。

这是帕加萨里等候着我的意外礼物。

突然，老年痴呆用不可辩驳和使人屈服的苗头，证明了似乎它才取得了决定性的胜利。

但只是似乎如此。

那是父亲最后时光的上午，在家里的厨房。

我的父亲坐在一杯茶面前，因为甚至在夏天还包围着他的持续寒冷而低头畏缩，眼神迷失在某个满是悲伤的无法定义的地方，那些日子里，尽管我们的身体还存在，却都已经迷失。我的母亲以她自己年老的慢节奏在厨房里干活，我站着喝咖啡，同时与她聊天。因为两人都患有的耳背而使交谈成为反常，有时令人疲惫，有时又被赋予一个无意为之的笑点。在某种情况下我看见他们之间交谈，每个人带着自己的思路，没有理解，也没有怀疑另一人讲的是另外的事。然而，我观察他们，看到他们很放松，因为这么多年生活在一起，就能明白另一半的单调声响。

我母亲将一盘饼干放在前面，与茶杯一起。看着他吃她很平静，好像当他吃的时候就能保证最后的边界还不曾靠近。

“因为爸爸吃得很欢。”她对我说，“现在他唯一喜欢的东西就是这些饼干了。”

我父亲突然抬起眼。我意识到在他的耳背和缺席之间已经能够挑出一些内容进行理解，仅仅是一个观点，也许甚至是唯一的词。

他看了我几秒。我知道他要说话。他突然提了一个问题：

“爸爸在哪儿？”

我哑口无言，被迷茫中断。我想这是最难的问题，从来没有人问过我。也不可能有一个简单的答案，当然，事实上他也不会等待回答。几秒之后他回到自己的内心。我的母亲没听见。问题飘浮在我的上空，好像一片今天依旧存在的不安疑云。

“爸爸在哪儿？”

我不能想象这是什么意思。我猜想，在一个无关联的瞬间，他跳回自己的童年，询问很久之前就去世的父亲在哪里。他从未和我们谈过自己的父亲，从来没有，连一个叙述也没有，既没有谈过他的父亲，也没有说过他的母亲，也没有他的童年。从来没有。被禁止的想法，不合法。没有任何对他们表示亲切的信号，没有任何庇护的温存。随着岁月，选择被彻底拔除。然而……

“爸爸在哪儿？”

这个问题也许也可以表示他自己的缺席，因为他知道或感受到自己离开那么多次，距离已经在家里要承担的角色很远很远，父亲的角色已经完全在他之外，却在一个全新而黑暗的门槛前，一切都要需要了解，毫无经验。

在最后阶段，一天上午他问自己是否已经死去。我们告诉他没有，他无动于衷。父亲可能花了几天进出死亡的边界，每一次那条线的周围都越来越模糊不清。可能他不太在意死之将至，他无疑是不怕死的。巨大的一课在我面前大呼小叫。

也许对死亡的恐惧只是一个青春的小错误,年岁可以治愈它。

我在另一个与这次十分相近的时刻,可能是同一天,准备乘坐去马德里的火车,走之前我去向他告别。他像往常一样躺在床上,转向右侧,身体面对门,左臂伸向胯部,右臂在头下面像一个枕头,能够弯曲的手臂是面对世界的面具或盾牌。我走近床。四十年前,在同一张床上我已经看到了外婆的遗体,同样平静,面对死亡时丝毫不畏惧。我温顺地坐在垫子上,在他身旁,我靠近,低声对他说我要离开这儿去马德里,几天后回来,我在他脸颊上吻了一下。他没有反应。当他什么也没回答的时候是可怕的,是具有毁灭性的,这确实让我产生了害怕。我起身,在走向走廊之前转身,我望着他:父亲在那里睡着,一动不动像一具死尸,他的胸部依然还在起伏,包裹在一团糟的毯子里,他在毯子里居住,好像那是他的倒数第二层皮肤。过了几秒,我举起张开的手,像一名旅客从出发的船甲板上告别在码头的爱人,我把手左右移动两三次,尽可能缓慢。向他永别的感觉从未如此清晰。

我不知道他看到了什么,也不知道他感觉到了什么。但我知道,突然他以同样的慢速,或增加了某种庄严的本能,用在他脸下面休息的右手献给我同样的手势。两三下。很慢。

再见。

最后或是迫近的最后。但不是所有人面对死亡都会胜利。人类精神有最后的意愿,他的大脑或他的心灵,或两者同时能够实现这些最后的意愿。我可以看到这点。

如果带着父亲的回忆又不留下在清醒遗弃他之前说出的遗言是不公平的。这些话是给母亲的,是为她考虑的。这一点本身就是一部情感小说或一场哲学辩论的主题。但是,与此同时,这些话也邀请人们思考关于会落到我们所有人头上的死亡边界。

因为疾病恶化,我们需要申请护工来看护我的父亲。一个几年前就开始在毕尔巴鄂居住的几内亚义工来到家里,她在老人护理上经验丰富。我在这里不提她的名字,因为我给自己定了规矩,不提家庭核心成员之外任何人的名字。但我感激她,我会永远感激她在工作中的快乐和慷慨。当然,我感谢她,而且我将会永远感谢她这位父亲最后话语的关键信使,没有她,也许那些话就不会到我母亲的耳朵里,也不会到我的耳朵里。有一次,看到她自如地在家,带着一如既往的慷慨高效工作,我就想到在我们还是孩子的时候,看到一个黑人女子在走廊里会是多么具有冲击力。五十几年前的某一天,父亲与一个像他一样的黑人水手同伴一起回来,安娜那时还小,看到他惊恐万分,谁知道她觉察出什么大灾难了呢。

我想提及的时刻发生在最后的医院里,不到几小时后我与父亲的最后相遇就在那里。他已经几乎不说话,就算说,也是不连贯而难以理解的方式。黑人义工那些天去医院,给他带干净的衣服,收拾脏衣服,完成我母亲要求的小嘱托,事实上是没必要的,但她坚持要完成,可能直觉感到以这样的方式,我母亲会感到离自己的伴侣更近了点。其中一次,父亲在病床上半是茫然地用手势叫她。她刚刚整理了衣柜里的干净衣服准备离开,她靠近他。

我父亲对她说:

“告诉特蕾,我非常爱她。非常……”

然而他沉默了。这是他最后的话语。

“所有种族主义者都会被阉割。”几年前他曾如此断言。这句话永远留在我的记忆中。现在旧话重提,给这个场景加上注解,因为我问自己,面对两难境地,即他最后关于爱情的重要信息要通过一个黑人来传递时，一个狂热的种族主义者会怎么做：放弃他钢铁般充满战斗精神而古老的信仰，或放弃在离开前非常重要的遗言。

无论如何，她把这个信息传递给了我的母亲。但母亲每次讲述的新版本里总会添点儿色彩。

"他告诉护工转告我：他爱我，很爱我……'你告诉特蕾，我非常爱她，非常。'"一字不差。然而加了轻微的改动，"他，六十年里从未对我说过，现在对我说了。"

我们试图让她明白，事实上能够大声说出来更重要，那句"我爱你"在一段长久关系的最后说出，比一开始就说要更有意义。她同意了，佯装这个理由没有说服她，但事实上，她深深地以这段故事为傲，过了一会儿她又开始讲述：

"在六十年里，他从未对我说他爱我，唯一的一次，你看看他选了什么时候。"

随着日子和星期流逝，那个共同生活了六十年的最小证明在后续的版本中重新适应和改变。一天我听母亲说，她在安静地等待死亡，她觉得已经到了死的时候。

"我所有的圆圈都封闭了。"她说，"我已经想与他相会了……"

她严肃地说，不是一个固定词组。那时，我看到了父亲最后信息的深远影响，我看到了竭尽他那少许的力气传递的那些话有多重要，这段话没有对其他人说，只对母亲说，没有对其他任何人……

分享的美丽或爱情的美丽是把东西交给对方。这就是幸福的唯一钥匙。父亲不想在结束生命前，来不及用语言表达他对母亲承诺的真实，他传递了这个信息，恰恰是为了她能够从自己的信仰中去诠释它。

如果一个人相信，那么阴间就存在。其他不重要。

“我会在任何我去的地方等你。”

这些话是准备离开的他说出的，对抗因为他的离去而产生的必然孤独。

这将会是对于死亡的胜利吗？

他从街上来，苍老而蹒跚。

鲜红、活力而明亮的血从他开裂的头颅中流出，他的脸弄脏了，血一直滴到衬衫上。

他茫然的眼神看到也没有看到，聚焦在他面前的一个点。

那是一个在市中心的阳光明媚的周日。人们茫然地看着他，某个男孩受到了惊吓。没有人伸出援手。事实是，虽然有血，但似乎不需要帮助。

他不知道自己是谁，但在他出生的城市染血前进。

他的脚步是坚决的，是思想在偏离。

这个时间，安娜和路易斯在家附近酒吧的大窗户前吃着开胃菜。他们突然注意到那个鲜血淋漓的人似乎向他们走来。在一部恐怖电影中会让人不寒而栗，在一个新闻播报中则会指出某地发生了某个严重事件。但在阳光灿烂的平静白天，他似乎是一个没有危害的路人，也许是某个广告的要求。

那时他们觉得他像我们的父亲。然后他们看到，就是我们的父亲。

这场面真实地发生了。

2004 年的一天，他像生命中的许多次一样，独自登上帕加萨里，在道路的拐弯处，他滑倒，跌落，头颅裂开。本能或下意识让他走向家的方向，但击打让他如此茫然，以至于他不知道自己是谁，如同我的弟弟妹妹在帮他的时候所证实。

他渐渐地回归了他的存在。在恢复的日子里，医生鉴定他为正常，他几乎没有离开床，也不想与任何人说话，除了他的外孙女伊蕾娜，她坐在床上，在他身边，能够开始发出单音节的词。在那段康复过程里，他多次用毯子完全盖住自己，保持几小时这样的与世隔绝，一个一动不动的人影在寂静房间的昏暗之中。你不可能没有感受到那样的场面，就像没法不感受家里跳动的核心，经过门前不可能不将目光转向人影，但却没有注意到，在毯子下面发生了一场史诗般的斗争，一个人的思想沉浸在死亡或虚无的风暴中，努力振奋，恢复他记忆、清醒和生命的舵。

我们从不知道他怎么会滑倒跌落，因为他不记得了，但他可能在帕加萨里——那座山与大海和世界一起成为他的第二个家，排在家庭之后——死去。有时，我幻想关于那些事的后续将会是怎么样的。当看到他没有来吃饭，我的母亲将开始不安；大约是下午三四点，有人报警或打电话给这种时候需要求助的对象，为了开始搜寻……如果2004年那天他已经死去，那么他将留下许多要经历、目睹和实践的事情。他八十四岁，但有些老人并不老。

当我走到那古老的书店时想到了这些。它是一个对大海感到厌倦的水手所开。一张广告贴在红色的金属锁上，告知人们此地待售，还有一个电话号码。在我的生命中曾经路过这个橱窗几十次，某些时候已经进去，买了某支圆珠笔或一本笔记本，我的书也在这里卖。当然，我从未想过店主保存了关于我父亲的秘密。

这是一家小店，伊蕾娜向我解释过，但因为社区里的人们来此购买课本和所有其他文具、报刊和小说，因此生意维持得还不赖。

有一幅根本无足轻重的画面出现，就是邻居们总是到这个店买东西，我却突然被深深感动，好像它代表了一段逝去时光的悲伤本质，那是我的幼年和青少年时期，漫步在城市里梦想着有一天会拍摄的电影。现在，毕尔巴鄂的道路上几乎不再有那时的商铺。没有悲剧没有撕裂，只是面对那些被认出来的地方时，我的回忆没有了橱窗。

如果我拨那个电话号码，可能是一个成年男子接听，那是退休的店主。

我会向他解释，我是他妻子的同事的哥哥，然而我直奔主题：

"我知道您。当您还很年轻时，在开书店的很久以前，您在一艘船上工作，那里的总机工就是我的父亲。"

但我没有这么做，一个合理的疑问阻止了我。

我想象了一个见面和之后的漫长交谈，他与我分享了我十分陌生的关于父亲职业的许多轶事，或者关于他们在船上的晚餐或早晨习惯性对话的细节。但所有这些信息会搅乱关键的画面。

远海里的拳击，以及由拳击体现或揭露的真相：

汉利从来不是汉利。汉利从未存在过。汉利是我父亲构思的谎言，为了在这些年里帮助他与彼此恐惧而战。

那个拳击沙袋就是时间扔向海里的漂流瓶。那个水手见到了总机工在击打沙袋，而他正是漂流瓶的第一个持有者。然而水手回到他的城市，开了一家书店，在这之前或之后与一个女人结婚，那个女人接下来会成为那个总机工女儿的同事，这个机工的踪迹已经被遗失却没有被遗忘，直到最后一步或倒数第二步。一天，半个世纪后，店主与妻子同事的女儿说起了对抗沙袋或对抗内心恐惧的那次拳击，伊蕾娜向我绘声绘色地讲述了这点。没有小说能够超越这个命运：一个旧拳击沙袋，通过世界的大海和年岁的鸿沟进行伟大的长途跋涉。

我离开了红色的金属锁，连电话号码也没有记下。我需要的真相已经是我的了。于是我容光焕发，还散发出一种只有我才能理解的情感。

此外，我还记得自己有一个如儿童般还未实现的诺言，那是行将就木的父亲对我做的承诺。最令人陶醉而完整的恶作剧是一个成年人犯下的。父亲希望我将诺言变成现实。

我在口袋里放了一个装有完结小说的优盘。它已经有了书名，叫《父亲岛》。最终，也许因为对我的一生和这段终结的故事亏欠好多的电影的激情，我想给书的最后一段加一个视觉处理：父亲汗涔涔而果敢的脸庞特写，他在船舱里对抗隐藏在沙袋里的看不见的对手。镜头打开，开始抬高，抬高，再抬高，等到了甲板之后抬得更高，直至展现船向大海遥远的心脏开去的画面，推动它的是父亲不可遏制的拳头击打出的卑微的风。

我打算在登上返回马德里的火车之前去某家打印店里打印一本纸质书，拿去做知识产权登记；我感觉有什么在引诱我去称它为“最后的火车”，因为某种程度上就是这样：虽然知道老房子里有一个角落属于我，但是我已经不会再回到这座城市了。在毕尔巴鄂登记这本书也有一个象征意义，现在它被那突如其来的奇思妙想所取代。

我开始攀登帕加萨里。这次是我一人。终于一个人了。

我又想起了那个虚构的汉利。从来没有一个我的主人公反抗我已经写好的小说。我自问，如果明白了这一点，我是不是应该生父亲的气，或以某种方式对他表示愤怒。我考虑过，为了不让自己显得是有预谋地激怒读者，我是否应该将汉利从这本书里去掉。Ha、He 或 Ho：从写作一开始就有的关于他名字的疑云不是因为我记性差，而是因为这个名字从来没有过。总之，他是一本回忆录里虚构的人物，这个从未存在过的人与我生命中的真实主角，包括与我一起分享着书页和记忆……在第一股感情冲动下，我开始删除所有关于他的叙述、关于他身份的猜想和我与他有关的回忆。那是奇怪而真实得不寻常的回忆，我将它们辨认出来，同时毁掉：因为它们鲜活而感人地来自一个从未存在的真实。然而，尽管这是彻头彻尾的谎言，但汉利不折不扣地象征了一个真实之人勇敢无畏的想象……那位水手学习科学出身，珍藏了关于机器和电学的百科全书，然而，他日复一日地努力，旅行复旅行地为了吸引一个与他敌对的小孩而创作故事。“那人是谁？”1960 年 2 月的一个早上我问道。因为这个简单的问题爆发了一场持久的地震，在几年里移动了父亲脚下的土地。因为如果我对他有本能而无理的恐惧，他对我就有着清醒的恐惧。我们两人一起受苦，但他还知道这份苦痛的准确原因。他寻找解决之道，思考解决方法，分析它们，与母亲分享；或者没有，也许没有与她分享，也没有同其他任何人分享，那么那时的汉利计划，野心勃勃而又大胆放肆的汉利实验只是他和我的，这个秘密的分支演练实践，它们都明白，最后的法官将是我童年的任性、脆弱、缺乏安全感和怀疑。我的父亲如此害怕我的轻视，面对我的害怕如此无助，如此让他惊恐，于是他创造了汉利，为了一个几乎不可能但却无法放弃的目标：让我爱他。在这样的情况下，我难道没有权利断言汉利确实存在？我父亲没有这个权利吗？汉利，幻想的人。当父亲带来异国的玩具或糖果，第二天将礼物全部展示出来：寻找拯救的海盗的故事、白色的老虎、从海面直到大海深处的救援，甚至是一份人类陌生的情感，连达尔文也无法发现。汉利：难以置信的作者，不是写作，而是打拳击，在大海健身房的孤独中常胜。汉利：在对抗彼此恐惧的战役中，为了我们活着而牺牲的英雄。汉利：在我父亲的心脏里跳动。汉利：我的父亲。

山顶空无一人。脚下是宁静的毕尔巴鄂。安静的城市看着父亲和孩子们年复一年地经过，从这座山的山顶欣赏自己。他们在观察这座城市，他们会观察这座城市。所有人我都不在乎。只有父亲与我。

他在这里，在我身边。所有的写作过程里他都在。面对死亡他做过承诺，或者我感觉他这样承诺过。其他任何事都不重要。现在我知道他要离开了。这就是约定。

“你再帮我一次。你用这本书帮我。”

写作是为了自己，也是以不同寻常的方式为了另一个具体的人。这本是给他的，属于他的。我希望他读这本书，然后我们就能谈谈我们从未谈论过的事。问题就在这里。所有的，几乎所有的问题。没有回答。一个都没有。永远不会有。

“人类的第八种情感确实存在！”我高声说，好像用言语表达我的思想可能会以某种方式让他听见。

在所有我想告诉他的事情中，我不知道为什么自己会选择这个。也许因为那是他最后的遗产：当我们互相抓住手时，那张抽搐的脸不能讲话。第八种情感：死亡，每张脸在面对死亡时采用的表情。唯一而互不相同的表情,如此之多就像人类从时间的开端就已经死亡;如此之多就像有一天我们还活着的人展示的表情。我们自己的第八种情感。它简单、不可转让、深不可测。也许因为我理解了这份遗产,所以我在我们过去的山巅上将它宣布出来。

路是完整的。面对结局开心不已是向恐惧妥协。我在地上寻找一个软的点,用手指将土分开,分开了第一层后,我借助钥匙让它更深入。每深入一点,我就会往一边和另一边看看,证实没有人在观察我。我不知道这是本能的羞耻还是害怕有人来指责我,就像父亲对待那些树边的男孩们。在这里的那棵树依旧生机勃勃,虽然我不可能确定是哪棵。不过,山顶上没有人。当结束了简单的任务后,我把存有这本书的优盘放进洞里,用泥土盖好,没有礼节也没有祈祷文,只有一个父亲与孩子共同分享的奇思妙想:帕加萨里,我们的财宝和秘密之岛。或许优盘待在这里很长时间都无人发现;或许就在今天上午,一个男孩在附近玩耍,片刻以后发现了,它唤起了他的好奇心,打开它之后发现是一页一页的文本,于是删除了包含我们过去的文档,在盘里存了其他东西。那就是之前或之后我们的命运,不管怎样。

在到达下山的第一个弯道,也就是上山的最后一个弯道前,我回到山顶。我想象父亲可能在那里,看着他童年和我童年的城市,他高大挺拔的轮廓包裹在白衬衫的制服里,手插在口袋里观察地平线,不着急,不害怕。但是当然,他不在。他已经不在了。他曾保证,当我在写作的时候他会在,而我也一直知道,在我放上最后的句号之后,他会不回头地离开。在我身边协助我写这本书是他在油尽灯枯前增加在他能量里的一点时间。在写作时驻足,此后离开:两个承诺都已完成。

我开始下山。

不着急,不害怕。

讲述就是关闭。

除了当讲述就是打开的时候。

21 世纪年度最佳外国小说书目
（2001—2016）

2001 年：

1. 要短句，亲爱的 〔法〕彼埃蕾特·弗勒蒂奥 著
2. 雷曼先生 〔德〕斯文·雷根纳 著
3. 天空的皮肤 〔墨西哥〕埃莱娜·波尼亚托夫斯卡 著
4. 无望的逃离 〔俄罗斯〕尤·波里亚科夫 著
5. 饭店世界 〔英〕阿莉·史密斯 著
6. 凯恩河 〔美〕拉丽塔·塔德米 著

2002 年：

7. 老谋深算 〔美〕安妮·普鲁克斯* 著
8. 间谍 〔英〕迈克尔·弗莱恩 著
9. 尘世的爱神 〔德〕汉斯-乌尔里希·特莱希尔 著
10. 幸福得如同上帝在法国 〔法〕马尔克·杜甘 著
11. 黑炸药先生 〔俄罗斯〕亚·普罗哈诺夫 著
12. 蜂王飞翔 〔阿根廷〕托马斯·埃洛伊 著

---

* 即安妮·普鲁。

2003 年：

13. 伊万的女儿，伊万的母亲　〔俄罗斯〕瓦·拉斯普京 著
14. 完美罪行之友　〔西班牙〕安德烈斯·特拉别略 著
15. 砖巷　〔英〕莫妮卡·阿里 著
16. 夜半撞车　〔法〕帕特里克·莫迪亚诺 著
17. 夜幕　〔德〕克里斯托夫·彼得斯 著
18. 灵魂之湾　〔美〕罗伯特·斯通 著

2004 年：

19. 深谷幽城　〔哥伦比亚〕阿瓦德·法西奥林塞 著
20. 美国佬　〔法〕弗朗兹–奥利维埃·吉斯贝尔 著
21. 台伯河边的爱情　〔德〕延·孔涅夫克 著
22. 巴拉圭消息　〔美〕莉莉·塔克 著
23. 守望灯塔　〔英〕詹妮特·温特森 著
24. 复杂的善意　〔加拿大〕米里亚姆·托尤斯 著
25. 您忠实的舒里克　〔俄罗斯〕柳·乌利茨卡娅 著

2005 年：

26. 亚瑟与乔治　〔英〕朱利安·巴恩斯 著
27. 基列家书　〔美〕玛里琳·鲁宾逊 著
28. 爱神草　〔俄罗斯〕米·希什金 著
29. 爱的怯懦　〔德〕威廉·格纳齐诺 著
30. 妖魔的狂笑　〔法〕皮埃尔·贝茹 著
31. 蓝色时刻　〔秘鲁〕阿隆索·奎托 著

2006 年：

32. 梅尔尼茨　〔瑞士〕查理斯·莱文斯基 著

33. 病魔 〔委内瑞拉〕阿尔贝托·巴雷拉 著
34. 希腊激情 〔智利〕罗伯托·安布埃罗 著
35. 萨尼卡 〔俄罗斯〕扎·普里列平 著
36. 乌拉尼亚 〔法〕勒克莱齐奥 著
37. 皇帝的孩子 〔美〕克莱尔·梅苏德 著

2008 年(本年起,以评选时间标志年度):

38. 太阳来的十秒钟 〔英〕拉塞尔·塞林·琼斯 著
39. 别了,那道风景 〔澳大利亚〕亚历克斯·米勒 著
40. 优美的安娜贝尔·李 寒彻颤栗早逝去
〔日〕大江健三郎 著
41. 大师之死 〔法〕皮埃尔-让·雷米 著
42. 午间女人 〔德〕尤莉娅·弗兰克 著
43. 情系撒哈拉 〔西班牙〕路易斯·莱安特 著
44. 曲终人散 〔美〕约书亚·弗里斯 著
45. 我脸上的秘密 〔爱尔兰〕凯伦·阿迪夫 著

2009 年:

46. 恋爱中的男人 〔德〕马丁·瓦尔泽 著
47. 卖梦人 〔巴西〕奥古斯托·库里 著
48. 秘密手稿 〔爱尔兰〕塞巴斯蒂安·巴里 著
49. 天扰 〔加拿大〕丽芙卡·戈臣 著
50. 悠悠岁月 〔法〕安妮·埃尔诺 著
51. 图书管理员 〔俄罗斯〕米哈伊尔·叶里扎罗夫 著

2010 年:

52. 转吧,这伟大的世界 〔美〕科伦·麦凯恩 著

53. 卡尔腾堡 〔德〕马塞尔·巴耶尔 著
54. 恋人 〔法〕让-马克·帕里西斯 著
55. 公无渡河 〔韩〕金薰 著
56. 逆风 〔西班牙〕安赫莱斯·卡索 著

2011 年：

57. 古泉酒馆 〔英〕理查德·弗朗西斯 著
58. 天使之城或弗洛伊德博士的外套
〔德〕克里斯塔·沃尔夫 著
59. 复活的艺术 〔智利〕埃尔南·里维拉·莱特列尔 著
60. 哪里传来找我的电话铃声 〔韩〕申京淑 著
61. 卡迪巴 〔法〕让-克里斯托夫·吕芬 著
62. 脑残 〔俄罗斯〕奥利加·斯拉夫尼科娃 著

2012 年：

63. 沙滩上的小脚印 〔法〕安娜-杜芬妮·朱利安 著
64. 阳光下的日子 〔德〕米夏埃尔·库普夫米勒 著
65. 唯愿你在此 〔英〕格雷厄姆·斯威夫特 著
66. 帝国之王 〔西班牙〕哈维尔·莫洛 著
67. 鬼火 〔美〕莉迪亚·米列特 著
68. 骗局的辉煌落幕 〔瑞典〕谢什婷·埃克曼 著
69. 暴风雪 〔俄罗斯〕弗拉基米尔·索罗金 著

2013 年：

70. 形影不离 〔意〕亚历山德罗·皮佩尔诺 著
71. 我们是姐妹 〔德〕安妮·格斯特许森 著

72. 聋儿　〔危地马拉〕罗德里格·雷耶·罗萨 著
73. 我的中尉　〔俄罗斯〕达尼伊尔·格拉宁 著
74. 边缘　〔法〕奥里维埃·亚当 著

2014 年：

75. 生命　〔德〕大卫·瓦格纳 著
76. 回到潘日鲁德　〔俄罗斯〕安德烈·沃洛斯 著
77. 潜　〔法〕克里斯托夫·奥诺-迪-比奥 著
78. 在岸边　〔西班牙〕拉法埃尔·奇尔贝斯 著
79. 麻木　〔罗马尼亚〕弗洛林·拉扎莱斯库 著
80. 回家　〔加拿大〕丹尼斯·博克 著

2015 年：

81. 骗子　〔西班牙〕哈维尔·塞尔卡斯 著
82. 星座号　〔法〕阿德里安·博斯克 著
83. “自由”工厂　〔俄罗斯〕克谢妮雅·卜克莎 著
84. 所有爱的开始　〔德〕尤迪特·海尔曼 著
85. 首相 A　〔日〕田中慎弥 著
86. 美丽的年轻女子　〔荷兰〕汤米·维尔林哈 著

2016 年：

87. 酷暑天　〔冰岛〕埃纳尔·茂尔·古德蒙德松 著
88. 祖列依哈睁开了眼睛　〔俄罗斯〕古泽尔·雅辛娜 著
89. 本来我们应该跳舞　〔德〕海因茨·海勒 著
90. 父亲岛　〔西班牙〕费尔南多·马里亚斯 著
91. 黑腚　〔尼日利亚〕A. 伊各尼·巴雷特 著